Tocar el cielo

Tocar el cielo

Haizea M. Zubieta

Rocaeditorial

© 2020, Haizea M. Zubieta

Primera edición: julio de 2020

© de esta edición: 2020, Roca Editorial de Libros, S. L.
Av. Marquès de l'Argentera 17, pral.
08003 Barcelona
actualidad@rocaeditorial.com
www.rocalibros.com

Impreso por EGEDSA

ISBN: 978-84-17805-82-1
Depósito legal: B. 11010-2020
Código IBIC: YFB, FA

RE05821

A mi padre, Manu

«Los padres deberán velar por los hijos, tenerlos en su
compañía, educarlos y procurarles una formación integral.
Si los hijos tuvieran suficiente juicio, deberán ser oídos siempre
antes de adoptar decisiones que les afecten.»

Código Civil español, art. 154

1

La primera vez que Noa envidió a los pájaros, había ruedas de por medio.

Eran las ruedas pinchadas y retorcidas del coche de su abuelo. Ella había logrado salir, arrastrándose, y se había quedado sentada en la cuneta mirándolo a los ojos vacíos y abiertos. Un gorrión se había posado a su lado y había salido volando; mientras llegaba la ambulancia, Noa solo podía seguirlo con la vista, no con las piernas.

La segunda vez que Noa envidió a los pájaros, también había ruedas de por medio.

Había ruedas terribles, como las de aquel Ford Fiesta rojo, y las había maravillosas. Había ruedas que le permitían moverse. Ruedas que ahora eran sus pies, que empujaba con las manos, y que la llevaban a cualquier sitio, siempre y cuando el mundo fuera mínimamente considerado.

Fue el día que salió del hospital; ese día, cuando aún no tenía fuerzas para impulsarse a sí misma y la conducía su padre, se cruzaron con un mirlo plantado en medio de la calle que la miró con su ojo negro y dorado, dio un par de brincos y huyó en el aire.

Y Noa se preguntó si a los pájaros les cansaría volar, igual que a ella le había cansado correr las pruebas de atletismo de pequeña, en el colegio; se preguntó, si los seres humanos tuvieran alas, si las usarían a menudo o dirían que es ejercicio y darían por sentado que siempre estarían ahí. Como las piernas.

Los años pasaron. Noa cumplió los dieciséis. Las ruedas cambiaron; de una silla plegable e incómoda pasó a poder permitirse una a su medida, ligera y capaz de andar sobre terreno difícil. Pero siempre estuvieron ahí. No le fallaron. Eran una parte más de su cuerpo, una que solo le faltaba al dormir.

—Pero ¿cómo va a ser una parte más de tu cuerpo? —le dijo una vez Elena, una compañera de clase, ante la negativa de Noa a dejarle usar la silla—. Si no la sientes, no es tu cuerpo. No exageres, tía. Dime que no quieres dejármela y ya.

—Entonces, ¿tú sientes el pelo cuando te lo cortas? —dijo Noa pasándose la mano por la nuca del suyo, corto y oscuro—. ¿O las uñas? No, ¿verdad? ¿Por qué tengo que sentirlo para ser mío?

—No te hagas la tonta. A ver, no se trata de sentir o no. La cuestión es que te la puedes quitar y poner, como la ropa. La ropa no es parte de tu cuerpo. El pelo sí, por ejemplo, y no me lo puedo quitar, ¿ves?

—Ah, ¿no? —dijo Noa—. Espera, que eso lo arreglamos ahora mismo.

Después de aquel tirón de pelo, Elena no volvió a preguntarle a Noa si le dejaba probar su silla de ruedas.

Pero no fue la única. Se la pedían prestada, y Noa siempre contestaba igual: que mejor se la pidieran mientras esperaban, en la parada de bus, a que llegase uno con piso bajo y al que le funcionase la plataforma. O en plena subida de la rampa para entrar al instituto. O cuando resultaba que alguien había ocupado el único baño que ella podía usar porque quería más espacio.

—¿Y no has pensado en ponerte una prótesis? —le dijo un compañero un día, mientras la acompañaba a casa—.

Como las de los corredores olímpicos. He oído que puedes ir más rápido con ellas que con los pies de verdad…

—¿Que si lo he pensado? —rio Noa, y se empujó más fuerte calle abajo—. ¿De verdad crees que puedo llevar así cinco años y no haberlo pensado? Vamos a ver, Adrián, que lo que me faltan son las piernas, no la cabeza.

—¿Entonces?

—Entonces, si me quieres regalar una tú por mi cumpleaños, adelante. Espero que tengas unos treinta mil euros por ahí de sobra, por cierto. No, sesenta mil. Treinta por cada pierna. Y la derecha más, que es por encima de la rodilla.

—Joder… No sabía que costaran tanto…

—Ya. Pues yo sí. —Noa esquivó un árbol que ocupaba la acera—. Es eso, o entrar en lista de espera para dentro de diez o veinte años. Y son incomodísimas, prefiero la silla mil veces. El problema de la silla no es la silla en sí, ¿sabes? Es que esta ciudad —Noa giró a tiempo para evitar una boñiga de perro— no está pensada para —un hombre con traje casi chocó con ella y se alejó sin disculparse— la gente como yo.

—Supongo…

—No, no me vengas con suposiciones. Es verdad. ¿O no lo estás viendo? Esto —Noa señaló las escaleras de un bloque de pisos que subían al portal— no está diseñado así porque sí. Está hecho específicamente para gente con dos piernas y que puede usarlas bien. Como mucho, nosotros somos una acotación al mundo real. Una nota al pie de página y mal hecha, además. Mira esa rampa de ahí. Mira lo empinada que es. ¿Puedes subir tú por ella sin caerte? Porque yo no.

Y para demostrarlo, intentó impulsarse cuesta arriba hacia el parque que quedaba en una colina; incluso agarrándose a la barandilla lateral, la silla rodaba hacia abajo igual que un tobogán.

—No, no, si me doy cuenta —dijo Adrián—. Lo que pasa

13

es que… No sé, si no fueras mi amiga, a lo mejor nunca me lo habría planteado. Habría pasado por delante de esta rampa todos los días para ir a clase sin pensar en ello.

—Pues es lo que digo, tío. Que no pensáis en ello. No pensáis en nosotros, en que somos parte del mundo, y así os va. Así nos va.

Después de aquello, Adrián dejó de acompañar tan a menudo a Noa a su casa. Igual que Elena. Y Laura. Y Lucas.

A nadie le gustaba que, cuando sacaban el tema evidente de conversación, Noa defendiera su posición de aquella manera. Bueno, a nadie, no. Había alguna gente que encontraba divertido discutir con Noa al respecto, como si, por insistir, ella fuera a cambiar de opinión y a decir: «Vaya, tienes razón, resulta que las personas en silla de ruedas somos unas pesadas queriendo que todo se adapte a nosotros».

Por ejemplo, el tío Rafael, el hermano de su madre. Cuando iba a visitarles, que era con más frecuencia de lo que a Noa le habría gustado, el tío Rafael tenía dos pasatiempos favoritos para hacer en la sobremesa: el primero era ver el canal de televisión Trece TV; el segundo, poner a Noa de los nervios. Con cualquier excusa.

—Pues a mí me parece que esto del Orgullo Gay es una soberana tontería —dijo Rafael una tarde, sorbiendo la cabeza de una gamba—. Con los niños mirando y todo. No les dará vergüenza.

—Tú sí que no tienes vergüenza —respondió Noa, ante la mirada de su madre implorándole calma—. ¿Qué pasa? ¿Que ver a dos hombres besándose va a hacerles daño a los niños, y un hombre y una mujer no? ¿Y por qué les va a hacer daño, tito Rafa? ¿Porque, a lo mejor, si lo ven, piensan que es algo normal y corriente y que pueden ser ellos mismos? ¿Porque es malo que un niño piense que ser gay es normal? ¿Es eso?

Rafael se reía entre cabeza y cabeza de gamba.

—No, chiquilla, no. Si yo soy muy tolerante. Por mí que sean lo que quieran…

—Mientras lo sean bien lejos, claro —apostilló Noa—. ¿Verdad?

—¡Eso lo has dicho tú, no yo! Mira, a mí lo que no me gusta es que se malgaste dinero público en esto. ¿No ves todo lo que ensucian? Luego eso lo tendrán que limpiar los barrenderos…

—Claro, como cualquier otra manifestación, o como un concierto, o como las plazas de toros, ¿no te jode?

—¡Y las subvenciones! —continuó Rafael, como si no la hubiera escuchado—. ¡Las paguitas del Estado!

—Ay, es verdad, se me olvidaba cobrar mi pensión mensual de lesbianismo, voy ahora mismo a Hacienda —dijo Noa, e hizo amago de rodar hasta la puerta—. Pero ¿tú qué te crees que es esto?

—Hija, por favor, déjalo ya, que estamos comiendo —dijo su madre en voz baja.

—¡Y lo de las cirugías! —interrumpió el tío—. ¿No te da rabia eso? ¿Saber que a ti no te cubren una prótesis decente, pero que regalan hormonas y operaciones como si fueran caramelos? ¿Eh?

Noa tomó aliento, bebió un sorbo profundo de agua de su vaso y trató de responderle algo que no fuera un chillido de desesperación.

—Primero —empezó—, eso no es así. Conozco a un montón de gente trans y, mira, lo que tienen que hacer para conseguir tratamiento es telita. Segundo, ¡ni que fuera un capricho suyo! ¡También lo necesitan para vivir, no es ningún capricho! Y tercero: ¡eso es un falso dilema como una casa! ¡Deberían cubrirlo todo! ¡Las prótesis, las sillas, las hormonas, las gafas! ¡Todo!

Y Noa acabó agotada de explicar, de defenderse, con la bilis y la rabia subidas al cielo de la boca, mientras el tío Ra-

15

fael se tumbó en el sofá a echarse la siesta tranquilamente. Su madre le dijo que debería ser más paciente con él, que era una persona de otra época. Su padre no dijo nada: comió, recogió sus platos, los metió en el lavavajillas y se volvió a su estudio a trabajar.

La única que la escuchaba en aquella casa era su abuela Conchi.

—Ay, hija —dijo—. No le hagas caso. Mi Manolo era igual. Si aún estuviera vivo, ¡vamos! ¡No habría quien le callase! Terco como una mula y tan bruto como tu tío. ¿Quieres un poco de masa de galletas? Antes de que las meta en el horno.

—Ya, abue, pero también tenía cuarenta años más que el tío Rafa —replicó Noa, estirando la mano hacia la bandeja que le tendía—. Digo yo que, en cuarenta años, algo de avance podríamos haber hecho…

—Pues sí. Tienes toda la razón. —La abuela cogió otro pedacito de masa a su vez; se lo metió en la boca y la bandeja, en el horno—. Y no es cosa de la edad, eh. Yo soy más vieja que él y nunca tuve esos prejuicios. ¡Dios me libre! ¿Tanto le cuesta tener un poco de corazón? ¡Si él hubiera pasado por lo que pasé yo de chica…!

—Qué va a tener, abue. Solo le importa su propio culo…

—¡Niña! ¡Esa boca!

—Digo, su propio ombligo. En cuanto alguien es distinto, ya no es capaz de entenderlo. Como si solo él fuera persona. Eso es lo que me parece, vamos.

El horno empezó a emitir un calorcito rojo; Noa apoyó las manos contra la puerta de cristal.

—No gastes energía en él, hija. No merece la pena. Hay mucha gente así de mala y lo mejor que se puede hacer, a falta de cortarles la cabeza, es ignorarlos. Dile eso que decís los chavales de ahora, lo de «oquei, búmer…»

Noa soltó una risilla.

—Ya, sí, eso sería más fácil si no viniera a casa todos los findes a comer…

Aquello se repetía semana sí, semana también. Los días de diario eran más agradables; Noa comía a solas con su abuela al volver de clase, algo rápido como un pollo al ajillo o una tortilla de patatas, y luego hacía los deberes y ejercicio.

El ejercicio era imprescindible.

Levantaba pesas casi todas las tardes, para aumentar músculo y fuerza en su espalda y brazos. En el torso entero. En todos los músculos que aún le quedaban. Se colgaba de una barra de dominadas y levantaba a pulso su propio peso —sin silla— una, y otra, y otra vez.

—Niña, te van a salir mollas hasta en los párpados —le decía la abuela cuando la veía entrenar, pasando por delante de la puerta abierta de su cuarto con ropa limpia para doblar en los brazos—. Descansa un poco.

—Ahora voy —decía Noa, y se impulsaba una vez más—. Enseguida… acabo…

—Bueno, bueno. Cuando acabes, tengo aquí un flan de huevo buenísimo para que lo pruebes. Que el huevo tiene proteínas de esas para que te crezcan los músculos, ¿no?

Y Noa se lo tomaba en dos bocados seguidos, según salía de la ducha. Era una ducha adaptada a su cuerpo y a su silla, con un piso impermeable continuo en el que podía lavarse sin subir a una bañera. El pelo corto ayudaba a no tardar mucho en ducharse y, también, a no dejar una maraña oscura tapando el desagüe.

Luego salía a pasear. A Noa le gustaba pasear por la ciudad, aunque a la ciudad no parecía gustarle que Noa paseara por ella. A veces, incluso, salía cuando llovía y tenía que usar uno de esos incomodísimos paraguas que se afijaban al mango de la silla. Algo de dentro le pedía que lo hiciera, que no se quedase en casa, por muchos obstáculos que tuviera que esquivar entre escalones y aceras.

17

Algo de dentro o, tal vez, algo de fuera.

Era absurdo, pero a Noa le daba la impresión de oír una llamada silenciosa. O de oler un aroma inexistente, como si siguiera el rastro de un plato delicioso que flotase por las calles de Madrid, un par de palmos por delante de ella.

—Disculpe —decía alguien al chocar con su silla, y ella perdía la pista.

Las primeras veces que lo notó, pensó que serían flores, pero unas que no sabía reconocer. Olía muy bien, y miró por todas partes para ver si era que las habían plantado en el jardín de al lado, pero no había nada. Quizá hubiera una persona llevando un ramo, algo más adelante, y Noa aceleró para intentar hallarlo. Juraría que oía una voz diciéndole que viniera, que se diera prisa; de tanto centrarse, su rueda izquierda tropezó con una lata de refresco tirada en la acera y se tambaleó entera.

18 Aquel era el primer recuerdo consciente que tenía de esas ocasiones.

No siempre que salía a pasear lo notaba, claro. Era algo fugaz y efímero; algo cambiante, incluso. No podía decirse que oliera del todo a flores; le recordaba también a hierba recién cortada —en mitad de la Gran Vía—, a libro nuevo y abierto, a postre de vainilla. Todos ellos, aromas deseables y buenos; todos mezclados entre sí, y era imposible decir a qué pertenecían. Pero ella era la única que los olía; cuando preguntaba a sus padres o a su abuela, solo se encogían de hombros. «Serán perfumes —decían—. Será casualidad que haya muchas personas que se echan colonia fuerte y que te cruces con ellos a menudo. Te lo estarás imaginando.»

Aquel jueves por la tarde, Noa paseaba sola.

Rodaba al lado de las tapias del Retiro y jugaba a un juego: mirando las caras de los transeúntes, intentaba adivinar si eran de los que cedían el paso, de los que sonreían con pena y condescendencia, de los que miraban para otro lado como si ella no existiera o de los que de verdad no la veían y se tropezaban.

El aire estaba cargado de polen y del humo del cigarrillo que llevaba la chimenea andante —el señor— que iba un par de metros por delante de ella. Como Noa no quería tragarse la nicotina ajena, se apartó a un costado de la acera y esperó, observando a la gente.

Una madre con un niño cogido de una correa, como si fuese un perrito, alborotada y nerviosa detrás de él. Un hombre con traje y maletín, y otro, y otro más después, solo diferentes por el color de las corbatas. Un abuelito hablando con su nieta de los elefantes del circo. Una mujer joven a la que le quedaba el traje mucho mejor que a los hombres. Una chica de su edad, regordeta, pelirroja y blanca como de tiza, que iba esquivando el sol bajo los plátanos de sombra.

Una vaharada de olor imposible y bueno que venía de su melena.

Una llamada imposible que le decía: «¡Estoy aquí! ¡Ven!».

Noa giró la cabeza casi tan rápido como las ruedas.

Venía de ella. De la chica de pelo rizado y cobrizo que andaba como si alguien la persiguiera, escondiéndose de su vista debajo de las copas de los árboles. Y, efectivamente, alguien la perseguía. O la seguía, al menos. Noa había echado a rodar tras ella, virando brusca para no comerse las rodillas de la gente, intentando que no se le escaparan las trazas de aquel olor que no podía agarrar con las manos.

Se dio cuenta de lo que estaba haciendo cuando, pasada la calle Serrano, vio la cara de la chica reflejada en el cristal de un escaparate de moda. Tenía los ojos muy abiertos, tan claros que casi eran blancos, y parecía estar a punto de echar a correr en vez de solo andar aprisa.

Estaba siguiendo a una desconocida solo porque le había gustado su *olor*.

Y aun así, no era capaz de detenerse.

Hizo un caballito con las ruedas traseras para subir un bordillo; giró una esquina, casi llevándose por delante a una mujer; cruzó un paso de cebra en rojo detrás de la chica. Con toda la fuerza de sus brazos, se empujó cuesta arriba para no perderla de vista.

Pero ella era más rápida con sus piernas.

Al torcer una bocacalle, lo último que Noa vio de la pelirroja fue su espalda desapareciendo por el portal de un edificio enorme, señorial, de amplios balcones de forja y capiteles de mármol en lo alto de las columnas.

El edificio, por supuesto, tenía una escalinata en su entrada. Sin rampa.

La puerta negra se cerró y Noa se detuvo a sus pies, respirando entrecortada. No había portero al que llamar. Los ventanales, cerrados, no dejaban ver nada dentro de la casa. Poco a poco, el aire fue volviendo a su cabeza y a su pecho, despejándole la mente de aquel olor inefable. Noa se llevó las manos a la cara y dijo para sus adentros: «¿Qué estoy haciendo?».

Tuvo que poner el navegador en el móvil para encontrar el camino a la boca de metro con ascensor más cercana. Aquella noche, en la cena, Noa apenas comió; solamente tomó postre, un cuenco de arroz con leche que le había preparado la abuela Conchi.

Le supo a aquel mismo olor.

2

Aunque el instituto no estaba lejos, Noa tenía que levantarse a las seis de la mañana cada día.

Levantarse. Asearse. Vestirse. Desayunar. Montar la silla en el coche de su padre, si ese día tenía tiempo, o, si no, coger el metro para solo tres paradas. Eso significaba enfrentarse a ascensores rotos, a vagones apretados en hora punta, a gente con niveles subterráneos de empatía. Si podía hacerlo, sencillamente era porque conocía a los vigilantes, a las taquilleras y a los conductores que trabajaban en ese horario; sabía mejor que su nombre qué ascensor funcionaba y cuál no, y la avisaban si había cambios; se había visto obligada a aprenderlo, porque la alternativa era cruzarse a rueda medio Madrid.

Cuando le sonó la alarma del móvil aquella mañana, Noa tenía un vago recuerdo de haber soñado que perseguía a alguien. O que alguien la perseguía a ella. Algo tenía que ver con unos ojos azules, pero se desvaneció el sueño entero mientras su madre la ayudaba a levantarse, agarrada a las barandillas que rodeaban su cama, y a sentarse en la silla que esperaba a su lado.

—Hoy papá no puede llevarte —le dijo, alargándole la ropa que tenía preparada encima de la silla—. Tiene una reunión muy temprano. Vas a tener que ir sola.

Noa asintió, frotándose los ojos. Estaba tan cansada que

casi mojó en el café un gajo de mandarina en vez de la magdalena.

No recordó a la chica pelirroja hasta que, en plena estación de metro, atisbó una cabecita de rizos color cobre entre la multitud. Se esfumó enseguida, pero bastó para encenderle las mejillas y hacerle plantearse muy seriamente si había perdido la cabeza el día anterior. ¿A quién se le ocurría perseguir por las calles a otra persona sin motivo alguno? Sin olores extraños de por medio, todo parecía racional e imposible. Allí el único olor era el de los sobacos del señor de enfrente, que se agarraba a la barra vertical justo en el ángulo preciso para que a ella le llegase en toda su intensidad.

Pasó un hombre por el vagón, repartiendo panfletos impresos a los viajeros sentados, Noa entre ellos. A pesar del sudor punzante, cuando se plantó ante ella y le tendió un folleto, lo notó.

Olía al olor imposible.

Al mirarle un instante a los ojos vio que los tenía claros, clarísimos, casi blancos de tan azules que eran. El hombre, rubio y muy delgado, le dedicó una sonrisa tímida.

Desapareció.

Y esta vez no pudo seguirle; el tren abarrotado no le habría dejado seguir sus pasos, que se colaban entre cuerpos y más cuerpos pegados. Noa se quedó allí, sujeta al anclaje de su silla de ruedas, esperando a que volviera como solían hacer las personas que pedían dinero en el metro, pero no lo hizo.

Solo cuando llegó a clase, con la cabeza perdida entre ojos pálidos y aromas que emergían de la nada, se le ocurrió leer el panfleto. Lo desdobló bajo la privacidad del pupitre. Era un tríptico de papel brillante y suave; por fuera no tenía texto, pero al abrir los pliegues, su título rezaba así:

«¿Quieres vivir para siempre?».

Con un gruñido contenido para que no lo oyera la profesora de Historia, Noa lo dejó de nuevo en su cajonera. Pensó que sería de los Testigos de Jehová o de alguna secta por el estilo. Sin embargo, gracias a lo horriblemente monótona que era la explicación sobre el Antiguo Régimen, volvió a desplegar el folleto una vez más.

«Si estás leyendo esto, es que eres una persona especial. Puedes elegir entre caer en el mal o unirte a nosotros —decía, y Noa puso los ojos en blanco—. Te ofrecemos la oportunidad de la vida eterna más allá de la muerte, de tocar el cielo.»

Tuvo que apretar los puños y morderse el labio para no soltar un improperio en medio de clase. ¿Por qué ese tipo de sectas jugaban de esa manera con los miedos de la gente? Intentaban aprovecharse del dolor ajeno para ganar adeptos y dinero. Una vez habían estado a punto de captar a su abuela cuando era pequeña, se lo había contado.

Siguió leyendo, ya solo movida por la rabia y la bilis.

«Te invitamos a acudir a nuestra congregación este sábado 18 de mayo», continuaba el texto, añadiendo un pequeño mapa del centro de Madrid y el nombre de una calle.

Noa inspiró hondo y dejó escapar el aliento despacio, muy despacio, mientras trataba de enfocar la vista en el PowerPoint de la profesora.

Cuando aquella misma noche le enseñó a su madre el folleto y le dijo que iba a ir, su primera reacción fue reírse.

—Pero, cariño —dijo—, ¿qué dices? ¿Por qué?

—Porque estoy hasta las narices de esos estafadores —dijo Noa—. Lo iba a tirar, pero me han cabreado tanto que quiero decirles un par de cosas a la cara. Es mañana, ¿ves?

—Sí, sí… —Maricarmen se rascó la cabeza, parando por un momento de quitarle los pantalones—. No sé si es buena idea. Ya sabes lo que le pasó a tu abuela…

—Claro que lo sé. Por eso no se lo estoy contando a ella,

23

sino a ti. No quiero que se preocupe. ¡Ni tú tampoco! Solo quiero mirarles a los ojos y decirles si no les da vergüenza. Y así estoy fuera de casa cuando venga el tío Rafa; son todo ventajas.

—Ay, cariño, no sé. Pero vendrás a comer, ¿no? Que la abuela va a hacer gazpacho. Haz lo que quieras, pero ten cuidado, ¿vale?

—Sí, mamá.

Su padre no dijo nada, ni hizo juicios de valor; solamente se aseguró de que Noa tuviera, marcado en el móvil y a punto de llamar, el número de la policía cuando entrase en el edificio de la secta.

El mapa lo marcaba en una calle estrecha del centro de Madrid, por el barrio de Salamanca. No era difícil llegar; Noa fue hacia el Retiro, se desvió por una paralela y torció por Serrano. Dos urracas jugaban a perseguirse a saltos por delante de ella, sin miedo a su silla, mientras intentaba situarse; el GPS no pillaba bien los datos, le decía que estaba en un lugar distinto, y acabó por usar solamente el plano dibujado en el panfleto y su propia orientación.

Cuando levantó la cabeza del tríptico y miró a su alrededor, al lugar de la reunión, a Noa le resultó familiar. Los balcones y las molduras de mármol se repetían en muchos inmuebles antiguos de la zona, pero aquellos eran los mismos.

Los mismos que había en la casa donde aquella chica pelirroja se había escondido. La misma escalinata en su frente que no había podido subir, un par de días atrás.

—Vale, cojonudo —murmuró entre dientes—. ¿Por qué no se me había ocurrido esta posibilidad?

El folleto precisaba que la reunión empezaría a las doce del mediodía; eran casi las once y media y Noa no veía a nadie más en los alrededores. Pasaba algún que otro transeúnte por la calle, pero no se detenían; era una lateral, sin tiendas, sin más que edificios viejos, sin nada interesante.

Noa permaneció allí fuera esperando un buen rato, jugando con el móvil y dando, de vez en cuando, golpecitos nerviosos al borde de sus ruedas.

Cuando fueron las doce menos cinco y ni un alma había cruzado aún las puertas de aquel bloque, rodó hasta el borde del primer peldaño, tomó aliento y gritó:

—¡Eh! ¿Es ahí lo de la congregación esa? —Algo pareció moverse en el interior, y Noa redobló sus esfuerzos en chillar más fuerte—. ¡Hola! ¡Estaría bien una rampa o un poco de ayuda!

Pero el portón permaneció cerrado.

Permaneció cerrado, exactamente, hasta que dieron las doce de la mañana en punto, y solo entonces se abrió, desde fuera hacia dentro, como una garganta oscura tragándose la luz de fuera.

—¡Hola! —volvió a gritar Noa—. ¿Hay alguien? ¡Me voy a marchar si no viene nadie a echarme una mano!

Unos pasos apresurados resonaron en el interior y, de pronto, por detrás de una de las hojas de la puerta se asomó una cabecita blanca, coronada por una mata rizosa y pelirroja.

—¡Hola, hola! —dijo—. La reunión es… ¡oh! ¡Eres tú!

Con una sonrisa de dientes de conejillo, la chica del otro día descendió a brincos los escalones, sin quitarle de encima aquellos ojos azul cielo —o azul horizonte, tal vez, ese color que hay cuando se mezcla con jirones de nubes blancas—, acompañada de aquel olor a mil cosas imposibles. Los plátanos de sombra las cubrían del sol.

Noa respiró hondo y trató de centrar la cabeza.

—Sí, soy yo, ¿no? Nos vimos el otro día cuando… Bueno… Cuando te perseguía. Encantada, me llamo Noa. Y creo que es un poco evidente, pero no puedo subir por aquí. ¿Tenéis una entrada trasera con rampa, o algo? ¿O puede venir alguien a levantarme la silla? Si no, creo que me voy ya.

—¡No, no! ¡No te preocupes! —dijo la chica—. Sí, es

verdad que el edificio no está pensado para esto… A ver, déjame. Ah, por cierto, yo soy Lili.

Noa levantó una ceja, pero estrechó la mano que le tendía aquella tal Lili; sin embargo, cuando esta se agachó al lado de su silla, como para trastear con ella, dio un bote en el asiento.

—¿Qué haces? ¡Oye! ¡No toques mi silla!

—¡Ay, perdón! ¿Puedo? ¡Tú déjame, que yo te cojo para subir!

—Pero qué dices… Cómo me vas a coger la silla, con lo canija que…

El suelo descendió bajo sus ruedas. No, no fue eso; de repente, Noa estaba suspendida en el aire, con silla y todo, en los brazos de aquella chica que sonreía como la media luna del gato de Cheshire.

—¡Eh! —gritó Noa—. ¡Oye! ¡Bájame!

Se encontró en lo alto de la escalinata antes de que pudiera expresar lo imposible que era lo que había ocurrido.

—Pero —farfulló Noa—, pero ¿qué has hecho? ¿Qué…?

—¡Tranquila! —A Lili no se le había levantado ni una gota de sudor en la frente blanquísima—. ¡Ahora te explicamos! Qué alivio que hayas venido a la reunión, menos mal. Eso es que eres de los buenos. ¡Es por aquí! ¿Te empujo?

Se cerró el portón y Noa parpadeó varias veces, mientras su vista se acostumbraba a la penumbra leve del interior.

—No, no hace falta. Yo puedo.

—¡Estupendo! Entonces, ¡ven! Mi familia está deseando conocerte.

—Pero… —Noa miró hacia atrás, sopesando si tendría, hipotéticamente, que salir huyendo y tirarse escaleras abajo con la silla—. ¿A mí? Pero si yo vengo a lo de los folletos que daban en el metro. A lo de la secta esa.

—¡Ay, qué risa! Sí, es lo de los folletos. ¡Pero no te preocupes! Tú sígueme y ya.

Y Noa la siguió, igual que la había seguido por las calles de Madrid un par de días antes, como si el olor que desprendía fuese un hilo atado a sus ruedas.

Pasaron al lado de un ascensor antiquísimo, con portalón de hierro, en el que Noa estaba segura de que no cabría su silla. Entraron por una puerta en el piso bajo. Cuando se detuvieron al fondo de un pasillo, Noa aprovechó para sacar el móvil y, haciendo caso a su padre, marcó el número de la policía y lo mantuvo en el bolsillo, desbloqueado y listo para llamar.

Lili abrió la entrada a un salón grande, de techos altos como la nave de una catedral. De cada columna colgaba una araña de cristal y, en el medio, sobre una tarima, brillaban candelabros de largos cuerpos de cera.

Noa tosió cuando todos los olores la asaltaron. No habría sabido ponerle un nombre a lo que eran; venían de la propia piel de Lili y de otra gente, y eran parecidos al olor de la hierba recién cortada, al de las flores salvajes, al de la vainilla dulce, y a otro, y a otro, y a otro…

No era real. No era lógico. No tenía ningún sentido.

Las ruedas de Noa rechinaron sobre el suelo de madera. Los pasos de Lili sonaban como tambores. Varias personas, repartidas a lo largo de la sala, se dieron la vuelta; los olores la abofetearon. Mientras ambas se aproximaban al estrado del centro, pasando entre filas de bancos dispuestas en círculos concéntricos, Noa miraba a aquella gente como a estatuas de cera.

—¡Encantado de recibirte! —dijo un hombre corpulento, de espesa barba rizada del mismo color que el pelo de Lili, y le tendió una mano que Noa no dudó en estrechar; olía al mismo aroma indecible—. Yo soy Constantin, el padre de Lili.

—Yo me llamo Noa —dijo ella, con el gesto tenso y la otra mano lista en la rueda para girar, por si hiciera falta.

27

Otros más se fueron acercando y saludando de igual modo:

—Mi nombre es Vasile, encantado —dijo el hombre delgadísimo, rubio y de ojos miedosos que reconocía del metro.

—Yo soy Anca —dijo una mujer de piel oscura.

—Mihaela.

—Gheorghe.

—Daniel.

Lili frenó, y con ella lo hizo Noa, aunque casi chocó contra el escalón que bordeaba la tarima. Al levantar la vista, vio que una mujer se alzaba desde un asiento de terciopelo rojo flanqueado de velas. Era alta, muy alta; tenía una fuerte nariz aguileña, un porte seguro y firme, y su pelo corto y rizado parecía una corona de oro enmarcando su frente. Su vestido, largo y holgado, casi una toga de blanco marfil, caía desde sus hombros en cascadas de tela.

Aquel olor imposible era aún más fuerte en ella.

—Bienvenida, Noa —dijo la mujer, con un fuerte acento—. Bienvenida a nuestra humilde congregación familiar. Gracias por asistir. Yo, Iulia Drăgulescu, matriarca del clan Drăgulescu, te recibo y acojo en el día de hoy. Que se sepa que, a partir de ahora, la joven llamada Noa se encuentra bajo mi protección. Nada debe ocurrirle. Ningún miembro de mi familia le hará daño, y se la defenderá de los cazadores igual que a uno de nosotros si decide unirse al clan. Pero esa elección ha de ser suya, libre y consentida. ¿Entendido?

—Entendido, Iulia —respondió al unísono el resto de los presentes.

—Pero, a ver —dijo entonces Noa, con ese agudo en la voz que le daba el pánico—, ¿qué coño está pasando aquí? ¿Esto no era una reunión de los Testigos de Jehová? ¿Quiénes sois? ¿Qué es toda esta secta?

Se hizo el silencio. Iulia carraspeó.

—Liliana, hija —dijo—. ¿No se lo has explicado?

Lili, que había cogido un bote de crema *after-sun* de encima de una mesita y se la estaba aplicando por la cara, se paralizó como un gato miedoso.

—Uy —dijo, y se frotó la loción de las mejillas—. Se me ha olvidado.

Con un suspiro profundo, Iulia se llevó una mano a la frente y se reclinó de nuevo en su poltrona.

—Iulia, *iubita mea*, no te enerves —dijo el hombre de la barba, el tal Constantin—. Es su primera vez. Es normal.

—Lo siento, Madre, yo… —dijo Lili.

—No importa. Yo me encargaré. —Iulia calló a su hija con un ademán y le dirigió a Noa una mirada pálida e intensa, del mismo azul claro que ella—. Noa, mi familia no profesa religión alguna. No somos Testigos de Jehová, ni tampoco miembros de ninguna secta. Pese a lo que voy a decir, no debes tenernos miedo, pues he dado mi palabra de que nadie te haría daño, y aquí mi palabra es ley. La familia Drăgulescu es un clan de vampiros.

3

«*S*in cobertura», rezaba la pantalla del móvil de Noa. «Llamada no realizada.»

Contaba, al menos, siete personas en el pasillo tras ella: Lili, Constantin, Anca, Gheorghe, Vasile, Daniel, Mihaela. Siete de aquellos locos demenciales, y la madre de todos delante. Aunque les pasara con las ruedas por encima de los pies y alcanzase a darles un puñetazo, no podría escapar. ¿Quién le había mandado venir a aquel lugar? ¿Qué diablos le había pasado?

—Tranquila, Noa, no pasa nada —decía Lili. Noa, efectivamente, intentaba tranquilizarse; intentaba no hiperventilar ni gritar, que aquella panda de perturbados no se diera cuenta del miedo que tenía en aquel momento.

—Apártate, hija —dijo Iulia Drăgulescu—. Nuestra invitada necesitará un tiempo para asimilarlo.

—Claro —dijo Noa, y procuró que no hubiera vaivenes que la delataran en su voz—. Claro. ¿Creen que podrían abrirme la puerta? Preferiría tomarme ese tiempo ahí fuera. En la calle. Un ratito nada más, ahora mismo vuelvo.

Agarrando las ruedas con dedos temblorosos, Noa le rogó con la mirada a Iulia Drăgulescu.

—¡Ay, no! ¡Pero no te vayas! —dijo Lili—. Mira, si aún no te hemos explicado…

—Por favor —dijo Noa, notando la boca seca—. Por favor, dejad que me marche. Por favor.

Había sido ese olor. Ese olor que la llamaba como si gritara su nombre por dentro de la nariz. Era la única explicación para que Noa hubiera hecho algo tan estúpido como dejarse conducir hasta el altar de una secta. Pulsó de nuevo en la pantalla de su móvil para llamar, pero el indicador de cobertura seguía a cero.

—Pero si no somos malos —dijo Lili, acercándose; Noa rodó un paso hacia atrás—. Somos vampiros, es verdad, pero todo lo que dicen de nosotros en las pelis y en los libros es mentira…

—Ah. —Noa notaba que una gota de sudor le corría por la nuca—. Vaya.

A sus espaldas, el resto de la familia Drăgulescu cortaba su ruta de escape.

—No tienes por qué tener miedo —dijo Constantin, cuya voz, que surgió profunda tras Noa, le hizo dar un respingo—. Si te quedas, podemos explicártelo…

—Basta —dijo entonces Iulia Drăgulescu, dando una palmada aguda como un látigo—. Esta joven es nuestra invitada. Si desea marcharse, está en su derecho. Abridle paso.

Como las aguas del mar Rojo, los familiares se separaron, dejando libre el pasillo entre los bancos. Noa dejó escapar el aliento que contenía.

—Gracias —dijo, y giró bruscamente las ruedas hacia la puerta; que Lili le abrió con rapidez. El pánico solo le dejaba pensar en una cosa: salir de allí.

—Pero, Madre —oyó decir a Lili mientras rodaba hacia la salida—, ¿de verdad vais a dejar que se vaya? ¿Después de todo el esfuerzo que hemos hecho para encontrar a un dhampir?

—Sí. —El tono de Iulia era fuerte como una campana—. No podemos retenerla contra su voluntad. Ese no es el camino. Además, Liliana, si quieres enmendar tu error, creo que ahora tienes una forma muy útil de hacerlo.

—¿Yo? —dijo Lili—. Pues no sé… ¡Ah!

El portón de la calle estaba entreabierto y se colaba por la rendija una luz blanca y brillante. Estaba muy cerca. Tanto, que se le había olvidado —y recordó en cuanto los ojos se adaptaron de nuevo al sol de mediodía— que no había rampa para bajar aquellas escaleras.

—¡Espera, espera! —dijo Lili corriendo tras Noa, que se dio la vuelta preparada para defenderse si hiciera falta—. ¡Te echo una mano!

La volvió a coger en brazos, como si su silla y ella misma no pesaran más que un copo de algodón, y bajaron los peldaños.

Era curioso. Una vez en la calle, pisando la acera, bajo aquellos plátanos de sombra, tampoco parecía que hubiera tanta urgencia por huir. El olor que no sabía definir…

—Si quieres volver —dijo Lili—, puedes venir cuando quieras, ¿vale? Te lo explicaremos todo. Ya has oído a Madre: nadie puede hacerte daño.

—Gracias, pero no, gracias —dijo Noa, y viró para marcharse.

—¡Espera! ¡Una última…!

«Cosa», había dicho Lili. O tal vez solo había emitido un chillido agudo, agudísimo, casi más de lo que sus oídos eran capaces de captar.

Noa la miró.

Pero Lili ya no estaba allí.

Frente a la escalinata de piedra, suspendido en el viento y revoloteando, había un pequeño murciélago negro a la luz del día.

—¿Qué cojones? —dijo Noa—. ¿Dónde se ha metido…?

Ante su misma mirada, como un espejismo de aire caliente en el horizonte de una carretera, la figura del murciélago ondeó sobre sí misma, deformándose, retorciéndose, ocupando el mismo hueco en el espacio que una melena pelirroja y que un cuerpecillo blanco, que una sonrisa reluciente y de dientes afilados.

Noa retrocedió con su silla y la empujó lejos de allí más rápido de lo que nunca la había empujado.

—¡Vuelve pronto! —resonó tras ella la vocecilla de Lili.

Noa no dejó de impulsar las ruedas hasta que las puertas del ascensor de la boca del metro se cerraron tras ella. Únicamente entonces, sola entre las cuatro paredes, se permitió llevarse las manos al rostro y ahogar un grito de horror bajo los dedos.

Cuando le abrieron la puerta al llegar a casa, algo le latió en las tripas y, por un momento, temió que la cara morena de su madre se fuera también a distorsionar y convertirse en una ilusión óptica, en un caleidoscopio humano. Pero parpadeó, respiró hondo, y dejaron de temblarle los huesos el tiempo bastante para escucharla decir:

—¿Tan pronto has vuelto? Ni siquiera hemos puesto aún la mesa. ¿Qué tal los Testigos esos? ¿Les has dicho un par de verdades?

—No… digo, sí. No sé.

—¡No te habrán captado para su secta! —dijo su madre, riendo—. Anda, entra, que parece que te haya dado un aire, ahí parada. Dile hola a tu tío.

Noa se frotó los ojos; allí, apoyado contra la mesita del salón, estaba Rafael, dándole golpecitos al cigarro para que la ceniza cayera en el cenicero. Cruzaron una mirada incómoda.

—¡Hola, Noa, hermosa! —dijo, dedicándole una sonrisa amarilla—. ¿De dónde vienes?

—De… —Noa tartamudeó y se tragó lo que iba a decir—. De dar un paseo.

—¡Pues muchacha, ni que hubieras estado paseando por el Polo Norte! ¡Tienes los brazos de piel de gallina, con el calor que hace!

Noa rio, nerviosa, y se los frotó con las manos sin conseguir calentarlos. Tampoco lo logró la merluza en salsa verde que había preparado la abuela Conchi, ni fueron de ayuda los vistazos sospechosos que le dedicaba su tío mientras ella comía a miguitas y en silencio.

—Esta niña está más rara de lo normal —dijo Rafael cuando la madre de Noa trajo el postre a la mesa—. Mírala, Maricarmen, si ni me ha contestado en toda la comida.

—Hija, haz caso a Rafa, anda —dijo ella—. Está intentando hablar contigo.

Trataba de provocarla, como siempre, y ella había oído entre su despiste un par de frases sobre «los jóvenes de hoy en día que no estudian», «los inmigrantes que nos roban el trabajo» o alguna sandez por el estilo. Sin embargo, las mil cosas imposibles que zumbaban dentro de la cabeza de Noa —murciélagos, tal vez— convertían el discurso del tío Rafa en una música de fondo; una música desagradable, molesta, pero que no podía compararse a la imagen de Lili surgiendo de entre la ilusión deforme de un animal con alas.

Aquella tarde, Noa no salió a pasear después de hacer pesas.

No hizo pesas, de hecho.

Se quedó mirando las mancuernas de metal y goma; luego, sus brazos; luego, la barra de dominadas que colgaba en la pared. Se quedó mirando todo aquello sin verlo; lo único que se le venía a los ojos era Lili cogiéndola en su silla a pulso mientras sonreía y, después, transformándose en murciélago.

Su madre llamó a la puerta cerrada de la habitación más tarde.

—¡Pero hija! —dijo Maricarmen, haciendo aspavientos con las manos—. ¿Qué haces con las persianas bajadas? ¡Si son las cinco de la tarde! ¿Por qué no sales? ¿Qué te pasa? Tenía razón mi hermano, estás rarísima. Anda, ven, vamos a pasear juntas, ¿quieres?

—No —dijo Noa—. No me apetece, mamá, lo siento.

Le cerró la puerta en las narices y lamentó no tener un pestillo que echar por dentro, aunque su madre no volvió a llamar hasta la hora de la cena.

—La abuela ha hecho una tortilla riquísima —dijo—. ¿No quieres cenar?

—Ya voy.

La habitación se quedó en tinieblas cuando Noa apagó la pantalla del móvil y se lo guardó en el bolsillo. Entre las sombras de la ropa apilada en una silla se podía imaginar figuras encapotadas, murciélagos inmensos, olores que no estaban donde debían estar. Así, a oscuras, era fácil pensar que sus ojos la habían engañado, que Lili no se había transformado en un animal, que la materia misma del universo no se había torcido y retorcido en el aire.

Pero Noa llevaba horas, desde que llegó a casa, ya no navegando por internet, sino buceando en la red, hurgando con las uñas en la arena de sus fondos; buscando por todas partes, por cualquier parte, alguna señal de que no se había vuelto loca de repente. De que el mundo entero no se había vuelto loco a su alrededor. De que los vampiros en realidad existían y no eran dráculas cadavéricos, ni estatuas de mármol que brillaban al sol, sino que podían ser chicas de su edad, pelirrojas, gorditas y pecosas, con los ojos claros y una sonrisa ligeramente afilada. Chicas de su edad que tenían la facultad de romper las leyes de la física, en concreto la ley de la conservación de la energía, convirtiéndose en un bichillo diminuto que había aleteado durante varios segundos a su alrededor.

No había encontrado respuestas. Ningún foro, ninguna web, ningún club secreto de vampiros reales coincidía con lo que Noa acababa de toparse en aquel edificio en pleno barrio de Salamanca. Lo más cercano a su experiencia había sido un relato cutre de fantasía y una guía para un videojuego.

En la cena, Noa no miró a la cara a sus padres ni a su abuela. No levantó la vista del plato, en realidad. Solo pinchó, desganada, la tortilla de patatas —con cebolla, por supuesto, y poco hecha— frente al televisor del salón, sentada junto a ellos, pero con la cabeza muy lejos de allí.

Tanto tenía la cabeza en las nubes que a su padre le costó varios intentos, cada uno en un tono de voz más alto, conseguir que Noa saliera de su ensimismamiento.

—¡Eh! —decía él—. ¡Vaya! Por fin has vuelto al mundo de los vivos. ¿Qué diantres te pasa?

Noa parpadeó y se frotó los párpados.

—Nada —dijo—. De verdad, estoy bien. Solo estaba... distraída.

—Antonio —dijo la madre de Noa—, deja a la niña en paz, anda. ¿No ves que la estás agobiando?

—¡Pero mírala! Mírala, Mari, ¿o es que os habéis vuelto ciegas las dos, tú y mi madre? No ha comido más que un bocado. Se ha encerrado en su cuarto la tarde entera.

—Ya me termino la tortilla, papá, no te preocupes —dijo Noa, y acabó con lo que quedaba en su plato en un instante—. ¿Ves?

—¿Es que no me había salido buena, hija? —dijo la abuela Conchi—. ¿Era eso?

—¡No, no! ¡Estaba riquísima! Lo siento. De verdad, dejad de preocuparos. Son tonterías mías, no es nada...

—Te repito, Antonio —dijo la madre de Noa, mientras ambos recogían la mesa—, que no deberíamos hacerle caso a la niña. Que lo que creo que le pasa es algo bastante simple. Noa, hija, es eso, ¿verdad? Estás enamoradilla.

Noa se atragantó con el vaso de agua y tosió, escupiéndola encima de su propio plato.

—¡No! Mamá, ¿qué dices?

—Anda, pues sí que era eso; qué lista eres, Mari —dijo su padre—. Tiene sentido. Ya hacía mucho que no traías por aquí a tu amiga, ¿cómo se llamaba? ¿Claudia? ¿Clara? ¿Carla? Empezaba por ce, estoy seguro…

—Toño, ¿qué es eso de «amiga»? —dijo entonces la abuela—. ¡No te dará vergüenza! ¡Era su novia, hijo, su novia! Que yo, con setenta y pico años que cuento me atreva a decirlo y tú no… Has salido a tu padre, que en gloria bendita esté, pero era de un cerril a veces…

—¡Mamá! ¡No me llames Toño! ¡Ya sabes que no me gusta cuando me tratas como si fuera un niño!

—¡Pues a mi nieta tampoco le gusta cuando llamas amigas a sus novias, y bien que lo sigues haciendo!

—A ver, hija —dijo Maricarmen—. ¿Sientes mariposas en el estómago? Eso significa que estás enamorada, te lo digo yo.

—Algún bicho que otro sí que siento…

En el alféizar de la ventana se había posado un pájaro blanquinegro, una urraca, y acababa de graznar como si quisiera llamar la atención de Noa.

Se miraron a los ojos un instante; en los del ave, curiosas perlas negras, Noa veía interés por la hogaza de pan que habían dejado junto a la cristalera.

—Espera —susurró Noa, como si pudiera oírla—. Espera, que te doy unas miguitas…

Rodó fuera de la mesa y barrió las migas que habían caído sobre el mantel en la mano; cuando fue a abrir la ventana, su rueda chocó contra la pata de una silla. La urraca se espantó y con dos batidas potentes de sus alas que brillaban, tornasoladas, en azul y verde, ya estaba lejos en el cielo.

Noa suspiró.

Hacía mucho tiempo que no envidiaba a un pájaro.

Pero aquella misma mañana había envidiado a otro ser que volaba. Había envidiado a un murciélago. Había envidiado —aunque solo se diera cuenta entonces, con la cara pegada al cristal— a una chica que se convertía en murciélago.

4

$\mathcal{T}$enía que confirmarlo.

Debía asegurarse de que no se había vuelto loca, si acaso no lo había confirmado ya su regreso a aquel edificio cerca de Serrano, una semana después de ver a Lili convertirse en murciélago.

Algo había cambiado.

La escalinata frontal, la misma por la que Noa no había podido subir en su silla de ruedas, era distinta. En el lado derecho, junto al pasamanos, los escalones habían desaparecido; alguien había construido una rampa tapándolos en los últimos siete días.

Noa respiró hondo y apoyó sus ruedas en la base de la cuesta, despacio, temiendo que fuera a transformarse bajo su peso en piedra molida. Si Lili se había transformado en un murciélago y luego de vuelta en una chica, ¿quién le decía a ella que no fuera a pasar lo mismo con aquellas escaleras?

Se agarró a la barandilla con una mano y, con la otra, se impulsó rampa arriba.

Cuando llegó frente a la puerta y se dispuso a tocar con los nudillos, las hojas se abrieron y una cara familiar se asomó en la oscuridad. Olía a café y a canela.

—¡Hola! —Lili Drăgulescu sonreía como una estrella—. ¡Cómo me alegro de verte!

Noa tragó saliva.

—Hola, Lili —dijo, solemne, procurando que no le temblase la voz—. He venido a buscar respuestas.

—¡Qué bien! Por cierto, ¿te gusta la rampa? ¡La ha hecho Gheorghe! ¡Para que pudieras venir!

—Ah… Sí, está muy bien, gracias… Pero ¿cómo…?

—¿Que cómo la ha hecho? Pues no sé, era albañil hace muchos, muchos años, tendrás que preguntarle a él. —Lili rio—. ¿O quieres decir que cómo he sabido que estabas aquí? Eso es porque te he oído, hombre, que se escuchan las ruedas desde ahí dentro. ¿No sabías que cuando somos murciélagos oímos muy bien? Tanto que no necesitamos ver. Es como un radar. ¡Es muy práctico!

—Ah… Vaya…

Noa trató de respirar despacio; miró, alternativamente, hacia el pasillo negro que se abría en las profundidades del edificio y hacia la rampa que había dejado atrás, a la calle, a la luz que se colaba entre las hojas de los plátanos de sombra.

—Ay, no, ya te estás asustando otra vez. Qué mal —dijo Lili—. Mira, te prometo yo también que no te va a pasar nada. Sigues bajo la protección de Madre, así que no tienes nada que temer. Aunque, bueno, si has vuelto aquí, será que tanto miedo no te habremos dado…

—No, créeme —dijo Noa, estirando la boca en una sonrisa incómoda—. Si miedo tengo de sobra. Lo que pasa es que soy un poco gilipollas y siento bastante más curiosidad que miedo.

—¡Genial! Digo… No temas, estarás a salvo. ¡Venga! ¡Ven conmigo! Madre se va a alegrar un montón cuando te vea otra vez.

—¿Ah, sí? —dijo Noa, siguiéndola por el corredor; el portón se cerró tras ellas—. Pero ¿por qué? ¿Por qué decíais el otro día que me estabais buscando, o no sé qué?

Lili se detuvo, se giró y miró a Noa a los ojos. Casi parecía que le brillase la cara en la oscuridad, como esas pegatinas de lunas y estrellas que se ponían en el techo.

—Porque te necesitamos, Noa —dijo Lili, muy seria—. Nuestro clan está menguando. Te necesitamos a ti y a la gente como tú. Y tú eres la primera que hemos encontrado en años. Bueno, la primera dispuesta a unirte y no a matarnos, claro.

Noa abrió la boca para contestar, o para preguntar algo, pero se le quedó la pregunta encajada en el aire.

Lili abrió la puerta al final del pasillo; al otro lado, en la misma sala redonda de la otra vez, pero con las cortinas corridas y las velas apagadas, Iulia Drăgulescu las estaba esperando. Era la única persona en la estancia. Iulia se bajó del estrado central y, con un ademán, las invitó a acercarse. Su olor indescriptible lo inundaba todo.

—Entiendo tu temor, Noa —dijo Iulia cuando las chicas se colocaron cada una a un lado; Noa en su silla, Lili en uno de los bancos de madera—. Lo entiendo perfectamente. Yo también estuve en tu lugar, en el de una joven dhampir traída ante el jefe de un clan, ignorante y aterrada; también creí que iba a morir, o algo peor, a manos de seres extraños. Han pasado siglos desde entonces, y hablo literalmente; era una época terrible para los nuestros, una de fábulas y mitos que se confundían con la realidad. Quizá por eso, en aquel momento, yo creí en la leyenda. Eso es lo que veo que te cuesta: admitirlo, aceptarlo. Dime, Noa, ¿qué te haría creer que esto es real? Has visto a mi hija Liliana convertirse en murciélago ante tus ojos. La has visto llevarte en brazos, a ti y a tu silla rodante. ¿Quieres más pruebas?

Iulia se quedó mirándola, en silencio, y Noa encontró la voz al fondo de su garganta.

—No… Bueno, no sé —dijo—. A ver, no es que no me lo crea, es decir, Lili se ha transformado y todo lo demás. Más que eso, es que es difícil asumir que… en fin… que los vam-

41

piros existen, y que hablan español, y que se esconden en un edificio viejo de Serrano, y que van repartiendo folletos por el metro como si fueran una secta.

—¿Veis, Madre? —dijo Lili, haciendo una mueca—. Os dije que lo del folleto era una mala idea. Que nadie se lo iba a tomar en serio.

—Eso no es cierto. Ella se lo ha tomado en serio —dijo Iulia, frunciendo los labios—. Acudió tras leerlo.

—¡Porque se pensó que éramos Testigos de Jehová! Ya os lo dije: por mucho que hiciéramos folletos con tinta que solo pudieran leer los dhampires, si no pensábamos bien lo que escribir en ellos no iba a venir nadie…

Noa levantó la mano, como si estuviera en clase, y Lili se calló.

—Una cosilla —dijo Noa—. ¿Qué es eso de «dhampires»? Yo he venido aquí a por respuestas, y no me gusta esto de tener más preguntas cada vez.

Iulia Drăgulescu levantó las cejas. El resto de su rostro permaneció rígido.

—Creo —dijo— que debemos comenzar por el principio.

Noa cruzó los brazos sobre el pecho y Lili se reclinó en el asiento. Iulia Drăgulescu habló, con una voz que parecía arrancada de la tierra.

—En el principio, hace mucho, mucho tiempo, había seres humanos —dijo la matriarca—. En su apariencia externa, eran como nosotros. Un día algo cambió en las piezas de puzle diminutas que componen su existencia, en lo que hoy se conoce como ADN; una mutación imposible y mágica que dio lugar al primer vampiro. No sabemos cuándo ocurrió esto, ni cuál fue el nombre de su clan; fue cuando esta tierra que pisamos aún era joven, cuando los cuentos se narraban en voz alta y no sobre papel.

»El vampiro es, desde entonces, un ser distinto al humano, aunque se le parezca por fuera. Tiene sus ventajas sobre él: es más fuerte, de sentidos más agudos y puede transformar su cuerpo en el de un murciélago. Pero también es una criatura que no soporta la luz del sol, arriesgándose a sufrir dolorosas quemaduras si se expone a ella; tiene una grave alergia a las plantas del género *Allium*, esto es, los ajos, cebollas, puerros, cebollinos; su cuerpo, en suma, no capta bien ciertos nutrientes, por lo que debe adquirirlos de la sangre de su mismo grupo sanguíneo. Para esto usa sus dientes. —Iulia hizo una pausa para abrir la boca y mostrar su dentadura, desordenada, en la que grandes caninos habían desplazado piezas—. Los vampiros no tenemos esmalte en los colmillos, como puedes ver, y son huecos, igual que agujas hipodérmicas. Por ellos absorbemos la sangre que nos nutre. No es por maldad; debemos hacerlo o morimos por la falta de dichos nutrientes, si bien no es preciso que tomemos sangre con gran frecuencia.

—Entonces, por eso me necesitáis, ¿no? —dijo Noa, intentando que no le terminase de dar el mareo que notaba—. Para chuparme la sangre.

—¡No! ¡Claro que no! —dijo Lili—. Madre, explíquele lo de los dhampires antes de que vuelva a salir corriendo.

—Cada cosa a su tiempo, Liliana —dijo Iulia—. Bien, el primer vampiro estaba solo en el mundo y las arenas del tiempo se lo tragaron, pero logró pasar sus genes a sus descendientes. Aquellos que recibieron mayor cantidad de las piezas del puzle que le hacían vampiro nacieron también vampiros, alérgicos a la luz desde bebés, débiles hasta la adolescencia, fuertes una vez comenzaban a alimentarse de sangre. Pero hubo otros, también colgados de las ramas de su árbol genealógico, que no tenían piezas suficientes para nacer así. Son seres a medias, sensibles al vampirismo, capaces de percibir a un vampiro por su esencia única, un aroma que tan solo los vampiros poseemos —en aquel momento, a Noa le resultó insoportablemente intenso el olor que parecía ser

43

el aura misma de Iulia— y, también, capaces de ser transformados en un vampiro pleno al sustituir su sangre por la de uno de nosotros. Esos seres son los que buscamos.

—Y eso soy yo —balbuceó Noa, de golpe.

—Eso eres tú. Una dhampir. Una criatura a medias humana, a medias vampiro. —Iulia Drăgulescu suspiró—. Una esperanza para nuestro clan.

Noa se llevó las manos a la cara.

Le bailaban estrellas tras los párpados cerrados y agradecía estar sentada en su silla; tenía la sensación de que, si no lo hubiera estado, habría caído de espaldas al suelo.

—¿Estás bien? —dijo Lili.

—Claro, por qué no iba a estarlo, estoy perfectamente. Entonces no solo es que existan los vampiros, sino que el vampirismo es genético y hay personas que son medio vampiros. Y yo soy una de esas personas. Maravilloso. Genial. Creo que… Creo que necesito un momento para asimilarlo. Un par de meses, o así.

—Pues se lo está tomando bien —dijo Lili.

—Liliana, esta es una cuestión seria. Borra ahora mismo esa sonrisa de tu cara. Es lógico que esté confusa; yo también lo estuve, en su momento. —Iulia se giró hacia Noa con una expresión sincera—. Noa, yo fui, como tú, una dhampir. Nací en una época de castillos y de reyes, entre la nobleza de una región que, por estar más allá de los bosques de la Dacia oriental, recibía el nombre de Transilvania. Entre mis antepasados debió de haber vampiros plenos para que yo naciera así. No supe nada de este hecho hasta que, a los quince o dieciséis años de edad, como tú, empecé a notar una extraña sensación que tiraba de mí hacia ciertos individuos. Y ellos lo notaron, al cabo de pocos años, y vinieron a por mí. Eran vampiros, estaban alerta, y temían que un dhampir sin instrucción hiciera lo que la mayoría de ellos hacen: convertirse en cazadores de vampiros.

—¿Cómo? —dijo Noa—. Espera. ¿Por qué cazadores? Creo que me he perdido algo.

—Sí, Noa; el dhampir nos huele, y por ello es también el cazador más eficiente contra nosotros. Percibe nuestro olor a vampiro como algo bueno, algo que le provoca un gran deseo de buscarnos. Es, por tanto, una herramienta utilísima para perseguir vampiros y para identificarlos; si deseas acabar con un vampiro, primero, necesitas un dhampir. Así, a muchos de vosotros se os ha usado para cazarnos. Aún hoy en día existen antiguos grupos de cazadores de vampiros, que reclutan a dhampires para hallarnos. Por eso es esencial hallar al dhampir a tiempo, antes de que nadie le haya contado nada sobre el bando opuesto. Un dhampir es menos fuerte que un vampiro, pero más que un humano; es, también, más lento que un vampiro transformado en murciélago, pero capaz de alcanzarlo a la carrera estando en pie.

—Ostras, correr —dijo Noa, estirando la boca hacia un lado—. Lo que mejor se me da en el mundo entero.

Iulia Drăgulescu le evitó la mirada un instante. Noa tosió.

—Lo que no entiendo es cómo pueden cazaros. ¿No se supone que los vampiros sois inmortales? Espera, no, es verdad, dijiste que el primer vampiro había muerto…

—El vampiro no sufre el paso del tiempo en su cuerpo como lo hace un ser humano, o incluso un dhampir —dijo la matriarca—. No envejece. Queda clavado en su forma y aspecto cuando se convierte; en caso de nacer pleno, madura completamente y después su cuerpo no cambia. Sin embargo, puede morir. Puede matarle una estaca en el corazón, sí, y también una bala en el cráneo, o una espada en el cuello. Yo llevo viva siglos, pero mi vida podría acabarse mañana, si el destino lo quisiera.

—Lo de «¿quieres vivir para siempre?» que ponía en el folleto era una metáfora —le dijo Lili a Noa.

—Se llama hipérbole, hija. No las confundas.

45

Noa entrelazó los dedos en su regazo y miró, primero a la cara de Iulia Drăgulescu, luego a la de Liliana Drăgulescu, y después a su alrededor, como si el presentador de un programa de cámara oculta fuera a saltar desde detrás de un banco.

—Vale, ¿entonces? —dijo—. A ver si me ha quedado claro. ¿Queréis chuparme la sangre, o no?

—No. En absoluto. —Iulia negó con la cabeza—. Queremos que te unas a nosotros. Nuestro clan ha hecho un pacto para toda la eternidad: hemos jurado no beber la sangre de otro ser humano que no consienta a ello. Solo bebemos sangre donada.

Lili se deslizó en el banco de madera hasta estar al lado de Noa.

—Hay un montón de personas a las que les pone que les chupen la sangre —le dijo al oído, en voz baja—. Siempre me han dado mal rollo, pero gracias a ellos subsistimos sin tener que hacer daño a la gente. Es una suerte que existan los foros de fetiches raros en internet. Eso, y los bancos de sangre. La compra mi padre, que es médico.

Noa resopló.

—Genial. Creo que necesito un vaso de agua. Para echármelo por encima, a ver si así me despierto de esta pesadilla.

—Liliana, tráeselo.

—No, no, prefiero ir con ella a cogerlo —dijo Noa, y rodó la silla hacia atrás—. De verdad, esto ha sido muy interesante, pero no me siento cómoda quedándome aquí sola con usted.

—¿Y con mi hija sí? —Iulia Drăgulescu alzó una ceja—. Es una vampiresa, exactamente igual que yo.

—Ya —dijo Noa—. Pero, yo qué sé, es toda la combinación del ambiente, de que me impone usted mucho, de la sala esta con velas y cortinas rojas que parece una iglesia mal hecha. Tengo que tomar el aire.

—Jo, la última vez que dijiste eso saliste corriendo —dijo Lili, mohína.

—Y no te creas que no me lo estoy planteando —suspiró Noa.

La acompañó, pasillo abajo, hasta una de las puertas que se abrían a ambos lados. Entraron en una cocina perfectamente normal, moderna; con su vitrocerámica, su nevera reluciente y sus azulejos limpios.

Lili abrió el frigorífico y Noa se asomó por detrás de su espalda.

—¿Qué? ¿Qué esperabas ver, bolsas de sangre con pajita? —le dijo.

Allí había tarteras de plástico llenas de comida, fruta, pescado, alguna que otra pieza de carne; pero sangre, no.

—Más o menos —dijo Noa—. No sé.

—Esas están en un congelador especial. Que necesitemos sangre para vivir no significa que sea lo único —dijo Lili, sacando una botella de agua de cristal, empañada por el frío—. Sería aburridísimo. Eso sí, los ajos y las cebollas ni tocarlos. Eso es lo único.

—Así que es verdad que os matan…

—Toma, pues claro. A nosotros, y a cualquier otra persona alérgica. Se te cierra la garganta y ya no puedes respirar. Me pasó una vez por tomar un pincho de tortilla que llevaba cebolla. Tuvieron que inyectarme una cosa los de la ambulancia.

Noa bebió del vaso de agua que le sirvió Lili, y luego volvió a rellenarlo y a beber más. Estaba fresquita. Le calmaba un poco las ideas y los tirones de la angustia en el estómago.

—A ver —dijo, posando el vaso vacío sobre la encimera—. Entonces, que yo me entere: queréis convertirme en vampiro, ¿no?

—Eso es —dijo Lili, y sonrió—. Es para que no se acabe la familia Drăgulescu. Aunque no nos muramos de viejos,

47

siempre puede pasarnos algo, y hemos tenido unos cuantos encontronazos con cazadores en los últimos años… También hay vampiros que dejan el clan y deciden marcharse a otro sitio; Madre se lo permite, claro, pero con el paso del tiempo se va haciendo más y más pequeño. Por eso estábamos buscando dhampires que quisieran unirse a nosotros. ¿Qué dices? ¿Quieres formar parte de nuestra familia? ¿Transformarte en una criatura de la noche?

La cara expectante de Lili era difícil de contradecir.

—Pero es que… yo ya tengo una familia, Lili. Tengo un padre, una madre, una abuela y hasta un tío bastante idiota. Y lo que dices de transformarme, bueno, verás… No es que no me fíe, pero…

—¡Claro que no te fías! —dijo Lili—. Y es normal, a ver, te estamos proponiendo convertirte en un monstruo de terror… O de romance, dependiendo de a quién le preguntes. Pero vamos, que te entiendo; aunque yo naciera ya así, te entiendo.

—¿Ah, sí? ¿A ti no te convirtieron, como a tu madre?

—No. Mi padre y mi madre ya eran vampiros los dos, así que yo nací vampiresa —dijo Lili, y giró sobre sí misma como una bailarina—. Tengo otros hermanos, y tíos y tías, que sí fueron convertidos, porque a ellos los trajeron desde fuera de la familia, o los tuvo mi madre con otros señores humanos… El último fue mi hermano Daniel. Pero soy muy pequeña para haber visto cómo convertían a ninguno…

—Espera, espera, ¿cómo de pequeña? —interrumpió Noa—. Porfa, no me digas que en realidad tienes ciento diez años, aunque aparentes mi edad. Sería muy turbio.

—¡Uy, no! Tengo diecisiete. Cumplo dieciocho en septiembre.

Noa respiró aliviada.

—Vale, menos mal. Es que ya me estaba viendo la típica escena de adolescente perpetuo, y…

—Ay, ya, qué grima. Hay algunos que son así, ¿sabes? Algunos vampiros que se aprovechan de que van a aparentar para siempre veinticinco y lo usan para ligarse a chicas jóvenes. Cuanto más inexpertas, mejor. Una vez fuimos de viaje a Inglaterra y había uno así. ¡Pero en nuestro clan no! Madre los metería en cintura enseguida, como se les ocurriera.

—Quién me lo iba a decir. —Noa contuvo una sonrisa—. Vampiresas feministas.

—¡Claro! ¿O qué te crees? ¿Que una mujer como Madre, que ha vivido la Edad Media, va a permitir que los hombres se sigan comportando como entonces?

Volvieron a la sala central. Con los ojos más acostumbrados a la semioscuridad de aquel lugar, Noa contempló las paredes, que tenían figuras pintadas sobre los paneles de madera. La más alta, en el centro de la composición, era la cara afilada y estoica de Iulia Drăgulescu. La rodeaban sus hijos, nietos, cónyuges y hermanos, a juzgar por los brazos de un árbol genealógico que brotaba de ella; en una de las ramas distinguió los rasgos de Lili, pintados muy recientemente. Algunas de las caras eran solo sombras, o se habían borrado y la madera veteaba bajo ellas.

—Es el clan —murmuró Lili, simplemente, y abrió de nuevo las puertas de la estancia redonda.

—Una cosa —dijo Noa, cuando estuvieron ante el estrado de Iulia una vez más—, lo de convertirse en murciélago, ¿cómo funciona? Por aquello de que es un bicho diminuto, con cerebro de animal… ¿Se puede seguir pensando con cerebro de murciélago? ¿De verdad estoy hablando de esto en serio, o me he vuelto loca?

—No lo sabemos. —dijo Iulia Drăgulescu, entrelazando los dedos como la hebilla de un broche—. Podría decirse que es magia. Hay quien sugiere que la magia es una tecnología demasiado avanzada para entenderse, pero yo no lo creo.

49

Creo que es algo que está más allá de lo posible en términos humanos, simplemente. Por eso no es comprensible.

—Pero sí que sigues pensando —añadió Lili—. Eres tú, solo que con el cuerpo y los sentidos de un murciélago. Oyes como uno, ves como uno… es decir, bastante mal. Lo de ver, digo. Lo de oír es increíble; es como tener radares en las orejas. Pero sigues siendo tú ahí dentro. ¡Y puedes volar!

—¿Y tu cuerpo se transforma en el de un murciélago igual que el tuyo? —dijo Noa—. A ver, no sé si me estoy explicando. Si tienes una herida en el brazo, ¿el murciélago tendrá una herida en el ala?

Lili frunció el ceño, pensativa.

—Creo que sí…

—Noa —la cortó la madre del clan Drăgulescu—, sé por qué haces esa pregunta.

—Bueno, es evidente —dijo Noa, y señaló las piernas que le faltaban—. ¿No?

—Lo es. En mi clan, por el momento, no ha habido nadie como tú; sin embargo, puedo decirte algo de la anatomía de un murciélago: sus patas traseras son muy pequeñas, diminutas, y las usan para agarrarse a las ramas de los árboles. Son cuadrúpedos, en el fondo, y capaces de correr; con las alas dobladas, apoyan las garras y las patas en el suelo. Pero eso no es lo que te interesa. Lo que te interesa, Noa, es volar.

Iulia Drăgulescu chasqueó los dedos.

En el espacio que ocupaba Iulia en el mundo, el aire ondeó como si corriera una cortina transparente. Noa la vio girar sobre sí misma; según lo hacía, su cuerpo se iba desligando de la materia que lo componía, deshaciéndose en los átomos del universo, culminando en nada.

Lo sustituyó una figura diminuta, suspendida en el viento entre las velas apagadas, batiendo las alas, volando.

Un murciélago blanco.

El animal miró a Noa con sus ojos pequeños y brillantes, sabios, escudriñándola por un instante, y después alzó el vuelo. Revoloteó por toda la estancia, rodeándola, trenzando caminos entre columna y columna; subió hasta el techo, coronado de cristal, y aleteó de nuevo hasta volver a posarse en la corriente que entraba por la puerta abierta.

Noa recordó cerrar la boca y apartó la mano que, sin quererlo, había adelantado para tocar al murciélago.

El mundo se desordenó de nuevo cuando la figura del murciélago se distorsionó; cambió de forma y tamaño, como la superficie de un lago al que hubieran arrojado piedras, tembló un instante, y de repente allí estaba Iulia Drăgulescu, levantándose del suelo, poniéndose de pie desde una postura en cuclillas.

—No he necesitado mis piernas para hacer nada de eso, Noa —dijo—, y tú tampoco las necesitarás.

Noa tenía la boca seca otra vez, a pesar de los vasos de agua. Se llevó las manos a los muslos, donde le terminaban los miembros, y clavó los dedos.

—Te ofrezco formar parte de mi familia —dijo Iulia Drăgulescu, y su voz fue una campana que restalló en la llama de los candelabros—. Te ofrezco unirte a nosotros. Convertirte en un vampiro. Beberás sangre, el sol te quemará y el ajo te cerrará la garganta, sí, pero vivirás tanto como dure tu cautela y, si lo deseas, podrás transformarte en un animal cuyas alas te podrán llevar donde no pueden tus piernas. ¿Qué contestas a eso?

Le costó un par de intentos, de respiraciones hondas y de voces contradictorias en su cabeza, pero, al fin, Noa contestó.

—Tengo que pensármelo. No sé. Mis padres… Mi familia…

—Tu familia será la nuestra. Sin embargo, mientras no traiciones nuestro secreto, nada impide que sigas junto a ellos. Al menos hasta que sus cuerpos mortales se deshagan en la tierra. Y, sí, esto es un secreto. ¿Qué crees que ocurriría,

51

Noa, si en esta era de las cámaras y los vídeos, de las redes y las conexiones perpetuas, alguien revelase ante el mundo entero lo que tú acabas de ver? ¿Crees que nos dejarían en paz? Nos usarían a mí y a mi familia como sujetos de experimento, si pudieran atraparnos. Por eso debes ser precavida con lo que acabas de conocer. Puede haber cazadores de vampiros ocultos en cualquier lugar; puede haber cualquier cosa, igual que hay vampiros. No lo olvides. Por tanto, Noa, respeto que quieras pensar mi oferta; a partir del día de hoy, a cambio de las respuestas que he dado a tus preguntas, te concedo una semana.

—¿Una semana? —dijo Lili—. Pero, Madre, no…

—Una semana, he dicho. Si en una semana no has vuelto a nuestra casa, entenderé que no quieres ser una de nosotros. Que no te interesa. Y eso es perfectamente válido; sin embargo, si esa es tu elección, no debes hablar con nadie de lo que has visto dentro de estos muros. Nadie en absoluto. Si lo haces, sabré que lo has hecho. E iremos a por ti. Esto es una promesa.

El escalofrío que recorrió la espalda de Noa no evitó que le cayera una gota de sudor por la nuca.

—Madre, sois demasiado estricta…

—Silencio, Liliana. Es mi familia y la protegeré a toda costa. Pero si te unes a ella, Noa, eso te incluirá a ti. No permitiré que te ocurra nada malo, nada que esté en mis manos evitar. Si escoges al clan de los Drăgulescu, te ofreceré vivir casi para siempre. Podrás volar. Podrás, incluso, cuando hayas madurado, convertir con tu sangre a otro dhampir en uno de los nuestros.

Noa agarró las ruedas de su silla, tomó aliento y miró a Iulia a los ojos, intentando que aquel azul pálido no se le colase dentro como una espina en la piel.

—De acuerdo —dijo—. Me lo voy a pensar. Ahora voy a irme a casa.

—Una última cosa, Noa. ¿Cuál es tu grupo sanguíneo?

—Esto... —Le vinieron a la cabeza recuerdos del accidente; de salas de hospital, de vías y de bolsas rojas colgando de un gotero—. A positivo, creo.

—Gracias.

Iulia había pronunciado aquella palabra junto a una mirada aguda hacia Lili.

—¡Te acompaño a la salida! —dijo esta, cantarina.

—No, tranquila. Voy yo sola —dijo Noa—. No sé. Si pudiera hablarlo con alguien... Aunque fuera con mi abuela...

La voz de Iulia cortó el aire.

—No. Bajo ningún concepto. Ese es nuestro trato.

—Pero ¡si es mi abuela! ¡Qué tontería!

—Es tu ascendiente directa. Eso es peligroso. Recuerda que el vampirismo se transmite en la genética; si tú eres dhampir, puede haber otros entre tus parientes y, a su vez, entre ellos puede haber cazadores de vampiros. Has de extremar el cuidado; tus padres no deben notar nada raro.

Noa asintió, sintiéndose algo mareada.

Cuando la puerta de la calle se abrió y la luz del sol le dio la recibida, se tuvo que tapar los ojos con el dorso de la mano; le quemaban. Las hojas de platanera estaban teñidas de dorado, translúcidas contra el cielo. Y al echar a rodar hacia la boca de metro más cercana, a Noa le pareció ver revolotear contra uno de los cristales del edificio unas alas membranosas.

El viento fresco en la cara no le borró el sudor de la frente hasta que llegó a su casa.

5

¿*D*e qué servía tener respuestas, si no podía compartirlas con nadie?

Noa, tumbada en la cama, miraba hacia el techo. Muchos años atrás, ahí mismo había pegado estrellas fosforescentes que brillaban en la oscuridad; llevaba tiempo sin pensarlo, pero aquellas luces habían trepado a su memoria porque le recordaban la cara blanquísima de Lili. ¿Sería aquella blancura una característica más del vampirismo?

Daba igual. No tenía importancia.

Después de todo, al día siguiente iba a vencer el plazo que Iulia le había dado, y no volvería a aquella casa de locos ni al metro de Serrano. Cuanto antes se olvidara de todo aquello, mejor para ella. Incluso parecía un mal sueño; allí, en su habitación, era fácil pensar que nunca había ocurrido. Su vida entera seguía igual, y seguiría así para siempre: con sus padres, con su familia de verdad, con su rutina de entrenar y pasear después de ir a clase, y con su cuerpo.

Con su cuerpo.

No, daba igual. Daba igual. No iba a ser esa incauta de las películas, esa que se metía en la boca del lobo y encima cerraba los dientes tras de sí. No tenía ninguna intención de aceptar la oferta de Iulia Drăgulescu.

Entonces, ¿por qué estaba despierta, con los ojos hinchados de ojeras, a las tres de la mañana? ¿Por qué se le venía a la cabeza, de vez en cuando, la cara de Lili, con las pecas sobre la nariz como si se las hubieran pintado a pinceladas?

La casa entera estaba dormida, salvo ella. Solo oía ronquidos desde la habitación donde dormían sus padres, amortiguados por las paredes de su cuarto, como olas de un mar furioso. Alguna vez, Noa había imaginado que lo eran y se había dormido pensándolo, pero en aquella ocasión no funcionaba.

Entonces lo oyó.

Como un relámpago en la noche, aquel ruido que no encajaba con el resto la desveló del todo.

Había crujido una puerta. Había crujido despacio, como si no quisiera alertar a la familia que dormía.

Noa trató de identificar la fuente del sonido. El pensamiento fugaz de que los murciélagos podían oír mucho más lejos que nadie se le cruzó por la mente y ella trató de apartarlo, igual que se aparta a una mosca molesta.

Pasos.

Pasos pequeños, cuidadosos, que hacían rechinar la madera del parqué.

Noa tragó saliva; la boca le sabía a ceniza.

No era capaz de levantarse sin ayuda. Aunque se agarrara al asidero de la cama y se alzase a pulso, su silla estaba demasiado lejos para intentar arrastrarse con las manos. Ahora que sabía que los monstruos existían, y no solo en los cuentos de hadas, los temores de niña pequeña se hacían mucho más reales; las sombras del montón de ropa eran encapuchados al acecho y, al otro lado de su ventana, podrían estar volando murciélagos en bandadas.

Una tos.

Un suspiro surgió del pecho de Noa.

Reconocía esa tos. Estaba tonta. Tonta, de verdad. Si no había incumplido su promesa, ¿por qué iba a venir nadie a hacerle daño? No; aquella tos y aquellos pasitos breves pertenecían a su abuela Conchi. Estaría yendo al baño, o a beber un vaso de agua, y Noa se había asustado sin motivo.

—¡Ay! —chilló entonces su abuela, desde algún rincón de la casa, acompañada de un estrépito de cacharros metálicos contra el suelo.

Noa dio un respingo.

A lo lejos, escuchaba quejidos y más ruido de ollas y escurrideras resonar unas con otras; su abuela debía de estar intentando levantarse torpemente.

Alzada sobre los antebrazos, Noa escuchó, atenta, buscando alguna señal de que se hubiera conseguido poner en pie, pero solo la oía lamentarse.

—Ay, ay, ay, mi cadera… —decía.

Noa se agarró a la barandilla que rodeaba su cama. La silla estaba ahí, al otro lado; si tuviera un poco más de fuerza en los brazos… Si hubiera entrenado más… Pero no podía alcanzarla. Solo le daba para auparse y gatear en la cama sobre las palmas de sus manos y los muñones de las piernas, por encima de las sábanas. Se resbaló y tuvo que asirse a la barra para no ir de bruces al suelo.

La abuela Conchi volvió a quejarse.

—¡Toño, hijo! —decía, con la voz temblorosa, sin que se moviera un alma más en la casa—. ¡Maricarmen! ¡Que no me puedo levantar!

Noa respiró hondo y gritó.

—¡Papá! —chilló, usando todo el aire que le cabía en los pulmones—. ¡Mamá! ¡La abuela se ha caído! ¡Papá!

Siguió gritando hasta que un ronquido se cortó por la mitad y fue sustituido por los muelles de un colchón. La puerta de su cuarto se abrió y se asomó su madre, en bata y descalza, con los rizos revueltos y el antifaz de dormir colgando del cuello.

57

—¡Hija! ¿Qué ha pasado?

—No lo sé —dijo Noa, tosiendo—. Id a ver a la abuela. Creo que está en la cocina.

Desde su cuarto, aún a oscuras, solo veía por la luz del pasillo deambular sombras; escuchaba las voces de sus padres, alarmados, y la de su abuela llena de alivio.

—Ay, mamá, pero ¿qué has hecho? —decía su padre—. ¿Cómo te has caído así? ¡Si estás sangrando!

—Iba al aseo, Toño, y estaba tan dormida que me tropecé con algo… No sé con qué…

—Vamos a llamar a una ambulancia, Antonio…

—¡No hace falta! Si mañana tengo cita con el doctor, y le digo…

—Mamá, Mari tiene razón. Voy a llamar al ciento doce ahora mismo. Quédate aquí con ella, ponle este trapo en la herida. ¡Y no te muevas más!

Las sirenas de la ambulancia y sus luces amarillas inundaron el cuarto de Noa desde la ventana; el miedo a que le hubiera ocurrido algo grave no se marchó hasta que todo estuvo otra vez en calma, y la abuela vendada y acostada, y volvió su madre a la puerta para contarle lo que había pasado.

—Por suerte, el golpe ha sido en el lado donde tiene la prótesis —le dijo—. Menos mal, porque se habría podido romper la cadera otra vez, perfectamente.

—Pero ¿está bien? No se la han llevado al hospital, ¿verdad?

—No, no ha hecho falta. Se había hecho un tajo muy feo porque justo tropezó con una olla, se despegó un cuchillo de la banda magnética donde están sujetos y se le clavó en la pierna. Pero se la han cosido ahí mismo y le han dado algo para el dolor. Mañana el médico se lo mirará mejor.

Maricarmen agarró la mano de su hija.

—Mamá…

—Gracias por avisarnos —dijo—. Menos mal que estabas despierta. Un momento, espera, ¿qué hacías despierta a esa hora?

—Ah, nada, nada, es que no podía dormir. A ver si ahora puedo, ¿vale? Ciérrame la puerta, porfa, cuando te vayas. Que mañana tengo que madrugar…

—¿Mañana? Pero si mañana es sábado, hija.

Noa miró por la ventana. Un gorrioncillo, de esos que empezaban a piar antes de que saliera el sol, cantaba fuera.

—Ya —dijo—. Ya lo sé.

Cuando la alarma sonó a las ocho en punto, Noa miró el mapa de su móvil. Tenía tiempo. Aún tenía tiempo para llegar a Serrano.

6

¿*C*ómo podía hacer tanto frío aquella mañana de mayo? Corría un viento gris, levantaba las hojas de los árboles y el polvo de la carretera, y le ponía a Noa el vello de los brazos de punta.

Esquivó un atasco de personas en los pasillos del metro. Le puso ojitos a los vigilantes de la estación de trasbordo para que la llevasen en brazos, a ella y a su silla, por las escaleras, porque el ascensor estaba averiado. Se le encajó una rueda entre el vagón y el andén y tuvo que hacerle palanca una señora con el mango de su paraguas.

Aun así, Noa llegó.

Estaba sin aliento, el viento le enfriaba el sudor, el pelo corto le sobresalía a mechones despeinados, pero, a pesar de todo, estaba ante el portal de la casa de la familia Drăgulescu.

Subió la rampa que habían hecho para ella.

Tocó a la puerta.

Solo le respondió el aire aullando, el motor de algún coche, la escoba de un barrendero al borde de la acera. Visto así, cerrado y en sombras, el edificio casi parecía abandonado.

Con un chirrido leve, las hojas se abrieron hacia dentro y aquel aroma sin nombre flotó, desde el interior, en dirección a la calle.

—Hola —dijo la vocecilla de Lili, que parecía cansada—. Me alegro de verte, Noa. Anda, pasa, pasa.

—¿Ocurre algo? —dijo Noa—. ¿Está todo bien?

—Sí, sí. Es que, a ver, ¡es muy temprano! ¡Que hoy es sábado! —Lili se apoyó contra una columna del pasillo y se frotó los ojos con los puños—. Podías haber venido un poco más tarde… Bueno, entonces, ¿qué? ¿Quieres unirte a nosotros? Si no, no estarías aquí, digo yo…

Noa carraspeó.

—Sí. A eso he venido. Pero lo siento si os he despertado…

—Qué va, no, solo me has despertado a mí. —Lili pescó una legaña que se le había quedado pegada en el párpado—. Como soy la única que tiene clase…

—Ah, ¿que vas a clase? Yo creía que los vampiros podían hacer lo que quisieran.

—Hombre, encima que voy a vivir un montón de años, al menos lo básico tendré que aprenderlo, ¿no? Pero, en fin, tampoco me esfuerzo mucho.

Cruzaron la sala redonda en la que acababa el pasillo; al otro lado, una puerta daba a una estancia distinta. Allí no había velas, ni cortinajes, ni suelos antiguos de madera; todo era absolutamente blanco y, al fondo de unos bancos, había una camilla de quirófano.

Junto a ella, un hombre corpulento y barbudo barría y desinfectaba con un aerosol todas las superficies.

—¿Te acuerdas de mi padre, Constantin? —dijo Lili, señalando hacia él—. Le viste el otro día.

—Ah, sí… ¡Hola!

Constantin la saludó con una mano enorme, gruesa como una ristra de chorizos blancos, y siguió limpiando.

—Es que no esperábamos que vinieras tan pronto —dijo Lili—. Aún están terminando de prepararlo todo. Menos mal que ya tienen mi parte…

La puerta se abrió y entraron dos personas más; Anca, la chica de piel oscura, y Vasile, el hombre rubio y delgado que le había dado el folleto en el metro. Ambos empujaban un carrito metálico en el que había frascos, paños e instrumental quirúrgico. Los vampiros se fueron sentando en los bancos, mirando hacia la camilla; el fuerte olor a vampiro, porque no era otra cosa, se le agolpaba a Noa por dentro de la nariz, entre las cejas, intenso y palpitante, igual que una vena.

—Y... —dijo Noa, contemplando la escena—. ¿Esto es para convertirme en vampiro?

—¡Claro! —Lili se sentó en uno de los asientos, atusando la tela que lo cubría antes de colocarse—. Hay que tener precauciones. Las mismas que tiene mi padre en el hospital.

—¿Va a durar mucho? Es que les he dicho a mis padres que hoy iba a estar con unas amigas, que íbamos a quedar para estudiar y comer y tal...

—No, ¡qué va! A la noche ya estarás en casa. Somos muy eficientes —dijo Lili, y sonrió. Un escalofrío le bajó a Noa por la espalda.

—Bueno, supongo que puedo decirles que también me he quedado a cenar...

Los vampiros saludaron a Noa con cortesía y se sentaron a esperar, uno tras otro, hasta que estuvieron llenos todos los bancos.

Cuando el reloj del móvil de Noa dio las once en punto, la puerta volvió a abrirse. Noa la olió; escuchó sus pasos firmes; predijo su presencia marcial, mucho antes de que entrase Iulia Drăgulescu.

—Bienvenida —dijo la matriarca, con aquella voz suya que le hacía vibrar el pecho—. Bienvenida a nuestra morada, Noa, de la familia...

Se hizo una pausa, y Noa comprendió que estaban esperando a que hablase.

—Gálvez Parra —dijo—. Noa Gálvez Parra. Ese es mi nombre completo.

—Bien, Noa Gálvez Parra —dijo Iulia—. Estás aquí porque deseas unirte a nosotros. Lo has decidido por tu propia voluntad, sin coacciones ni vicios; eres una dhampir, una criatura capaz de convertirse en vampiro pleno, y nuestra familia te acogerá para que así sea.

—Pero seguiré viviendo con mi familia… —Noa se cortó a sí misma; iba a decir «de verdad», pero no creía que a Iulia le fuera a hacer mucha gracia—. Con mis padres. Para que no se enteren de nada. Porque hay que guardar el secreto, ¿verdad?

—Efectivamente —continuó Iulia—. La pertenencia a nuestro clan no depende de dónde vivas, ni de qué nombre esté inscrito en tu documento de identidad. No; el apellido Drăgulescu se lleva en la sangre, no sobre el papel, y nunca mejor dicho; hay algunos de nosotros que ni siquiera llevan en documento oficial su nombre auténtico. Ahora, Noa Gálvez Parra, para que puedas decir que sí con pleno conocimiento, voy a explicarte en qué consiste la conversión en vampiro. Escucha con atención.

—Un momento, un momento —dijo Noa—. ¿Esto lo teníais todo preparado de antes? Quiero decir, ¿antes de saber que diría que sí?

—¡Yo sabía que dirías que sí! —Lili sonrió y le guiñó un ojo; las pecas de sus mejillas parecían saltar de alegría—. Tenía un presentimiento.

Con la comisura del labio ligeramente arrugada, Iulia Drăgulescu retomó su discurso.

—Podría decirse que la principal diferencia entre el humano y el dhampir es que este último tiene la capacidad de asimilar la transformación en vampiro. Esto, sin embargo, no la hace más fácil. Por mucho que el vampiro sea una criatura mágica, tiene sus semejantes en otras especies del reino animal; en este caso, encontramos una similitud, aunque acelerada, con las mariposas.

A las mariposas también las había envidiado Noa en su momento. También volaban. También parecían burlarse de ella, aleteando en mil colores entre las flores y el cielo.

Mientras su matriarca hablaba, los demás miembros del clan Drăgulescu escuchaban, atentos. La voz grave de Iulia sonaba como un diapasón, haciendo que Noa también vibrase en la misma onda. Aunque estuviera contando cosas terribles, de cierto modo, algo en Iulia la tranquilizaba.

Eso, y la mano de Lili. En algún momento, sin darse cuenta, se la había cogido por encima del reposabrazos de la silla. Era pequeña y estaba fría.

—La oruga de la mariposa, al salir del huevo, es fea y vulnerable —siguió diciendo Iulia—. Pero un día se encierra en una segunda piel, en una crisálida dura, y allí dentro se produce el misterio de su metamorfosis. Su cuerpo entero se disuelve. Se destruye a sí misma para reconstruirse, para crear nuevos órganos y alas de vivos colores; cuando la crisálida se rompe, emerge la mariposa adulta, envuelta en un velo frágil y húmedo con el que aprenderá a volar.

65

A Noa le había empezado a recorrer una sensación de picor, de hormigueo, tal vez por fuera, tal vez por dentro.

—Nadie sabe si a la oruga le duele convertirse en mariposa —decía Iulia—, porque no puede decírnoslo. Pero al dhampir sí le resulta doloroso; cambia su estructura interna como en una crisálida acelerada, de una manera que, si la viera algún médico de algún hospital humano, quemaría todos sus manuales de anatomía al instante. No podemos explicarte, Noa, por qué ocurre así, ni tampoco qué principios físicos o mágicos sigue esta transformación, ni por qué tiene sentido que la menstruación no sangre nunca más al ser vampiro, aunque sí tengamos hijos. Solo podemos decirte lo que debes esperar.

Con los ojos y los oídos abiertos, Noa escuchó a Iulia Drăgulescu.

Dos manos se le habían posado sobre los hombros. Una era la de Constantin, enorme y gruesa, junto a una sonrisa afable que se escondía entre sus barbas. La otra pertenecía a Lili.

—Te llevamos nosotros, ¿quieres? —dijo Lili.

Noa asintió y ella la levantó de la silla, tomándola por debajo de las axilas.

Constantin y Lili depositaron a Noa en la camilla, colocándole la cabeza con suavidad sobre un cojín. Se reclinó y entrecerró los ojos ante la luz circular que la miraba desde arriba. Un vampiro que se llamaba Daniel, de cara joven y redonda, tropezó al acercarle a Constantin una bolsa roja llena de sangre, pero Iulia la salvó con una mano y la colgó de un poste metálico.

—Bien, Noa —dijo la matriarca Drăgulescu—. Vamos a comenzar. Confírmame una última vez que estás de acuerdo. Que das tu consentimiento a esta metamorfosis. Que quieres seguir adelante.

Noa bajó los párpados. Inspiró, llenando su pecho de aire y de olores mezclados, intentando vaciar su cabeza del zumbido de la voz de Iulia.

—Voy a poder volar, ¿no?

—Vas a poder volar —le confirmó Iulia—. Vas a poder transmutarte en murciélago y volarás con sus alas membranosas, como si fueran tus manos.

—Entonces, sí —dijo Noa—. Sí, estoy de acuerdo. Quiero convertirme en vampiro.

—Empecemos, pues.

A Noa no le dio tiempo a ver las agujas; solo vio volar su brillo, emborronado en el aire, cuando se las clavaron a ambos lados del cuello, una en la yugular, la otra en la carótida.

La sangre brotó por una.

La sangre entró, al mismo tiempo por la otra, en su cuerpo.

Y sus sentidos se hundieron bajo el agua de golpe.

7

$\mathcal{L}$a descarga no le dejó pensar más.

Al menos, parecía una descarga. Una descarga eléctrica, un rayo que le había alcanzado en la garganta y la había clavado a la camilla, vertebrándola por dentro con la quemazón de la luz. Las manos se le agitaron, la cintura, el cuerpo entero; incluso los muñones de sus piernas parecían bailar al compás.

El dolor le viajaba cuerpo a través, a golpe de latidos; su propio corazón lo movía a través de sus venas.

Su chillido le llegaba lejano, ahogado, como si no fuera suyo; habría pensado que estaba viendo aquello desde fuera, tumbada en el aire a una cierta distancia de sí misma, de no haber sido por el dolor. Eso era lo único que se sentía real.

Entre una nube de lágrimas entreveía las caras de los vampiros cernirse sobre ella; aquella figura borrosa y alta era Iulia, aquella otra era Constantin, aquella era Daniel, de aquella de más allá no recordaba su nombre…

Buscó con la mirada a Lili, pero la electricidad le latía en la mandíbula, en las sienes, en el centro del pecho, y le bajaba por los brazos. Le ocupaba los hombros y le corría hacia el codo, hirviendo, congelando, llenando cada milímetro de su piel de punzones invisibles.

Dolía demasiado para notar que, agarrada a su mano, aún seguía la de Lili. Solo lo advirtió cuando el calambre llegó hasta allí y le agarrotó los dedos, separándolos de los de ella, que posó su palma fría sobre la frente de Noa.

Aliviaba un poco.

La conciencia le bailaba entre el dolor y la razón, entre perder y recobrar el conocimiento, en un vaivén que cortaba los minutos y las horas en pedazos gruesos. La lengua se le ensanchaba; engordaba, aumentaba tanto que no le cabía en la boca, y el paladar se le abombaba hacia abajo, y la garganta se le cerraba, y la piel de las mejillas se hinchaba, y ya no podía abrir los párpados, ni mover los nudillos de los dedos, ni ser más que un balón de plástico con la boquilla en las agujas que había clavadas en su cuello.

Respirar.

Tenía que respirar.

«El dolor terminará pronto. El encantamiento, también. Se deshincharán tus huesos y tomarás, al fin, tu primera bocanada de aire como vampiro —había dicho Iulia—. ¿Aún quieres convertirte en uno, aun sabiendo esto?»

Y Noa había asentido.

Y Noa, con las manos llenas de lágrimas, apareció jadeando desde su propia piel resquebrajada.

Boqueó sin resuello. El aire le raspaba la garganta herida, los labios le temblaban, se le escapaban palabras lloradas a medias por los dientes apretados. Pero había pasado el dolor. Ya solo quedaba el miedo.

—¡Noa! —dijo Lili, y la abrazó cuando se incorporaba sobre sus codos—. Ya está. Ya ha pasado todo. Respira, tranquila. Padre, tráele el agua, está sudando...

—Aire —jadeó Noa; Lili se apartó de ella para dejarle espacio—. Aire. Por favor.

Recobró el aliento a base de resoplidos; bebió del vaso que le tendía Constantin y se atragantó, pero siguió bebiendo; se mojó las manos y se las pasó por la cara, llevándose restos salados de llanto y transpiración a los labios.

—¿Cómo estás, Noa? —preguntó Iulia Drăgulescu—. Dinos, ¿te encuentras bien? Describe tus sensaciones, para poder comprobar si todo ha ido correctamente.

—No —dijo Noa—. No estoy bien. Me tiembla todo y diría que acaba de pasarme por encima un camión. Pero ya no me duele nada, eso sí...

Se miró las manos. Parecían las suyas de siempre; nada había cambiado, tenía la misma piel morena y velluda en los brazos, y las mismas uñas cortas sin pintar. Una vampiresa mayor, que se llamaba Mihaela, le retiró las agujas del cuello y le colocó un apósito de gasa en las heridas abiertas.

Al otro lado de las ventanas, la luz se había hecho dorada y tenue, de atardecer caldeado. La mañana gris había desaparecido en la camilla.

—¿Qué hora es? —farfulló Noa, antes de darse cuenta de que aún tenía el móvil en el bolsillo del pantalón y consultarlo—. ¿Las ocho de la tarde? ¿Ya?

—El tiempo pasa distinto dentro y fuera de la crisálida —dijo Iulia—. Veamos. Abre la boca. Con cuidado, no pases la lengua demasiado cerca de los...

Pero Noa ya lo había hecho, y dejó escapar un quejido cuando sus nuevos colmillos se le clavaron en el labio, sin llegar a rasgarlo.

—¡Ay!

—Bueno. Aún no están del todo listos. Calculo que hará falta un mes, más o menos, para completar la transformación.

—¿Un mes? —dijo Noa—. ¿Pero no estaba ya todo hecho?

—No. Ahora se ha puesto en marcha el proceso de metamorfosis —dijo Iulia—. Tardará ese tiempo en completarse. Los cambios bruscos ya han tenido lugar; a lo largo de las semanas siguientes irás viendo nuevas fuerzas, mayor sensibilidad al sol, una pérdida de energía que solo podrás saciar con la sangre y, finalmente, hallarás tu forma de murciélago. Con ella podrás volar. Entonces sabrás que eres una vampiresa plena.

Noa se miró las perneras del chándal, vacías a partir de la rodilla. La piel húmeda se le pegaba a la ropa, fría de sudor.

—Entonces —dijo—, ¿dentro de un mes podré volar?

—¡Sí! —dijo Lili, con su sonrisa de ratoncillo—. ¡Eso es!

—Bueno, no exactamente…

Quien había intervenido era Vasile, aquel vampiro delgadísimo y tímido. Noa lo miró con una ceja levantada; era todo lo que tenía fuerzas para levantar, en aquel momento.

—Quiero decir —continuó el vampiro, tartamudeando un poco— que, dentro de un mes, efectivamente, deberías ser capaz de transformarte en murciélago. Pero hará falta enseñarte. Igual que un bebé aprende a andar o a hablar, vamos. Con clases prácticas y teóricas.

—Ah, bueno…

—¡Yo te enseñaré! —interrumpió Lili—. En realidad, Vasile es un exagerado. Se aprende mucho más rápido si tienes una buena profesora. ¡Como yo!

—¿Sí? ¿A quién más has enseñado a volar?

—Pues… a nadie…

Noa suspiró.

—Liliana dice la verdad —dijo entonces Iulia Drăgulescu—. De todas mis hijas, ella fue la que adquirió la capacidad de transformarse en murciélago con mayor prontitud. Puede que nunca haya estado en el papel de maestra, pero estoy segura de que sabrá ayudarte. Está muy interesada en que te unas plenamente a nosotros y empieces a disfrutar de la vida de vampiro lo antes posible.

—Vale, vale, si yo encantada de que me enseñe…

Un rugido le brotó a Noa del estómago entonces, agudo como el croar de una rana, cortándola al hablar.

—¿Tienes hambre? —dijo Lili.

—Un poco. Por cierto, ¿puedo beber sangre ya? ¿Y comer cosas con ajos? ¿Cómo va el programa en ese tema?

Iulia Drăgulescu frunció el ceño un poco, lo bastante para ovillar las arrugas de su frente.

—Liliana, tráele algo de la cocina —dijo, y se giró hacia la camilla—. Verás, Noa; irás notando esos cambios en tu metabolismo a lo largo de este mes. El proceso de hoy ha preparado tu cuerpo para que vayan teniendo lugar; te recomiendo ir probando pequeñas cantidades de *Allium* cada varios días, así podrás vigilar si sufres una reacción alérgica…

Noa reprimió un bostezo.

—Madre, es tarde —dijo Lili—. Tal vez deberíamos mandarla de vuelta a su casa y seguir con las explicaciones mañana…

—Sí, por favor —dijo Noa—. Me las arreglaré para venir mañana también, si hace falta. El lunes no creo que pueda, porque tengo clase, pero podría decir que estoy mala.

—No será necesario —dijo Iulia, alzando una mano—. Podrás asistir a tus lecciones diarias; es preciso que sigas cumpliendo tus deberes mundanos, para que nadie sospeche. Constantin, ayúdala a bajar de la camilla.

Cuando el padre de Lili volvió a coger a Noa en brazos, se sintió mareada; era leve, era una pluma, veía estrellas con los párpados abiertos. Constantin la dejó en su silla de ruedas y Noa dejó que la empujara, como un carrito de bebé, hasta la acera misma de la calle.

Los vampiros la acompañaron a la boca del metro.

Lili y Constantin le dijeron adiós con la mano desde detrás de los tornos mientras Noa entraba, con aquellos brazos que sentía de plastilina, y vadeaba los cuerpos ajenos en aquel aturdimiento que acabó con ella llamando a la puerta de su casa; lo hizo tocando en la madera, como había hecho en Serrano, en vez de pulsar el timbre.

8

$\mathcal{N}$oa despertó envuelta en sus sábanas, con la almohada sobre la cara y la manta enredada en las ingles, sin casi recordar cómo había llegado hasta allí.

Entonces llegaron las agujetas, al mover los brazos para destaparse la cabeza; eran en el cuerpo entero, como si hubiera estado haciendo ejercicio con cada músculo desde el ombligo a la lengua. Solo después de aquello se acordó del día anterior.

De que era una vampiresa.

O, al menos, una en ciernes.

Por las ventanas abiertas de su cuarto entraba la luz neblinosa de una mañana de mayo y los chillidos en el aire de los vencejos, que giraban sobre sí mismos como paréntesis con alas. Se detuvo a escucharlos un momento antes de llamar a su madre.

—¡Hija! —dijo Maricarmen, arropada en su bata azul, desde la puerta del cuarto—. ¡Qué pronto te has despertado! Con lo agotada que estabas anoche, pensé que ibas a dormir hasta la hora de comer… Aprovecha si quieres dormir más, anda. Que para algo es domingo. El tío Rafa vendrá sobre las dos.

—No, no, es que no tengo sueño —dijo Noa—. ¿Me echas una mano?

La ayudó a colocarse en la silla, pero a Noa le pareció que

le costaba menos que otras veces auparse en los asideros, aun con agujetas y todo. Hizo una mueca al sentarse.

—¿Qué pasa? ¿Te duele algo?

—Ah, no es nada, son agujetas… —Noa sonrió desde detrás de la mueca—. Es que estoy probando unos ejercicios nuevos…

—Deberías consultarlos con el fisio, hija, no vaya a ser que te hagas daño. ¡Mira, si tienes aquí un moratón en el cuello!

—No, mamá, eso es una herida —dijo Noa, tapándose los rastros de las agujas.

Maricarmen frunció los labios pintados de rojo.

—¿Seguro? Ay, que me da a mí que esto no es un moratón cualquiera… ¡Si iba a tener razón yo y tenías una novia nueva!

—¡Mamá, por Dios!

Después de vestir a su hija y de llevarla al baño, Maricarmen la miró a ella y a su habitación entera, con los brazos cruzados.

—Esto está hecho una leonera —dijo—. Un día tenemos que limpiarla a fondo. Mira los rayones que dejas en el linóleo con la silla cuando vienes de la calle. Menos mal que no tenemos parqué…

—Sí, sí —dijo Noa—. Por cierto, me marcho ahora a casa de una amiga.

—¿Ahora? ¡Pero si son las nueve de la mañana! Y ayer lo mismo, y volviste tardísimo. No me parece bien, hija; ¿y si te pasa cualquier cosa? Tienes que tener en cuenta tus limitaciones.

—Anda, porfa, que es domingo. Estaré de vuelta para comer con el tío, ¿vale? Solo es un ratito.

Maricarmen respiró hondo y enarcó las cejas antes de decir:

—Bueno. Pero con cuidado, ¿eh?

—Sí, sí. Con cuidado.

Apenas llevaba un par de galletas y un vaso de zumo en el estómago, y Noa salió rodando por la puerta, empujándose —más fuerte de lo habitual, como si cada impulso que le diera a sus ruedas con las manos fuera mayor— hacia la boca del metro.

El cielo estaba a medias nublado y abierto, pintado de gris y blanco. Solo caía un poco de sol por entre las nubes. Noa se tocó la nuca en el metro y la sintió tierna, enrojecida, un poco quemada.

Cuando llegó al andén recordó por qué no solía cogerlo los domingos, y menos aún los domingos por la mañana. El panel luminoso rezaba PRÓXIMO TREN EN: 14 MINUTOS. Noa miró el móvil, nerviosa; ya eran las diez y media, y tenía que tener en cuenta el tiempo de llegar a la casa de Serrano, de hablar con los Drăgulescu y de volver a la suya.

Al montarse en el ascensor del transbordo a la línea cuatro, las puertas se quedaron entreabiertas pero encajadas, sin llegar a cerrarse ni abrirse del todo, con ella dentro. Tuvo que pulsar el botón de emergencia y respirar despacio, intentando tranquilizarse mientras venían los de seguridad a sacarla y la sirena le destrozaba los oídos.

Cuando llegó a la casa de los Drăgulescu con las mejillas y la nuca coloradas y el resuello colgando de la boca abierta, ya habían dado las doce.

—Hola, Noa —le sonrió Constantin, abriéndole las puertas—. Te veo bien.

—Hola —jadeó Noa, arrastrándose rampa arriba, apoyada en la barandilla—. ¿No está Lili?

—Sí, pasa, pasa. Liliana está en la cama, recuperándose. Ven, yo te guío.

—¿Recuperándose? ¿De qué?

Constantin se rascó la cabeza, el punto ralo donde no le crecía pelo.

—¿No te lo contó? Bueno, en tal caso, mejor que te lo diga ella. Sígueme, por aquí.

El edificio no estaba hecho para sillas de ruedas, y eso sin contar el ascensor antiguo en el que no cabía; tenía una escalinata interior que no llegaba a ser de caracol y pasillos casi demasiado estrechos para que pasara Noa. Tuvo que llevarla Constantin en brazos en varios tramos hasta una habitación interior, cuya puerta tenía pintado un cielo azul estrellado con constelaciones blancas.

Dentro, Lili estaba tumbada entre almohadones de plumas, recostada contra la pared, sorbiendo con pajita lo que Noa habría apostado, en cualquier otro contexto, que sería un granizado de frutos rojos.

Ya no olía a café ni a canela. Ya no olía a nada discernible.

—¡Uy! —dijo Lili, dejando el vaso en la mesilla de noche—. ¡Pasa, Noa! ¿Qué tal? ¿Cómo estás hoy? ¿Mejor?

Noa suspiró.

—Sí, bueno… Tengo como agujetas, pero estoy bien. Me he quemado un poco viniendo hacia aquí, eso sí. ¿Y tú? Me ha dicho tu padre que estás enferma.

—Ah, eso —Lili sonrió y se le sonrojó el rostro pecoso—. En realidad, no es nada grave. Es que, como ayer era tu día, no quería que te preocupases si te lo contaba. ¿Sabes la sangre de vampiro que usaron para convertirte?

—Claro. —Noa asintió y se quedó mirándola—. ¿Qué tiene que ver con…?

—Pues mucho —rio Lili—. ¡Era mía! Es la primera vez que convierto yo a alguien. ¡Me hacía mucha ilusión! Estuve acumulándola toda la semana. Pensé que no habría problemas, pero resulta que ayer, después de que te marchases, me dio un mareo muy fuerte y me caí al suelo. ¡Estaba anémica! Por eso tengo que reponer líquidos.

Lili señaló el vaso y sus paredes transparentes, cubiertas de gotitas rojas como diminutos rubíes engarzados. Tomó otro sorbo y, como si se vertiera directamente en sus mejillas, volvió a sonrojarse. Detrás de sus ojos claros latía algo distinto, una llama que aleteaba en el viento, en aquella habitación de ventanas cerradas.

Noa tragó saliva y, contra algún impulso que la animaba a acercar la silla a la cama de Lili, rodó un par de pasos hacia atrás.

—¿De quién es esa sangre? —dijo, en voz baja—. La que estás bebiendo.

Lili ladeó la cabeza. Parecía que llevara carmín en los labios.

—¿De quién va a ser, Noa? Tenemos el mismo grupo sanguíneo.

Desde la puerta llegó la tos potente de Constantin.

—Creo que deberíamos dejarla descansar un rato más, Noa. —Sonreía detrás de su barba rojiza—. Quédate a comer; Iulia te podrá explicar todo lo que quieras. Ven, vamos abajo de nuevo.

—Ah… Es que tengo que estar de vuelta en casa para la comida, lo siento…

—¡No pasa nada! —dijo Lili—. Mira, dame tu móvil. Así no hace falta que vengas hasta aquí para hablar conmigo. Ni con Madre.

—¿Tu madre tiene móvil? —dijo Noa, conteniendo una risa nerviosa—. Bueno, ya no sé ni de qué me sorprendo.

Intercambiaron los números; Lili tenía de icono en WhatsApp una *selfie* suya con un filtro que le pintaba unos colmillos de vampiro, como los de un dibujo animado, sobre los labios cerrados. El de Noa era una foto de ella misma sacando bíceps.

En el metro, de vuelta a casa, Noa tuvo que hacerle un nudo al cinturón de seguridad que había para sillas de ruedas en el vagón de atrás, porque alguien había pensado que sería muy gracioso romper el enganche.

Mientras Noa intentaba que no se le desatara, con la otra mano había sacado el móvil y, apoyándolo en su regazo, ecribía a Lili.

«¿Sabes? —le decía—. En realidad no estuve segura de deciros que sí hasta la noche antes.»

«¿Y eso? —respondía Lili—. ¿Por qué? Yo creía que estabas convencida…»

«Es que esa noche le pasó una cosa a mi abuela. Era tardísimo y, de repente, hubo un estrépito en la cocina, no sé qué estaría haciendo. Total, que se hizo daño en la pierna y yo no pude ir a ayudarla, por razones más que obvias.»

Lili tardó un poco en contestar.

«Oh… Vaya, pobrecita. —Añadió un *emoji* de carita triste al texto—. ¿Y cómo está ahora?»

Noa empezó a escribir una respuesta, pero se detuvo a medias.

«No lo sé —dijo—. Ayer fue al médico, pero no le pregunté.»

Pellizcó entre las uñas un hilo que sobresalía de su pantalón y tiró de él para arrancarlo, pero solo se alargaba más y más.

Cerró la conversación con Lili y llamó a casa.

—¡Hija! —dijo la voz nerviosa de su madre, al otro lado—. ¿Qué ocurre? ¿Estás bien?

—Sí, sí, estoy en el metro —dijo Noa—. Nada, que estaba pensando… ¿Cómo está la abuela? No la vi esta mañana, como salí tan deprisa… Ni anoche…

Oyó a su madre carraspear.

Se recolocó el móvil entre la oreja y el hombro para sujetarlo bien.

—Bueno, le hicieron curas ayer —dijo Maricarmen, y suspiró—. Pero está algo decaída. Más de ánimo que otra cosa. Ahora, cuando vengas, estate un poco con ella, ¿vale? El tío ha llegado pronto, por cierto, ya está aquí. ¿Qué dices, Rafa? ¿Que quieres hablar con la niña? Te paso con él.

A Noa no le dio tiempo a decir que no.

—¡Hola, hola! —dijo Rafael con aquella voz suya, ronca de humo de tabaco—. ¿Qué? ¿Cómo andamos? Bueno, tú no muy bien, je, je…

Se echó a reír, entre toses, tras aquella broma absurda.

—Hola, tío —dijo Noa, intentando no sonar tan exasperada como estaba.

—Ya me ha dicho tu madre que estás que no paras —dijo él—. De aquí para allá, con alguna de esas amiguitas tuyas, yendo y viniendo… Y sin hacer ni caso a tu familia que te quiere. Tu abuela está ahora mismo tan pachucha, la pobre, que ni ha podido hacer la comida como Dios manda; le está teniendo que ayudar tu padre. Y tú, ¿qué? ¿Por ahí de fiesta? Deberías estar ayudándola tú, siendo una buena nieta.

—Si solo me vas a echar la bronca, cuelgo —dijo Noa—. Justo estoy volviendo a casa.

—Ah, muy bien, muy bien, a la una de la tarde, después de venir ayer fumada hasta las cejas. Muy bonito.

—¿Qué? —dijo Noa—. Pero ¿qué dices? ¿Te has vuelto loco?

—No te hagas la tonta conmigo. Ya te he dicho que tu madre me lo ha contado todo. Ayer volviste a la cena con muchísima hambre, con los ojos rojos y un cansancio muy curioso. —El tío Rafa bajó la voz, en confidencia—. No se lo he dicho a Mari para no preocuparla, que para algo es mi hermana, pero me da en la nariz que alguien ha descubierto las bondades de la marihuana. ¿O me equivoco?

Noa trató de no gritar.

—Pues sí, te equivocas. Y mucho.

—¿Ah, sí? Niña, que yo nací en los sesenta, que esto a mí no me pilla de nuevas. ¡Yo viví la Movida madrileña!

—Que te estoy diciendo que no —repitió Noa—. Que no es nada de eso. Ayer estaba cansada y ya, nada más.

—¿Cansada de qué, si puede saberse? Y esa hambre que

tenías anoche, ¿de dónde venía? ¿De estudiar con una amiga, como le has dicho a tus padres? A mí no me vas a engañar como a ellos, pillina. Soy un hombre de mundo. Puede que el calzonazos de tu padre esté demasiado ocupado batiendo huevos en la cocina para preocuparse por su hija, ¡pero a mí no se me pasa ni una!

—¡Que no es eso!

—Entonces, ¿tienes una explicación mejor?

Noa se quedó callada.

La megafonía del vagón anunció la próxima estación, correspondencia con línea cinco, y dejó de haber cobertura en aquel túnel subterráneo.

Cuando llegó a casa, el cielo se había despejado. Noa se había quitado la chaqueta y se la había colgado del cuello para que dejara de arderle la nuca, pero solo consiguió que se le quemasen también los brazos. Por la ventana de la cocina llegaba a la calle un olor a tortilla de patatas y, también, una sucesión de gritos entre su padre y su tío.

—Pasa, hija, pasa —le dijo su madre, y se volvió hacia el interior—. ¡Ya ha llegado la niña! Venga, todo el mundo a la mesa, hacedme el favor.

La abuela Conchi estaba ya sentada en el sofá, con una pierna vendada y la muleta vieja apoyada en el respaldo. Su padre entró en el comedor, cargando con una fuente redonda en la que humeaba la tortilla, dorada y jugosa; a Noa se le fueron detrás los ojos y la saliva.

—Vaya, vaya —dijo el tío Rafael al pasar al lado de Noa, y abrió las aletas de la nariz como un perro sabueso—. Esta niña me huele raro, Maricarmen. No está haciendo nada bueno por ahí con esas amiguitas suyas todo el día.

—Rafa, por favor, déjala ya en paz —dijo el padre de Noa, dejando el plato en el centro del hule de flores—. Tiene dieciséis años, está en la edad de salir y divertirse. Ya tiene bastante con lo suyo…

Maricarmen fingió una tos.

—¿Quién quiere sopa? —dijo—. ¿Os sirvo?

—No, mira, Antonio —continuó Rafael—, lo que no puedes hacer es dejar a tu hija adolescente sin control. Cualquiera podría aprovecharse de ella. Y más en su situación. ¡Yo lo digo por su bien! Hablo en serio. Me huele a chamusquina.

—Mi nieta huele de maravilla, Rafael —le interrumpió la abuela Conchi—. Y nunca haría nada malo. Eso es que tienes prejuicios.

—¿Prejuicios? ¿Prejuicios, yo? Yo lo que tengo es mucha experiencia vital, señora.

—A mi madre no la llamas señora, Rafa —dijo el padre de Noa.

Unas cotorras argentinas pasaron chillando por la ventana, volando hacia el parque de la esquina y ahogando con sus graznidos alegres la discusión.

El tío Rafael se inclinó para mirarle a Noa la nuca.

—Oye, ¡pero si estás hecha un tomate, niña! ¿Qué andabas tú haciendo para quemarte así?

—Nada. ¡Tengo la piel sensible! ¡Déjame en paz!

Rafael la cogió de los hombros y giró la silla hacia él, tirando del cuerpo de Noa. Ella deseó tener el resto de las piernas para meterle una patada en la barriga.

—Mari —dijo, sin dejar de mirar a su sobrina—, si esta cría no está metida en drogas, está metida en algo peor. Atenta a mis palabras. Estas cosas hay que pillarlas a tiempo para poderlas cortar de raíz. ¿Qué, no me crees?

—¡Ay! ¡Me haces daño! —dijo Noa, y le empujó las manos para quitárselas de encima—. No estoy metida en nada. ¿Me vas a dejar comer?

Llegó un suspiro cansado desde el otro lado de la mesa, donde se sentaba su padre.

—Noa, hija —dijo—. Mira que me duele darle la razón a Rafa…

—Hombre, gracias.

—Pero sí que quiero que tengas presente una cosa —continuó Antonio—. Sabes que puedes decírnoslo si te pasa algo, ¿verdad? Si hay algún problema en clase, con los compañeros o lo que sea. Solo nos preocupamos por ti, nada más.

Noa bajó la mirada al plato de sopa y tomó una cucharada, despacio, sorbiéndola sin hacer ruido. Su padre tenía las manos entrelazadas sobre la mesa y, aunque el bigote negro le tapaba la boca, podía adivinar perfectamente su expresión. Maricarmen se servía una porción de tortilla, derramando el interior jugoso mientras observaba, alternativamente, a su marido y a su hija.

La abuela Conchi comía tortilla blanda con la dentadura quitada. Ella no miraba a nadie.

Noa respiró hondo y se mordió el labio por dentro.

—Bueno —dijo, dejando la cuchara en el plato con más fuerza de la necesaria—, es verdad. Sí que pasa algo.

—¿Veis? ¿Veis? —dijo Rafael—. ¡Si me hubierais hecho caso…!

—Rafa, cállate y deja hablar a la niña —dijo Maricarmen.

—A ver, cuéntanos —dijo Antonio—. O, si prefieres decírnoslo en privado, también está bien, no pasa nada.

—¡No, no! Mejor os lo cuento aquí, que si no, el tío Rafa va a ir diciendo que si os miento, que si no sé qué.

El susodicho abrió la boca para replicar, pero Noa no le dejó.

—Lo que pasa es… que tengo novia.

Rafael se quedó a medias de sorber una cucharada de sopa.

—Por eso he estado tanto tiempo fuera —siguió explicando Noa—. Iba a verla a su casa, a pasear con ella por el parque… Y estaba rara porque creía que ella no quería salir conmigo. Pero ya me ha dicho que sí, así que no os preocupéis.

Maricarmen levantó una ceja.

—¿Y no puede venir ella a verte, en vez de ir tú tanto tiempo? —dijo—. Que no será tonta esa niña, sabrá que tú no puedes estar moviéndote por ahí como cualquiera… ¿Y cómo se llama? ¿Dónde la has conocido? No te estará tratando mal, ¿verdad? Que aún me acuerdo de la novia que tuviste hace unos años, la Míriam esa de las narices, que te trataba como a un perrito faldero…

—A ver, a ver, por partes —rio Noa—. Se llama… Se llama Lili. Va a la clase de al lado. Es muy maja, le voy a decir que venga algún día de estos, para que la conozcáis. Y para que estéis convencidos de que ni estoy metida en cosas raras, ni nada por el estilo. ¿Vale?

El ceño fruncido del tío Rafael decía claramente que no, que no valía.

—¿Y eso cómo explica que te hayas quemado la nuca? —dijo—. No sé, no sé yo. Con la esperanza que tenía de que algún día volvieras al redil, Noa… ¡No te cierres puertas!

—¿Qué redil? ¿Qué puertas? ¿Pero qué me estás diciendo? No, mira, prefiero no saberlo. Nos fuimos a pasear al Retiro y me dio mucho el sol, eso es todo. ¿Se puede acabar ya este interrogatorio, por favor?

—¡Eso! —apostilló la abuela—. ¡Que se te está enfriando la tortilla! La ha hecho Toño, con todo su amor y con mi receta.

Noa se terminó el plato de sopa y se sirvió un trozo.

La tortilla estaba riquísima.

Tanto, que Noa no se dio cuenta de que empezaba a escocerle la boca hasta que se le hinchó, como una ampolla, una herida que tenía por dentro del labio.

Tenía cebolla.

Con el bocado a medio masticar aún entre los dientes, Noa se tapó con una mano y buscó algún lugar donde escupirlo. ¿En su palma? ¿En la servilleta de tela? ¿En el baño? Cuanto más lo retenía en la boca, más le picaba.

—Hija, ¿no te gusta la tortilla? —dijo su padre, con el ceño torcido—. ¿No me ha salido bien?

Noa farfulló algo con la boca llena y se llevó la servilleta a los labios.

—Está muy buena —dijo, sujetando la tela empapada de saliva y huevo en el puño cerrado—. Buenísima. Es que… No me encuentro bien. Tengo que ir al baño, un momento.

Rodó hasta el aseo, sintiendo las miradas de su familia clavadas en la piel quemada de la nuca; cerró la puerta con pestillo, se enjuagó la boca varias veces en el lavabo bajo y sacó del bolsillo el móvil.

«Oye, Lili —le escribió un mensaje—. Ha pasado una cosa. Te juro que es por el bien de vuestro secreto, ¿vale? Porfa, no te enfades.»

La respuesta vino rápida.

«¿Qué ha pasado? ¿Todo bien?»

«Sí, sí, todo genial… He conseguido despistarles, no han averiguado nada. Solamente es que, bueno…»

«¿Qué?»

«Que ahora mis padres creen que eres mi novia.»

Le llegó un mensaje de audio. Era corto.

Noa se apoyó el móvil en la oreja y escuchó, con perfecta claridad, a toda la familia Drăgulescu partiéndose de la risa.

9

—*C*reo que lo que peor voy a llevar es la alergia al ajo
—escribió Noa en el móvil, disimulándolo bajo su pupitre—.
Con lo rico que está el gazpacho de mi abuela… Y encima,
ahora se siente mal cuando no quiero tomarlo. Es horrible.

Lili le respondió veloz, como siempre.

—Jo, yo es que nunca he tomado nada con ajo —decía—.
Pero te compadezco. Suena muy bien.

—Pues te has perdido el mejor gazpacho del mundo. Y
el salmorejo. Y las gambas al ajillo. Y el ajoblanco… Joder,
ahora tengo hambre. Y faltan dos horas aún para comer.

Un puntapié en la rueda de su silla distrajo a Noa del
teléfono un instante.

—¡Eh! —le chistó en voz baja Sara, la compañera de al
lado—. Que te está mirando.

Levantó la vista a la pizarra; la profesora de Geografía,
Paloma, le devolvió la mirada con el ceño fruncido clavada
en ella. Noa dejó el móvil y pasó las hojas del libro hasta la
página correcta: el mapa de distribución de los terrenos silí-
ceos, arcillosos y calizos en la Península Ibérica.

—Bien —carraspeó la profesora, cruzándose de brazos
y sin dejar de mirarla—, ahora que la señorita Gálvez está
por fin mirando el mapa que toca y no el del tema anterior,
podemos continuar. Isabel, ¿serías tan amable de seguir con
la pregunta tres?

Mientras su compañera contestaba, Noa echó un último vistazo furtivo a la pantalla.

—Tía, que te va a echar la bronca —susurró su compañera—. Espérate a que se dé la espalda, no seas cantosa. ¿Con quién hablas tanto? Que últimamente no paras. ¿Te has echado novio, o qué?

Noa trató de contener una sonrisa nerviosa. No lo consiguió.

—Novia, en realidad —dijo.

Sara cambió el gesto inmediatamente.

—Ah… Bueno.

—¡Vosotras dos! —dijo la profesora, dando una palmada—. ¿Queréis compartir con la clase ese tema tan interesante del que estáis hablando?

—No, no… No era nada, ya nos callamos.

Noa no volvió a tocar el móvil en lo que quedaba de clase; su compañera Sara no dejaba de espiar, por encima del hombro, intentando ver lo que le escribía a su supuesta novia en la pantalla.

En el descanso entre Inglés e Historia, Noa solía salir afuera, a las gradas que rodeaban el campo de fútbol. Pero aquel día había un sol brillante en las alturas, lo bastante para quemarle la piel en los quince minutos de recreo. Y se había olvidado traer la crema protectora.

Por eso Noa se quedó bajo techo, en el pasillo que separaba las clases del patio exterior.

Por eso se le acercaron aquellos compañeros con los que ya no solía hablar demasiado.

—¡Anda, si estás aquí! —dijo Elena—. ¿Qué? ¡Ya no nos cuentas nada, tía!

—¿Qué os voy a contar? ¿Otra vez queréis que os explique por qué no os dejo usar mi silla? Creía que ya os habíais cansado de oírme.

Adrián rio, estridente.

—Qué va —dijo—. Es que nos ha dicho Sara que tienes novia. Y nosotros aquí, sin enterarnos de nada. ¡Qué mala amiga!

—Ah, que volvemos a ser amigos —dijo Noa—. Fíjate, no me había enterado. Yo pensaba que ahora estabais dejándome de lado.

—Joder, tía, te pasas —dijo Elena—. Si tú tampoco quieres saber nada de nosotros. Mira a Laura, el novio le pegó la mononucleosis y ni siquiera te has enterado, ¿a que no?

Noa se encogió de hombros.

—No. Desde luego, ella no me ha dicho nada.

—Anda, venga, no seas rencorosa… —Elena se acercó a ella, poniéndole las manos en los reposabrazos de la silla—. Si solo queremos saber qué es de ti. Porfa. Y lo de tu novia nueva.

Respirando hondo, Noa trató de ignorar lo pequeño que se había hecho su espacio vital.

—Pues estoy perfectamente. —Sonrió, aunque la sonrisa no le alcanzase los ojos—. A ver, ¿qué queréis saber?

—¡Todo! —dijo Laura con aquella vocecilla de cristal que tenía—. ¿Cómo se llama? ¿Dónde la has conocido? No es de aquí, del insti, ¿verdad?

—Claro que no, tía, ¿estás tonta? —interrumpió Elena—. Si no, ya la habríamos visto.

—Se llama Lili —dijo Noa—. Es… Esto… Es la hija de unos amigos de mis padres.

—¡Anda! ¿Y tiene nuestra edad? —siguió preguntando Laura—. Ay, ¡podría venir el finde que viene! Dile que se venga.

Noa se cruzó de brazos.

—¿A dónde?

—Uy, es verdad, qué despiste, si no te lo hemos dicho… —dijo Elena—. Es que íbamos a ir a la Feria del Libro. Va a firmar mi autora favorita, Lidia Benavente. ¿Quieres venirte? Y que se venga también tu novia. Así la conocemos.

—Esto… —dijo Noa—. No sé. Espera un momento.

Sacó el móvil y consultó la predicción del tiempo para el fin de semana. Daba sol. Un sol deslumbrante y treinta y cinco grados de máxima.

—¿Qué buscas?

—Nada, es que… —Noa tapó la pantalla—. Creo que no vamos a poder. Ya tenemos planes para el finde, lo siento.

—Venga, tía, que hace mazo que no quedamos y así compenso —dijo Elena—. ¿No podéis cambiarlo para otro día?

La agencia meteorológica no anunciaba ni una sola nube del jueves en adelante. Le escocía la piel solo de pensarlo.

—Que no, que no puedo. Otro finde mejor, ¿vale?

—¡Pero es que Lidia Benavente solo firma este sábado! —dijo Elena, frunciendo la boca—. Pues mira, normal que no quedemos, ¿sabes? Si rechazas así los planes que te proponemos…

Noa enderezó la espalda.

—¿Perdona? —dijo.

Elena soltó una risilla.

—Lo digo en plan bien —contestó—. A ver, no es que nosotras no queramos quedar contigo, pero, si no quieres adaptarte…

—¿Que no quiero adaptarme? —La voz de Noa hizo eco en el pasillo entre clase y clase—. ¿Que no quiero? Déjame recordar los últimos planes que me has propuesto, ¿vale, Elena? Veamos. El mes pasado queríais ir al parque de atracciones, ¿no? Un sitio maravilloso al que ir en silla de ruedas, claro que sí. Y la otra semana fuisteis a la piscina de Adrián; todo el mundo sabe que las sillas de ruedas son perfectas para nadar. ¿Sigo?

Elena se había cruzado de brazos.

—¡Ni que eso fuera culpa nuestra! —se defendió—. ¿Qué quieres que le hagamos nosotros?

—Pues tenerme un poco en cuenta, lo primero. Y lo segundo, no ser tan hipócrita de decir que soy yo la que no me adapto a un sitio que no está adaptado a mí. Ni de intentar echármelo en cara.

Adrián, que observaba la discusión con cara de asco, murmuró algo.

—Tú cállate —dijo Noa—. Hay que ser imbécil.

—Tía, Noa, no le insultes… —dijo Laura en voz baja.

—No, déjalo —repuso Adrián—. Me la suda que me insultes, Noa. Solo me das lástima. Tú y la pringada esa que ha accedido a salir contigo. Seguro que ha sido por pena.

Noa no podía darle una patada en la entrepierna, pero sí podía embestirle con el arco de la rueda y acertarle en la pantorrilla, y dejarle un morado muy bonito, y tal vez incluso rompérsela.

Podía, pero no lo hizo.

Agarró los aros de las ruedas y dio media vuelta por el pasillo, mientras los oía reírse a sus espaldas.

Cuando se lo contó a sus padres en la comida, su abuela la instó a arrearle de verdad a la próxima, lo que le arrancó una risa a Antonio. El único cuya reacción podría llamarse genuinamente de enfado fue su tío Rafael, que resultó estar aquella tarde en casa de Noa por algo que no supo explicar bien, de algún modo relacionado con su trabajo.

—Lo que os decía. —Rafael hacía aspavientos con los brazos, grandilocuente, como un político corrupto dando un mitin—. Esta niña está volviéndose problemática. Hay que atajar el problema de raíz, y hay que hacerlo ya.

Pronunciaba las frases separando cada sílaba y dando golpecitos en el borde del vaso que había apoyado en la mesa.

—Rafa, tampoco exageres —dijo la madre de Noa—. Que ni siquiera le ha llegado a pegar al niño ese.

—¡Y no era cualquier niño! —intervino la abuela Conchi—. ¡Era aquel que venía a casa hace años, el tonto ese que insistía en que tenía los ojos verdes cuando les daba el sol!

91

Que lo recuerdo yo, que los tenía marrones como cualquiera, vaya que sí. ¡A la próxima, apuntas a la entrepierna!

—Mamá, un punto intermedio, por favor —dijo Antonio.

—¡Pues eso! ¡La entrepierna es un punto intermedio entre las piernas!

—¡Mamá!

Noa tenía la cabeza gacha y estaba jugueteando con las yemas de los dedos contra un roto en el pantalón. A través del agujero le asomaba la piel morena del muslo con un par de pelos. Si la apretaba con un dedo, se quedaba blanca.

—Anda, Noa, vete a tu cuarto —le dijo su padre—. Te llamamos para cenar.

Quejándose entre dientes, Noa rodó hasta su habitación.

Desde allí, si pegaba el oído a la pared en un punto concreto donde el armario empotrado daba al salón, podía escuchar retazos de la conversación de sus padres. Sobre todo, los gritos de su tío.

—¡Hay que vigilarla! —decía—. ¡Nada de quitarle el ojo de encima! Que salga menos, que vuelva a casa pronto…

—¡Dejad a la niña en paz! ¡Si no ha hecho nada! —gritaba la abuela de vuelta—. Ay, ¡qué mala sangre tiene tu hermano, Mari!

—Mala sangre no, señora, ¡perspicacia! ¡Instinto! Esa novia que dice que tiene, ¡seguro que es una tapadera para lo de las drogas! ¡Será un camello! ¡O un cliente! ¿Y si la camello es ella? ¡Actuar a tiempo, eso es lo que hay que hacer…!

Noa separó la oreja de la pared.

Los gritos le llegaron amortiguados, como bajo el agua.

Sacó el móvil del bolsillo y desplegó una notificación.

—¿Cómo vas? —le preguntaba Lili—. ¡Hoy se cumplen cinco días desde la metamorfosis! Dice Madre que deberías empezar a notar los primeros síntomas de la anemia. Es normal si te sientes así, débil, flojucha, sin fuerzas. Lo peor van a ser estas primeras semanas, en las que aún no puedes digerir la sangre, pero tampoco la comida, no del todo. ¡Ánimo!

Las yemas de los dedos de Noa estaban algo amoratadas. Un pequeño hormigueo las recorría por dentro al pulsar la pantalla.

«Escucha, Lili —puso en un mensaje—, necesito pedirte un favor.»

El marcador de «escribiendo…» apareció casi al instante.

«¿Qué pasa? —contestó Lili—. ¿Estás bien? ¿Te hace falta ayuda?»

«Sí. Bueno, sí a que estoy bien, pero también a lo de la ayuda.»

Lili le envió una foto de dos gatitos abrazándose. Estaba editada toscamente; alguien había escrito el texto «Noa» sobre un gato y «yo, ayudándote» sobre el otro.

Noa se tapó la sonrisa con una mano, aunque no hubiera nadie para verla.

«Tienes que venir a mi casa y hacerte pasar por mi novia —escribió muy deprisa—. Sí, delante de mis padres. Sí, lo siento un montón. Pero es que empiezan a sospechar que hay algo raro. Ni se les pasan los vampiros por la cabeza, claro, pero el pesado de mi tío les está dando la lata. No se cree que tenga novia.»

«Es que no la tienes», respondió Lili.

«¡Oye!»

«Jeje. Pues nada, no pasa nada, yo voy y hago el papel de novia, sin problemas.»

«¿De verdad? ¿No te importa?»

«¡Claro! ¿Tú sabes lo que me aburro yo en casa por las tardes? Mira, dime un día y te voy a visitar. ¡Pero que no sea mañana mismo, eh! ¡Que me tengo que preparar!»

«¿Cómo que preparar? —dijo Noa—. Oye, pero ¿qué vas a hacer?»

«¡Nada, nada! Que quede creíble, solo eso. Tú tranquila.»

Y le envió una sucesión de *emojis* de corazón de todas las formas y colores.

A lo lejos, entre las paredes, Noa oía a su abuela discutiendo con su tío a grito pelado porque cómo iba a ser su nieta una maleante, por Dios, con lo buena niña que era; a los granujas se les notaba en la cara, decía, y hasta en la forma de hablar. Y Conchi tenía mucha experiencia lidiando con mala gente, por mucho que Antonio le gritase de vuelta que cómo era aquello posible, si llevaba siendo ama de casa desde los quince años. Por supuesto, ella replicaba que precisamente por eso lo sabía, por su propia familia.

«Ven el viernes —le escribió Noa a Lili—. El viernes por la tarde. Por favor.»

«¡Ahí estaré!»

Un *emoji* de gatito enamorado terminaba la frase.

94 Con los ojos clavados en el techo, Noa suspiró y dejó caer el teléfono móvil sobre el edredón de su cama.

Al otro lado de la ventana, el arrullo de una paloma torcaz acabó por imponerse a los gritos.

Maricarmen abrió la puerta del cuarto de Noa a la hora de cenar y encontró a su hija dormida en su silla de ruedas. Tenía media sonrisa en la boca y unas ojeras de anemia cercándole las mejillas.

10

«*A* ver, recapitulemos —escribía Lili, y Noa lo leía en su móvil, con las manos sudorosas de hacer pesas—. Soy una compañera tuya de clase, ¿no?»

«Exacto», le respondió Noa.

Los dedos le dejaban marcas en la pantalla, y la frotó contra su camiseta para limpiarla.

«Pero para tus compañeros de clase, soy la hija de unos amigos de tus padres», dijo Lili.

«Eso es.»

«Bueno, ¡mientras no te confundas tú!»

«Eso espero. Ah, por cierto, no sé cómo va el tema de los vampiros y los crucifijos y esas cosas… Mi abuela tiene uno en su cuarto, ¿importa eso? ¿Lo escondo antes de que llegues?»

«¡No, no! ¡No hace falta! —manda un *emoji* riéndose—. No es que los símbolos cristianos nos ahuyenten, más bien es una tradición… Las cruces, las hostias consagradas, los curas y las monjas… Había una época en la que solían ir acompañadas de la violencia a la gente diferente».

«No sé yo si esa época se ha acabado ya, también te digo…»

«A ver, tú has estudiado en Historia la Inquisición, ¿no? ¿Sabes todos los horrores que hicieron? Pues bien… Mi madre, por ejemplo, no ha tenido que estudiarlo porque los ha vivido ella misma. ¡En fin! Que llegaré sobre las seis. ¡Estate preparada para recibir a tu novia!»

«Vale, vale —escribió Noa—. Me pondré un vestido de gala, un cojín de terciopelo y pintaré las ruedas de oro. ¿Te parece?»

«Genial. Ah, y también quiero que te hagas un moño de esos altísimos que se llevan en las bodas.»

Noa se pasó la mano por la nuca, rapada, y por el flequillo corto.

«Pues, como no me prestes tú un poco de pelo, lo máximo que puedo hacer es ponerme el mío de punta como un personaje de anime…»

«Ay, sí, por favor. ¡Por favor! ¡Con laca y todo! ¡Hazlo por tu novia!»

«Vale, lo haré como regalo por nuestro aniversario, ¿qué tal?»

«¡Fatal! —dijo Lili, y Noa hasta la pudo imaginar haciendo un mohín—. ¡Aún queda mucho para nuestro aniversario!»

«Claro, así para entonces ya me habrá crecido y me podré incluso hacer trenzas.»

«¿Lo dices en serio? ¡No te imagino con trenzas!»

Noa rio para sí.

«No. Odio las trenzas. Y el pelo largo.»

«Pero a mí no me odias, ¿verdad? Aunque tenga el pelo largo.»

Lili le mandó una foto de sí misma con un mechón pelirrojo entre la nariz y el labio superior a modo de bigote; Noa soltó una carcajada, atragantándose un momento con su propia saliva.

«Ni aunque seas una pesada. Anda, déjame un rato, que me tengo que ir a duchar.»

«¡Eso, eso! —dijo Lili—. ¡A estar limpia y reluciente para tu novia de mentira!»

«¡Que me dejes!»

Noa colocó el móvil en una repisa del aseo y rodó, en su silla de baño, hasta la ducha, que era un rectángulo abierto en la misma habitación, sin diferencia en el suelo entre el plato y el resto. Esta silla era impermeable, de aluminio y plástico, y se reclinaba para que Noa pudiera lavarse el pelo echando la cabeza hacia atrás. Tenía un hueco en el asiento para poder colocarse sobre la taza del váter y, aunque era bastante fea, servía para su función: sentada en ella, Noa podía ducharse e ir al baño sola.

Noa se agarró a las barras de la ducha y se impulsó hacia dentro. Corrió la cortina. Abrió el agua. Apretó los dientes; al principio siempre estaba fría.

Media hora más tarde, luchó por envolverse una toalla entre el cuerpo y el asiento que goteaba hacia el desagüe del suelo. Lo consiguió. Se secó los muslos al mismo tiempo que la estructura de plástico y de metal blanco.

Abrió la puerta del baño; la humareda de vapor voló hacia fuera, hacia el pasillo, dejando los cristales teñidos de vaho.

—¡Mamá! —llamó—. ¡Ya he terminado, ven a echarme una mano!

Y Maricarmen fue a ayudarla a cambiarse de silla y de ropa, a fregar los rastros de agua de las baldosas, a limpiar la carita sonriente que Noa había dibujado con el dedo en el borde inferior del espejo.

—Entonces, hija —le dijo, cuando se hubo vestido—, ¿de dónde decías que era…?

—Lili, mamá. Se llama Lili, de Liliana.

—Eso, eso. ¿De dónde era?

Noa suspiró hondo.

—Es de Rumanía —dijo.

Su madre asintió con cautela.

—¿Y toda su familia es de ahí?

—Sí, mamá.

97

—Bueno. Tú ten cuidado, ya sabes lo que dicen de los rumanos...

—¡Mamá! —dijo Noa, con los ojos muy abiertos—. Pero ¿te has vuelto loca?

—Ay, lo siento, lo siento, es que el tío Rafa ha estado diciéndome que si la droga venía de ahí, que si un policía amigo suyo tenía no sé qué estadísticas...

—¿De verdad te vas a creer lo que diga el tío? ¡Mamá, por favor! Y yo que creía que todo iba a salir bien, sin él aquí para tocar las narices.

—Hija, a tu tío le importa mucho tu bienestar, solo es eso. Se preocupa por ti.

—Sí, eso y que es un racista de cojones.

—¡Oye! ¡Esa boca!

Noa cerró los puños. Se le clavaron las uñas en las palmas de las manos.

98

—Perdón —dijo—. Muy racista, a secas. Nada de cojones.

Su madre puso los ojos en blanco.

—No me gusta ese lenguaje, Noa.

—Ya, bueno, lo siento. Pero porfa, mamá, no seas como él. ¿De verdad vas a juzgar a mi novia —a Noa le supieron extrañas en la lengua esas dos palabras— por algo así de estúpido? Si la juzgas, que sea como lo de Míriam, que es verdad que era gilipollas...

—Noa, por Dios, pero ¿qué te acabo de decir del lenguaje? Anda, ve a peinarte. Que la chiquilla esta va a llegar en menos de una hora y llevas un disparate de pelos...

Con otro suspiro profundo, Noa rodó la silla hasta su habitación.

Allí, en aquel espejo que no estaba cubierto de vaho, la anemia se le notaba en la cara, en las ojeras y en los labios azulados, como los de un niño que pasa demasiado tiempo en el agua de la piscina. Se estiró la piel de las mejillas con los dedos. También le dolían los dientes, los colmillos alargados, que estaban descolocándole el resto de la dentadura.

Tampoco era descabellada la idea de las drogas, viendo su aspecto.

Le debería entrar la risa de pensarlo, de imaginar lo ridículas que estarían ella y Lili, la una junto a la otra, la cara de su tío con los ojos desorbitados y soltando improperios.

Le debería entrar algo más que aquella angustia que le subía por las tripas, un diminuto alpinista que le clavaba el piolet en la boca del estómago.

Se secó las manos sudorosas en el pantalón después de peinarse.

Volvió al salón; allí, su abuela estaba sentada frente al televisor, con las piernas apoyadas en el cojín de un taburete y la muleta en la mano.

—Uy, hija, qué guapa estás con el pelito engominado —dijo—. Bueno, qué guapa eres, a secas. Y dime, ¿se va a quedar a cenar tu novia? Querría hacerle una tortilla de las mías, pero le va a tocar otra vez hacerla a tu padre, que no sabe cogerles el punto a las patatas…

—Ah… No sé. Le preguntaré.

—Oye, mamá, que la del otro domingo me salió buenísima —intervino Antonio—. Solo me hace falta un poco más de práctica.

—¡Quia! ¡Si tuvo que ir la niña a escupirla al baño, de lo mala que te había quedado!

Antonio miró a su hija con las cejas fruncidas en la frente.

—¿De verdad, Noa?

—Esto… —dijo ella—. Es que no me encontraba bien. Pero estaba muy rica, en serio, papá. Aunque… quizá es mejor que hagas otro plato, en vez de tortilla.

—¿Ves, Toño? ¿Ves? —rio la abuela—. Si es que es demasiado buena esta niña. No te lo dice para no hacerte daño. ¡Ay! ¡Y vosotros diciendo no sé qué de drogas y de historias!

Noa sonrió, incómoda.

—Oye, ¿y los padres de esa niña? —dijo Antonio, mirando el reloj de la pared, que se acercaba a las seis—. También deberíamos conocerlos. ¿No crees, mamá?

—¡Bueno! ¡Si saben hacer una tortilla mejor…!

Al imaginar a Iulia Drăgulescu sentada en aquel sofá, con su toga blanca enroscada sobre el cuerpo, Noa tuvo que reprimir una risa, tragándosela con una pequeña tos.

—Si saben hacerla, que le pasen a Antonio la receta —rio Maricarmen, que entraba en el salón con un libro entre las manos—. Pero es cierto. Diga lo que diga mi hermano, estaría bien tomar algo con ellos un día. Se lo diremos a… Lili, se llama, ¿no?

—Sí —dijo Noa—. Lili.

—Bueno, hija, bueno, no me mires así.

La madre de Noa se sentó en el sofá, junto a su marido y a la abuela Conchi, y fingió leer; no pasaba las páginas del libro, y sus ojos estaban clavados en las manecillas del reloj.

A Noa le volvían a sudar las manos.

Por la ventana entreabierta se colaba un viento cálido, un aire de tarde dorada, que agitaba las hojas del chopo más cercano como si sus ramas fueran cañas de pescar. Olía a polen, a la tarta que estaban cocinando los vecinos del tercero, a asfalto seco y sin lluvia, a una lata de cerveza sin alcohol olvidada en el salvamanteles.

En el silencio del ruido blanco de un programa del corazón, la familia Gálvez Parra esperaba a que el timbre sonase.

Y sonó.

Sonó como si alguien rasgara la lámina que separaba una realidad de otra; sonó el miedo de Noa hormigueándole en la boca; sonó a un clavel de sangre brotando del lateral de su cuello por una aguja afilada.

Noa respiró hondo y rodó hasta la puerta. Como buena novia, era su papel recibir a Lili.

En el umbral, recortada contra la luz del descansillo, que le pintaba los rizos de color de oro, Lili sonreía con la boca cerrada. Llevaba un vestido blanco largo y una sombrilla plegada, que dejó en el paragüero. En la otra mano tenía un ramo de margaritas, envuelto en papel de seda, que le arrojó a Noa en el regazo; crujió cuando ella lo cogió entre sus brazos temblorosos.

—¡Hola, Noa! —dijo Lili alegremente—. ¡Buenas tardes!

—¡Hola, Lili! Pasa dentro, pasa...

Lili entró en la casa y cerró tras de sí la puerta; tomando los mangos de la silla de Noa, la hizo rodar hasta el salón.

—¡Hola a todos! —dijo—. ¿Qué tal? ¡Soy Lili! Encantada de conocerlos.

Les fue estrechando la mano de uno en uno; a su padre, que le dio un apretón firme; a su madre, que le dio otro más blando; a su abuela, que se lo negó, la agarró de la mano y tiró de ella hasta rodearla en un abrazo.

—¡Pero bueno, niña, ni que fueras una embajadora, tan estiradita! —dijo Conchi, riendo—. ¿Qué es eso de darme la mano? ¡A mí me das un abrazo y dos besos, como Dios manda!

—¡Claro, señora! —dijo Lili, y se lanzó a besarla.

—¡Señora, dice! ¡Uy, si parece tu hermano, Maricarmen! A mí me llamas Conchi. O abuela, que es lo mismo.

—¡Pues encantada, Conchi! —Lili sonrió tan fuerte que los ojos se le volvieron dos rayas oscuras—. ¡Tenía muchas ganas de conocerlos! ¡Qué bien!

Rebuscó en el bolso que traía y sonó a cristal. Lili sacó una botella de vino, profundamente rojo, oscuro como la tinta, que le presentó a la madre de Noa igual que un bebé en brazos.

—Mira qué útil, para hacer rabo de toro —dijo la abuela Conchi, quitándoselo de las manos a Maricarmen.

—Mamá, que creo que es un vino bueno —susurró el padre de Noa.

—¡Calla! ¡A ti qué más te da, si no bebes! —La abuela ojeó a Lili de arriba abajo y después a la botella, que colocó sobre la mesita del salón, justo a su alcance—. Me cae bien la niña esta. Y es limpita, mírala. ¿Qué champú usas, cielo? Te huele de maravilla ese pelo tan bonito que tienes.

—Eh… —Lili se cogió un mechón entre los dedos—. No uso champú, solo un acondicionador para los rizos…

—A ver —dijo la madre de Noa—, niñas, tranquilas. Noa, te estás abriendo más el agujero de la rodilla, deja de arrancarte hilos. Y tú, Lili, siéntate, anda. No te vamos a comer. —La miró con una ceja alzada y Lili soltó una risita—. Así que respira, que parece que te haya dado un patatús de lo blanca que estás.

—Ah, no —dijo Lili—. Soy así de blanca de natural. ¡Casi me transparento!

Lili se sentó en el borde del sofá, entre la silla de Noa y su padre. Su mano buscó la de Noa; la encontró entre las margaritas, perdida y ausente, y la tomó entre sus dedos.

Era lógico. Las novias se cogían de las manos.

Noa le devolvió el agarre con fuerza, con más de la necesaria, y con la palma sudando.

—Bueno, Lili —dijo Antonio, girándose hacia ella—. Cuéntanos. Decía Noa que ibas a su misma clase, ¿no? ¿Es así como os conocisteis? ¿También eres amiga de Adrián, Elena y toda esa gente? No me suena que te haya mencionado antes…

—Esto…

—No —interrumpió Noa—. No lo es, y menos mal, porque no sé si te acuerdas de que el otro día casi atropello al imbécil de Adrián.

—¡Noa! ¡Esa boca!

—Uy, no —siguió Lili, por encima de la reprimenda de Maricarmen—. Yo no me llevo con ellos. Me caen muy mal. Pero, en realidad, estoy en la clase de al lado, no en la misma de Noa. Por eso no os habrá hablado de mí.

—Ah, vaya. —Antonio se rascó la cabeza—. ¿Y qué tal te va el instituto? ¿Sacas buenas notas?

—Bueno... ¡Más o menos! —Lili rio, pero los padres de Noa no.

—Que no, que no, que Lili es demasiado tímida —intervino Noa—. En realidad tiene unas notazas, pero no le gusta presumir. No seas tonta, anda, dilo abiertamente.

—Eh... Sí, es verdad. Tengo unas notas, ¡uy! ¡Buenísimas!

Noa le apretó la mano contra la suya, llevándose por delante un par de pétalos de las flores que seguían entre sus piernas. Cada vez le sudaba más, pero no podía soltársela. En la cara de Lili no había ningún indicio de que le molestara aquel contacto nervioso. «Finge muy bien», pensó Noa.

—Y Lili, ¿tienes alguna afición? A Noa le gusta mucho hacer ejercicio. ¿Y a ti?

—¡Me gusta pintar! —dijo Lili—. Mira, a ver, tengo aquí una foto...

Le soltó la mano a Noa para coger el móvil, y ella aprovechó para secársela contra el asiento de la silla.

—¡Anda! ¡Qué bonito! —dijo Maricarmen—. Noa, ¿has visto?

Noa se asomó a la pantalla; en ella aparecía la puerta del cuarto de Lili, pintada de azul celeste, sobre la cual se adivinaban estrellas blancas, unidas entre sí por hilos de purpurina.

—Ay, sí, lo había visto, pero no sabía que lo había pintado ella...

103

—¡Pues es una preciosidad! —dijo la abuela Conchi—. Lili, cariño, ¡vaya novia despistada has ido a echarte! ¡Muy mal me parece, hija, que no aprecies el arte que hace esta niña tan guapa!

—Lo siento, lo siento —dijo Noa—. ¿Me perdonas, Lili?

Lili, que pasaba fotos en la galería del móvil —un mural en la calle, un cuadro de una mujer vestida con una toga, un boceto a carboncillo— la miró y dejó el teléfono a un lado, en el sofá.

—Te perdono si me das un besito —dijo.

Cerró los ojos y se señaló la boca, fruncida en dirección a Noa.

Noa tragó saliva. Le llegó a los oídos un ruido lejano, como los gritos a través de la pared, como el zumbido del televisor al que nadie miraba.

Lili tenía los labios surcados de pecas, que se agolpaban a su alrededor en constelaciones, iguales que las estrellas que había dibujado en su puerta. Podía contarlas con la vista. Eran más que los segundos que pasaban mientras Noa la miraba, y contenía el aliento, y se acercaba, y se llamaba por dentro estúpida sin remedio.

A mitad de camino, Lili entreabrió los ojos.

Con una risa que Noa sintió más cerca que el latido de su pecho, Lili cruzó la distancia y le plantó un beso sonoro en la boca abierta. Un beso diminuto, igual que su cara entera; un beso que se volvió a convertir en risas al cabo de un parpadeo, un beso que no significaba nada.

—Ay, qué bonito el amor joven —dijo la abuela Conchi—. Ya me habría gustado a mí que mi Manolo me diera esos besos. ¡Era tan sieso el pobre, que Dios lo guarde!

—Mamá, deja a las niñas en paz, que se están poniendo rojas —rio el padre de Noa, que había apartado la mirada.

La cara le ardía a Noa, era cierto, y se llevó una mano a las mejillas. Solo una; Lili le había vuelto a coger la otra. Le bullía la piel por dentro como si le hubieran vuelto a clavar dos agujas en el cuello, y al mirar la boca de Lili de reojo, la vio roja y brillante y la recordó sorbiendo sangre de un vaso con una pajita.

—Entonces —dijo la madre de Noa, entrelazando los dedos sobre la mesa—, ¿quieres quedarte a cenar, Lili? No vives lejos, ¿o sí?

—Ah, no, a media hora de metro —dijo Lili—. Pero creo que no. Voy a cenar en casa. ¡Mi padre hace unos platos rumanos tradicionales que están para morirse!

—¿Sí? Anda, no conozco nada de la gastronomía rumana. ¿Cómo es?

—Pues… —Lili jugaba con uno de sus rizos—. No sé, yo no sé cocinar mucho, pero está muy rica. Sobre todo me gusta la *ciorbă* de albóndigas, y creo que no podría vivir sin la *mămăligă*.

—Ah —dijo Maricarmen, asintiendo con la expresión plana.

La conversación vacía continuó; por qué no venía la familia de Lili a saludar algún día, o iban todos a tomar algo a un bar, querían saber si ella había nacido aquí o en Rumanía, y era toda una trenza de voces que a Noa se le anudaba en el cuello. Ella alternaba entre mirar a sus padres, mirar a Lili, mirar la mano que acariciaba la suya distraídamente y mirar la pantalla del televisor, en la que un hombre rubio y bronceado se paseaba sin camiseta. Todo ocurría lejos, a diez centímetros de distancia que eran un infinito, y dentro de su cabeza y de su zumbido incesante.

Su abuela le dio un golpecito en la nuca quemada y Noa parpadeó, de vuelta en el salón.

—¡Niña! ¡Que te estás quedando empanada! —dijo—. ¿Desde cuándo tú no hablas más que nadie, vamos a ver?

—Ay… Sí… —dijo Noa—. Es que el ejercicio de hoy me ha dejado muy cansada…

105

—¡Pues muy mal! Ahora está aquí tu novia y tienes que atenderla. ¡Vaya imagen le estás dando! ¡Y con lo maja que es!

Cuando Noa miró a Lili, seguía sonriendo. Su rostro no había cambiado. ¿Por qué iba a hacerlo? El plan estaba saliendo a la perfección. ¿Qué motivo tenía Noa, entonces, para sentir que la angustia se le subía hasta el cielo de la boca?

—Oye, Mari —dijo el padre de Noa, cogiendo la botella de vino que la abuela Conchi había dejado en el sofá—. ¿Tú has mirado bien esto?

Antonio se bajó las gafas para leer la etiqueta y tecleó algo en su móvil.

—¿Qué pone ahí? —dijo Maricarmen, ojeándole la pantalla.

—Hostias, Mari —murmuró Antonio—. Mira este precio. Esto… Esto tenemos que devolvérselo, escucha, no es ni medio normal.

—¡Ah, no! —dijo Lili, con un ademán al viento—. ¡No os preocupéis! En serio, no es más que una botella vieja que me dieron mis padres de su bodega. Nada importante.

—¿Cómo se pronuncia esto? —siguió diciendo el padre de Noa—. Fetească… Madre mía. Niña, ¿pero tú sabes lo que cuesta el vino que nos has dado? ¿No se habrán confundido tus padres?

—¡Que no, que no! ¡Está todo bien!

Antonio se quitó las gafas para frotarse los ojos con los puños.

—¿Tú de verdad que vas al mismo instituto que mi hija? —dijo—. Porque un vino así… Y esos modales… No sé, yo diría que eres una niña de colegio privado.

Noa y Lili se miraron.

—Esto… Bueno, en realidad sí que fui a un colegio privado de pequeña, pero ahora ya no…

Un timbrazo rompió la frase en dos.

Maricarmen suspiró.

—¿Quién será? —dijo, levantándose para atender la puerta—. Como sea otro de esos timos del gas que vienen a por la abuela, os juro que les hago comer el felpudo.

—¡Eso si no lo hago yo antes! —añadió Conchi.

Noa aún tenía el fantasma del beso en los labios cuando se lo arrancó de golpe la figura en la puerta. Lo aplastó contra la pared al abrirla, como una mariposa.

—¡Rafael! —dijo la madre de Noa—. ¿Qué estás haciendo aquí?

—Nada, mujer, había venido a pedirle a Antonio si tenía el taladro de… ¡Uy! ¡Pero quién hay aquí! ¿No será esta…?

Entró en el salón y el halógeno del techo le iluminó en blanco, como el foco de un teatro en miniatura. Le destacaba la cortinilla del pelo y la calva de debajo. Tenía la cara mal afeitada, y le nacían de la papada unas pequeñas espinillas.

—Oye, Noa, ¿qué pasa? —murmuró Lili a su oído—. ¿Y esa cara que has puesto?

—Es mi tío —dijo en un susurro—. Es insoportable. Si llego a saber que venía hoy…

—¡Eh, eh! ¡Menos cuchicheos! —dijo Rafael, dando palmadas con las manos y acercándose al sofá—. ¡Que eso es una falta de respeto!

—Hola, tío Rafa —dijo Noa, con la voz hastiada—. Qué tal.

—¡Hola! —Lili se levantó del sofá, se atusó la falda y le tendió la mano—. ¡Encantada de conocerle! Yo soy Lili y…

Rafael la interrumpió con una mueca burlona en el borde de los labios.

—¿Lili? ¿Qué clase de nombre es ese? —dijo—. ¡A ti te han puesto un nombre de perro, chiquilla! ¡Así se llamaba la caniche de mi abuela!

—Ah… Bueno, es de Liliana.

—Liliana te voy a llamar, entonces —dijo Rafael, y le estrechó una mano fría y velluda—. No sé los búlgaros esos o de donde seas, pero aquí llamamos a las niñas con nombre de niña, no de animal. Bueno, que supongo que serás la amiguita de Noa, ¿no?

—Soy su novia —dijo Lili, sin fijarse en que Noa le hacía gestos, un «déjalo, no hace falta» desde atrás.

—Vaya, ya veo por qué te gusta esta niña, Noa —masculló Rafael—. Es igual de impertinente que tú. Y eso de que sois novias es una tontería mayúscula. Cuando yo tenía vuestra edad, novia era la mujer con la que uno estaba prometido, ¡nada de amiguitas sueltas! ¡Esas eran otra cosa!

—¡Rafael! —ladró la abuela Conchi—. ¡Que te ha dicho mi nieta que no son amigas, leñe!

—¡Señora! ¡Usted, encima, no las defienda! Aquí está claro que algo turbio está pasando, y yo voy a averiguar qué es lo que es. ¡Hay gato encerrado!

Noa se arrancó un hilo que le colgaba de la manga de la camiseta.

—Tú sí que eres algo turbio, tío Rafa —dijo—. ¿Puedes dejar de sospechar de mí ya de una vez? ¿De pensar mal constantemente? ¿De criticarme por todo? ¡Que he tenido que traer a Lili a casa para que la vean mis padres, porque no dejabas de insistir en que había algo raro!

Rafael respondió con una risita chillona.

—Yo no sospecho sin motivo, niña. Soy como Sherlock Holmes —pronunció el nombre a desmano—, siempre vigilante, siempre atento. ¡Y todo es por lo mucho que te quiero! ¡Para protegerte y que no te vayas por el mal camino! Deberías agradecérmelo. Soy como un cazador, acechando a mi presa, y esa presa son las niñas maleducadas…

—Ya está otra vez tu hermano igual, Mari, hija —dijo la abuela Conchi—. Dale un golpecito, a ver si se calla; así, en el cogote, imagínate que es una radio descacharrada.

—¡Señora!

—Rafael, no llames señora a mi madre…

Entre todo el alboroto, Lili había vuelto a cogerle la mano a Noa. Pero no como antes, no con caricias fingidas; tiró de ella hasta que, por fin, Noa apartó la vista de la discusión familiar y la miró a la cara.

Lili tenía el gesto tenso, erizado, de gato que se prepara para saltar.

—Noa —dijo, en voz baja—, ¿dónde está tu cuarto?

—Ahí, por el pasillo, a la derecha…

—Vale. ¿Te importa si vamos allí un momento? Solo un momentito, de verdad.

Noa echó un vistazo al salón. La pelea había dejado de incluirlas a ellas, pasando a tratar sobre un taladro prestado o algo por el estilo. La abuela Conchi les guiñó un ojo e hizo una seña, instándolas a marcharse.

—Sí, vámonos… Aquí no se puede estar. ¿Qué pasa? —dijo Noa cuando hubieron entrado en el cuarto y cerrado la puerta—. ¿Estás bien? ¿Te ha molestado lo que ha dicho el gilipollas de mi tío? Lo siento…

—No, no es eso.

Lili se pasó las manos por la cara, se sentó en la cama de Noa, frente a ella, y desvió la mirada por la ventana. Allá fuera, en el parque, la tarde estaba volviéndose malva y gris.

—¿Entonces? —dijo Noa—. ¿Te ha molestado lo de ser novias de mentira? Mira, de verdad, si quieres puedes irte a casa ahora mismo. Es mi culpa por haberte pedido que vinieras y hacer todo el paripé.

—Que no, no te preocupes. —Lili tenía la voz más aguda de lo normal, y a la vez más seria—. Es que… Bueno, sí que es por tu tío, ¿vale? Pero tú no tienes nada que ver. Lo que pasa es que me da mala espina.

—Ah, bueno, como a todo el mundo —suspiró Noa—. Es un asqueroso.

—No solo eso. No sé… No quiero alarmarte, Noa, ¿entiendes? Solo quiero tener cuidado. Seguiré viniendo para mantener la farsa, así que tranquila; yo tampoco tengo ninguna intención de que se descubra el pastel. Pero preferiría no quedarme con él a solas, eso es todo.

Noa asintió, confusa.

—Claro, lo que quieras —dijo—. Pero que sepas que no te hará nada. Es imbécil, sí, pero es lo del perro ladrador; no se atrevería a morder ni aunque le animaras a ello. Y como se le ocurra soltar una barbaridad más por la boca… ¡uy!

—No hace falta que me defiendas, Noa, en serio —dijo Lili, y sonrió—. ¡Estoy bien! Mi familia se ha cruzado con muchos como él a lo largo de los siglos; tenemos experiencia. De hecho, a ver si la próxima vez quedamos todos juntos, ¿sí? Para que conozcan a Madre. Con ella no habrá narices de meterse.

—Vale —rio Noa—. Que venga, que venga. Y tú… ¿Quieres irte a casa? Para no tener que aguantarle, digo.

—Ah, no. No hace falta. Pero… —Lili vaciló—. ¿Podemos quedarnos aquí? Me agobia un poco la idea de salir ahí fuera y tener que discutir. Mira, así, de paso, puedo enseñarte algo.

Lili le apartó las flores, que aún tenía Noa en el regazo, y posó las manos sobre las suyas, entrelazadas encima de las rodillas. Se quedó mirando a Lili a los ojos clarísimos, casi blancos, y a la boca salpicada de pecas.

Estaban solas en su habitación, sin motivo para seguir la mentira.

—¿Has tenido… —dijo Lili, y estaba tan cerca de la cara de Noa, observándola como por un microscopio, que le corrió un escalofrío desde la nuca hasta el final de la espalda—… algún sueño raro?

—No —balbuceó Noa—. No, no que yo recuerde.

—Hum, vaya. Entonces, aún no ha empezado del todo, pero creo que podremos acelerarlo. ¿Te parece?

—¿Me parece el qué?

Sin decir más, Lili alargó un dedo y le tocó el lateral del cuello, justo en el lugar donde aún quedaba un rastro de herida; en su piel, el punto rojo que había dejado una de las agujas era una minúscula costra, una semana después.

Pulsó sobre ella, sobre un botón invisible.

Le latieron los huesos.

Un «¡oh!» se le escapó entre los dientes.

Solo fue un instante, pero se le grabó a punto de cruz por dentro de los párpados.

Se había visto a sí misma desde fuera, desde el exterior de su cuerpo, como encaramada al techo.

11

*E*ra agotador.

Era como hacer ejercicio, pero sin moverse del sitio.

Era tan imposible como lo que estaba viendo en aquel preciso momento: a Lili revoloteando alrededor de su lámpara. Parecía una polilla grande en vez de un murciélago pequeño.

Lili volvió a transformarse en humana con un retemblar del aire que la rodeaba.

—Venga, inténtalo otra vez —dijo—. Vamos. ¡Con ganas!

—Pero si ya no puedo más —jadeó Noa.

—¡Que sí! ¡Una última y lo dejamos! ¡Anda!

Noa tomó aliento y lo contuvo en el pecho. Cerró los ojos. Y recordó la sensación de estar fuera de su cuerpo, de ese segundo de mirarse desde arriba; el estómago le dio una vuelta de campana, amenazó con salírsele de la boca, pero trató de controlarlo.

El encanto se produjo de nuevo.

En menos tiempo del que duró un pestañeo, Noa estaba ahí. Estaba ahí y estaba fuera, estaba dentro y estaba ahí.

El corazón le latía a la velocidad de un tren descarrilando; el sudor se le metió en los ojos; las manos le tiritaron contra los reposabrazos de la silla. Se le escapaba la respiración a trompicones, a bocanadas rasposas; incluso con los ojos abiertos, el mundo parpadeaba entre negro y blanco y estrellado.

—¡Respira! —le dijo Lili—. Respira, tranquila, ya está.

—Ahora… —dijo Noa—. Ahora ya sí que la última, ¿eh?

—Sí, sí. Me doy por satisfecha. ¡A este ritmo, vas a conseguirlo enseguida!

Con las venas aún temblando, Noa echó el cuello hacia atrás.

—Entonces, ¿así —boqueó— voy a conseguir transformarme en murciélago más fácil?

—¡Justo! Si te entrenas desde antes, todo sale mejor. Yo empecé a entrenar de pequeña, cuando aún no tenía poderes ni nada. En realidad, no se es vampiro hasta que llega la pubertad; todos los cambios del cuerpo llegan juntos, ¿sabes?

—Ah. ¿Y va a ser tan… agotador… todas las veces que me convierta en murciélago? ¿Y tan difícil?

—Hombre, poco a poco —dijo Lili, tumbándose en la cama de Noa con las piernas para arriba—. Cuanto más lo hagas, más rápido saldrá. A mí ya no me cuesta. Bueno, ¿qué? ¿Cómo se siente? ¡Esta es tu primera magia! Dime, ¿qué tal?

—¿Esto? ¿Magia?

—¡Pues claro! ¡Estabas saliendo de tu cuerpo! Hay quien lo llama proyección astral, o movimiento extracorporal, o no sé qué historias. Si lo buscas en internet, te saldrán mil páginas. Y es normal, porque es algo que pueden hacer todos los dhampires, si lo intentan, hasta que están desarrollados del todo; está relacionado con los genes de vampiro. Es como el paso intermedio.

Un repiqueteo en la puerta sacó a ambas de la charla. Lili se levantó de la cama de un salto y abrió; la madre de Noa, enmarcada en el umbral, tenía una ceja levantada.

—Noa, hija, ya sabes que me pongo nerviosa si cierras la puerta —dijo—. No sería la primera vez que luego te cuesta abrirla desde la silla.

—¡Mamá! Pero si eso era cuando no hacía deporte. Tenía unos bracitos enanos, claro que no podía abrirla. Eran casi más canijos que los de Lili.

—¡Oye! —dijo Lili.

—Además —continuó su madre—, ¿qué estáis haciendo aquí encerradas? ¡Si estáis sudando! Pon el ventilador, hija, o abre las ventanas, al menos. Os vais a asfixiar. O, mejor, salid, que el tío ha ido a comprar helados. Dice que quiere pedirte perdón por haber montado un escándalo, Lili.

—¿De verdad dice eso? —Noa se cruzó de brazos—. ¿No será más bien algo como «quiero que se lleve una buena impresión de lo civilizados que somos los españoles, para que aprenda»? ¿O alguna otra racistada por el estilo?

—¡Noa!

—¿Qué? ¿Me vas a decir que no era algo en ese plan?

La madre de Noa suspiró.

—Ay, estoy muy cansada, hija. Ya sé que mi hermano es un cretino, todos lo sabemos, pero ¿no sería más fácil si dejásemos de discutir, por una vez?

—Pues no. —Noa había cruzado los brazos—. No creo que la solución sea dejar que nos pisotee, mamá. Me dices que queríais que os contara si me pasara algo, y que me ayudaríais, ¡pero como sea igual que la ayuda que me estáis dando con el tío…!

—Bueno, bueno —dijo Maricarmen, llevándose los dedos al puente de la nariz—. ¿Vais a venir a tomar helado, entonces?

—Oye, Noa, yo quiero helado —dijo Lili—. ¿De qué es?

—Son polos de chocolate. Los hay negros, blancos, almendrados…

Noa rodó de vuelta al salón, empujada a medias por su madre y a medias por Lili. Contuvo la respiración un momento al ver de nuevo a su tío.

—¡Mira quiénes están aquí! —Rafael posó una copa vacía, con rastros de vino tinto, sobre la mesa—. ¡Ya han asomado la cabeza al sol, caracol, col, col!

—Hola otra vez —saludó Lili, moviendo la mano—. Es que me encontraba un poco mal. Por eso le dije a Noa de irnos un ratito. ¡Lo siento!

—Ya veo, ya —dijo el tío Rafael, con aquella sonrisa de dientes abiertos—. ¿Queréis un heladito?

Les tendió una caja de cartón; a juzgar por los dos palitos de madera al lado de la copa de vino, él ya se había comido los polos de chocolate blanco. Los favoritos de Noa.

—Por cierto —dijo Lili, cogiendo uno—, no tardaré mucho en irme, pero quería que todos supieran que me lo he pasado genial. Ha sido una velada encantadora.

Ladeó la cabeza al decirlo y sonrió, con los ojos entrecerrados.

—Nada, hija, un placer tenerte aquí —dijo la abuela Conchi—. Eres un cielo de chica. ¡A ver si te vemos más a menudo!

—Justo eso les iba a decir. —Lili desprendió una lasca de chocolate con los dientes—. Creo que a mis padres les haría mucha ilusión conocerlos. ¡Podríamos quedar algún día para cenar todos juntos!

—Ah, pues… —empezó el padre de Noa.

—¡Qué buena idea! —le interrumpió su tío—. Pero nada de platos raros ucranianos, ¿eh? Vamos a un bar como Dios manda, con sus tapitas, su cervecita… Que a saber qué coméis vosotros.

Noa notó cómo Lili le apretaba la mano y respiraba hondo, para después devolverle al tío Rafa una amplia sonrisa y unas pestañas batientes.

—¡Claro! —dijo—. ¡Como queráis! Iremos a cenar a algún sitio apropiado, entonces; sería una lástima que tu tío estuviera incómodo, Noa. Eso sí, tiene que ser a cenar. Mis padres trabajan hasta tarde, al mediodía no pueden.

—O podemos ir solo nosotros dos, Mari —dijo el padre de Noa, frunciendo los labios bajo el bigote—. Que tu hermano no se moleste.

—Oh, no —insistió Lili—. Por favor, que venga él también. Venid todos.

Y dijo aquello con un tono especialmente agudo en la voz.

Cuando Lili se marchó, ya estaba cayendo la noche, pero aún no del todo; todavía cantaban los estorninos negros entre rayos de sol turbios, silbando en sus dormideros.

Las dejaron a solas para despedirse.

—Menos mal —dijo Noa—. Así no tenemos que hacer el paripé del beso.

Lili la miró desde arriba, con los ojos entornados; aunque no era alta, todo el mundo miraba a Noa desde arriba cuando estaba de pie. Pero no solían hacerla sentir pequeña de esa manera.

—¡Claro! ¡Mejor sin beso! —asintió Lili—. Oye, si en cualquier momento estás incómoda, me lo dices, ¿vale? O, si quieres dejar todo esto de la novia y decirles a tus padres que hemos cortado…

—No, no —dijo Noa, atropellada—. Qué va. Además, creo que va a ser necesario a partir de ahora. Cuando me transforme del todo y tal. No te preocupes.

La mirada de Lili era un horizonte infinito.

—Vale —dijo, simplemente.

Cuando se hubo marchado y Noa miró por la ventana, la vio andando por la calle en esa penumbra rosada del atardecer, bajo su sombrilla de encaje.

Esa noche, envuelta en sueños, Noa voló.

Fue un vuelo milimétrico, oscilando entre su cuerpo y otro que no era suyo, un vuelo ciego y atravesado de ondas que rebotaban entre sí. Y cuando acabó, se vio caer sobre su propio cuerpo dormido, flotando como una hoja, y atravesar su conciencia al despertar empapada en sudor.

117

Después de aquello, se le antojó que los días pasaban más rápido, aunque solo fuera porque las noches se hacían eternas, largas, agotadoras. Al caer el sol, le invadía el cansancio; al caer ella en la cama, de su cabeza dormida surgía una criatura pequeña, peluda y membranosa, que chocaba con las paredes de su cuarto entre chillido y chillido.

Una vez, dejó la ventana abierta.

Cuando aquel fragmento de sí misma la abandonó volando, salió de la habitación rumbo al cielo despejado. Hizo piruetas entre corrientes de viento y briznas de hierba; aleteó sobre la luna que se reflejaba en los ríos y en el rocío. Las estrellas eran gotas de sudor en una frente oscura; las farolas, en el suelo, marcaban su camino.

Despertó bruscamente.

Un ruido en la casa, un portazo, un arrastrar de muletas la había arrancado del sueño.

Y le escribió a Lili un mensaje, a las cuatro y media de la madrugada, que decía:

«He vuelto a soñar que vuelo.»

Sabía que era un sueño, porque en el cielo de Madrid no se veían las estrellas.

«¡Bien! —contestó Lili—. Entonces, ya queda menos.»

Noa se quedó dormida sin contestarle de vuelta.

Tan dormida se quedó, que no oyó el despertador dar las seis; Maricarmen tuvo que llevarla a clase en su coche. No estaba adaptado, como el de su padre, a sillas de ruedas; tenía que llevar otra silla, incómoda y plegable, que había de repuesto y podía meterse en el maletero del Dacia gris.

Noa tardó tres veces más de lo normal en llegar desde el aparcamiento de plaza azul que había frente al instituto hasta la puerta, la rampa y el ascensor que subía hacia las aulas. Llegó justo en el momento en que la profesora de Matemáticas estaba explicando por enésima vez las mediatrices y las bisectrices.

Fue un día absurdamente largo, lleno de choques y tropiezos, de ruedas mal engrasadas y de no encontrar postura cómoda en la que llegar bien a la mesa para tomar apuntes. De atropellarle los pies incluso a los pocos compañeros de clase que le caían bien.

Cuando sonó el timbre que anunciaba las dos de la tarde, Noa miró por la ventana. El sol caía entre la nube de polvo que venía del patio. Si el día había sido largo, más iba a serlo la vuelta a casa. En metro. Sin coche.

«¡Ten cuidado! —le escribió Lili cuando se lo dijo—. ¡Tápate con algo! Aunque sea los hombros.»

«¿Con qué? ¡Pero si no he traído nada! Con las prisas…»

«¿Ni crema solar tampoco?»

«A ver, si no he cogido una chaqueta, ¿de verdad crees que voy a haber cogido crema solar?»

Lili le respondió con un *emoji* enfadado.

«¡Pues muy mal! Por nuestro aniversario de un mes, te voy a comprar un bote de factor noventa, hala, para que aprendas. O mejor, no te voy a comprar nada, así te quemas y lo compras tú.»

«Pues vaya novia más mala…»

Salió al exterior, apretando los dientes ante el contacto con la luz. Los plátanos de sombra daban poca, y Noa viraba para pasar justo por debajo, esquivando peatones confusos; algunos se apresuraban a apartarse del camino de su silla, casi con miedo. «Huid, sí, huid de mí, que os atropello —se decía ella—. Soy una máquina de matar con ruedas. Y eso sin contar que soy un vampiro.»

Estaba intentando hacer un caballito para cruzar un bordillo alto —y casi cayéndose al suelo por el camino— cuando oyó a lo lejos unos pasos.

Eran pasos fuertes, veloces, un retumbar de tacones en el suelo.

Noa levantó la cabeza, con media silla en el paso de cebra

y la otra media en la acera. No venían desde delante, por la avenida prácticamente vacía; tampoco desde los lados, sobre el asfalto, ni por detrás de ella.

Se aceleraron. Se acercaron.

Noa agarró las ruedas con más fuerza y trató de bajar del bordillo, empujándose, atropellando un diente de león. Los pocos transeúntes que había alejaban la vista, se apartaban de ella otra vez, en esa mezcla insidiosa de no querer estorbar y no querer ayudar.

El sol le quemaba los hombros.

Los pasos estaban por todas partes.

Una sombra sin nube corría por los tejados.

Un poco más allá, la boca de metro se abría ante ella. El ascensor estaba justo a la izquierda; si pudiera ir más deprisa…

La silla chocó.

Chocó contra la esquina de un alcorque, desestabilizando el eje delantero, y a Noa se le escapó la rueda de entre los dedos.

Vio el suelo acercarse; no era a cámara lenta, sino muy rápido, como tantas otras caídas, y por un instante le pareció que eran las baldosas blancas de una habitación de hospital, que podría agarrarse a un gotero que no estaba allí.

—¡Cuidado! —dijo Lili.

La silla venció a la gravedad y se puso de pie de nuevo.

Noa abrió los ojos y agarró el asiento con ambas manos, como si aún tuviera que frenarlo. Alzó la cabeza y miró a Lili.

—¿Qué…? —dijo—. ¿Qué haces aquí?

—¡Ayudarte, claro! —dijo Lili, empujando la silla desde atrás para enderezarla del todo—. ¿O no me ves?

—No… Digo, sí, pero… ¿Cómo has sabido…? ¿Cómo has llegado?

Lili parpadeó y se colocó a la sombra de un chopo. Sacó

un tubo que ponía *after-sun* del bolso y empezó a aplicárselo en la cara mientras decía:

—Pues volando. Es muy útil. Y llegué porque sabía que estabas en peligro.

—Ah. ¿De caerme? ¿Y cómo…?

—La sangre tiene sus cosas —dijo Lili, echándose crema por el dorso de las manos, lo único que no cubrían sus mangas largas—. Y la de vampiro, más. Puedo notar cuándo te late el corazón demasiado deprisa. Así que vine, por si acaso necesitabas ayuda. ¡Y sí que la necesitabas!

—Bueno, era solo una caída, tampoco…

—¡No! No era solo una caída.

En algún momento, los pasos se habían apagado.

Ya solo sonaban dentro del pecho de Noa. Lili le puso la mano en el esternón y se lo notó latir.

—¿Qué…?

Lili la chistó.

—Calla —dijo, en voz baja—. Aún deben de andar cerca.

—¿Qué? ¿Quién?

—No lo sé —susurró Lili—. No sé quiénes son. Pero tengo mis sospechas.

Apartándose de Noa, Lili miró a su alrededor, a lo alto de los edificios, entrecerrando los ojos para protegerlos del reflejo del sol en las fachadas blancas.

—Venga, vámonos ahora —dijo—. Creo que no se atreven a atacar, estando las dos. Hay que aprovechar antes de que vengan más.

Cogió de nuevo el manillar de su silla y la empujó hacia la boca del metro.

—Oye, espera —dijo Noa—. Espera, espera, pero ¿de qué estás hablando? Si hay un peligro, quiero saberlo. Y no me vale lo típico de «te lo oculto por tu seguridad». ¿Qué está pasando?

Lili paró la silla bajo la sombra de una acacia.

—Pero si ya te lo dijimos. Te avisamos.

—¿De qué?

La cara de Lili, de pronto, estaba muy cerca.

—De que hay cazadores de vampiros —dijo—. Dhampires que nos huelen. Que nos buscan. Que quieren acabar con nosotros.

El escalofrío le siguió latiendo a Noa bajo el sol, y dentro del vagón de metro cargado de sudor y aliento; cuando llegaron a casa, Lili no se apartó de su lado hasta que hubieron cerrado la puerta del piso con las tres vueltas de llave.

—¿Seguro que estás bien? —le dijo—. Te sigue yendo el corazón a mil por hora.

—No… Sí, a ver, estoy bien. No te preocupes.

—Claro que tengo que preocuparme —dijo Lili, y arrugó el gesto—. Ahora eres parte de mi familia. Creo que se te olvida eso.

—Es verdad, es verdad —rio Noa—. Pero vamos, que en casa estaré bien. Aquí ya no me puede ocurrir nada, ¿no?

Lili estiró la boca en una mueca desconfiada.

—Supongo —dijo.

—Anda, vete. Que mira las quemaduras que te has hecho, tendrás que ir a curártelas…

La cara y las manos de Lili eran lo único que había rozado el sol, y estaban rojos; parecía que los cachetes se los hubieran pintado como a un dibujo animado, con coloretes redondos.

—Ya… —Lili suspiró—. Es que no me dio tiempo a echarme mucho protector solar…

—¡Luego me dices a mí!

Compartieron una sonrisa de mejillas enrojecidas, y Lili le cogió la mano a Noa.

—Entonces, ¿seguro que quieres que me vaya? —dijo.

—¡Claro! Quiero decir, tendrás muchas cosas que hacer. Cosas de vampiro y eso, no sé. Además, hoy está mi tío en casa; no creo que te hiciera mucha gracia cruzarte con él otra vez.

Lili levantó las cejas.

—¿Tu tío está en casa? ¿Seguro?

—Sí, hoy tenía que venir a devolverle a mi padre un taladro que le había dejado. Y se quedaba a comer, me lo dijo mi madre…

—Qué raro… —dijo Lili, señalando la puerta—. Habría apostado algo a que, ahora mismo, estaría en otro sitio.

—¿Por qué? —dijo Noa, perpleja.

—No, no, por nada. Si es verdad que está aquí, por nada. No quiero molestar más. Así que tienes razón, ¡me voy!

Se marchó deprisa, dejando a Noa con la palabra en la boca y con el corazón temblando.

Dentro de casa corría una brisa fresca, levantando las cortinas como faldas; el salón estaba a oscuras, con las persianas bajadas y las ventanas abiertas, y el viento olía a verano.

En el sofá esquinero, junto a la terraza, dormía su padre. Su tío no estaba por ninguna parte.

—¡Pero bueno! —dijo Maricarmen cuando entró por la puerta, poco después—. ¿Es que aquí nadie mueve un dedo si no estoy yo, o qué pasa? ¿No habéis hecho la comida?

Antonio dio un respingo y se revolvió sobre sí mismo.

—Hola, cariño —dijo, frotándose los ojos—. Es que me he quedado traspuesto. ¿No han vuelto aún mi madre y Rafa?

—Ah, ¿que se han ido? —dijo Noa—. No les vi al llegar…

—Sí, hija; la abuela tenía que ir al médico, y Rafa se ofreció para acompañarla, para que no fuera sola. Creí que tardarían menos, me tumbé un rato en el sofá y…

—Vale, vale, déjate de excusas —suspiró la madre de Noa—. Anda, ven, échame una mano para calentar la paella. Menos mal que sobró de ayer. ¿Les pongo un plato a tu madre y a Rafa, o no? ¿No te han dicho cuándo volverían?

—Mi madre dijo que para comer, pero ya son y media pasadas...

Noa se asomó por la ventana, apoyando la cabeza en el borde y en sus brazos. Había dos gorriones gordezuelos, hembra y macho volantón, persiguiendo este a la madre para ser alimentado, a saltitos diminutos en el alféizar.

—Entonces —dijo, sin mirar hacia sus padres—, ¿el tío está con la abuela? ¿Por eso no está en casa?

—Eso he dicho, sí —dijo Antonio—. Vamos, a la mesa.

—Hija, ¿qué has estado, tomando el sol en vez de ir a clase? —dijo Maricarmen por encima del plato de paella que traía, bajándose las gafas—. ¡Te has quemado la cara! ¡Y los hombros! Ay, Antonio, ¡mira cómo tiene la nuca!

—Es que pegaba muy fuerte —murmuró Noa—. Además, con esta silla, voy más despacio y me da más en la espalda...

La puerta de la calle se abrió entre ruidos de tenedores y platos.

—¡No os levantéis, no os levantéis! —dijo la abuela Conchi, sujetando la muleta con una mano mientras cerraba con la otra—. ¡Tranquilo todo el mundo! Que aún puedo manejarme sin problemas, aunque tenga la cadera hecha un estropicio.

—Mamá, espera, que te ayudo...

—¡Que no, leñe! ¡Que puedo yo sola!

Y a pasitos tan cómicamente cortos que parecían los que un humorista habría fingido para imitar a una anciana desvalida, llegó sola hasta la mesa y hasta la paella que Maricarmen le había servido.

Totalmente sola.

—¿Y el tío, abuela? —dijo Noa.

—Es verdad. ¿No estaba Rafa contigo? —Maricarmen dejó el cubierto en la mesa—. ¿Dónde está?

—Ah, ¿el imbécil de tu hermano? Yo qué sé, hija, de pronto me dijo que tenía que hacer no sé qué cosa y se fue sin acompañarme.

—¿Sin avisar? —dijo el padre de Noa—. Podría haber ido yo contigo, mamá…

—Quia, ¿no ves que yo me apaño? Pero fue de muy mala educación. Como todo lo que hace. Después de lo del viernes, yo ya no sé por qué le invitáis a comer, de verdad…

—Mamá, es nuestra familia. Es el hermano de Mari.

—¡Y también es un idiota mayúsculo, Toño!

El arroz que Noa tenía en la boca era un solo bocado, pero no lo podía tragar. La garganta se le había hecho un nudo, uno de corbata, apretado y tirante.

Justo lo contrario al de su tío Rafael, que entró por la puerta horas más tarde, con la cara roja y oliendo —demasiado, incluso para él— a cerveza.

125

12

Noa nunca había probado el alcohol. Algún compañero de clase le había insistido, pero la única vez que se había asomado al borde de un vaso de tubo había aparecido un Ford Fiesta rojo en la esquina de su memoria.

Aun así, tenía la idea de que una persona borracha veía doble. Aparecía en los cómics, en los dibujos animados, como una forma visual y simpática de representar la ebriedad.

Por eso, la primera vez que despertó en aquel estado, se preguntó: «¿Estoy borracha?».

Todo era doble. No solo su visión; su propio cuerpo también parecía serlo, desdoblarse en dos mitades diferentes; lo mismo su oído y su tacto. Si bajaba la mirada a la mano, sobre la sábana azul, veía dos; una y otra superpuestas, desenfocadas, pero ambas en el mismo lugar, y sentía con ambas.

Al cabo de unos minutos, aquella sensación se desvaneció.

Se deshizo como el aguanieve que había caído en Madrid aquel febrero, antes de tocar el asfalto, o como los pedazos de un sueño que costaba recordar. Para cuando Noa estuvo totalmente despierta, ya no había nada doblado. Los dedos volvían a ser cinco. La lámpara del techo era una sola de nuevo.

No le ocurría todas las mañanas, pero, cada vez que lo hacía, duraba más.

Empezó a cronometrarlo un día de clase, uno de aquellos en que su padre podía llevarla al instituto y traerla por la tarde. Con su fuerza nueva, ya podía incluso subirse ella misma a la silla desde la cama, agarrándose a la barandilla de metal y tomando impulso con los brazos.

—Madre mía, Noa —dijo Maricarmen, al verla ya allí sentada y luchando por ponerse las perneras vacías del pantalón—. Espera, que te ayudo con la ropa. Sí que están dando resultado esos ejercicios, ¿eh? Algún día te pediré que me hagas de entrenadora personal, a ver qué tal… ¿Te imaginas a tu madre con bíceps?

Cogió el móvil entre sus dedos, aunque fueran demasiados, dos pares superpuestos de cinco; eran las 6.13.

Llevaba trece minutos viendo —viviendo— doble.

No paró hasta las 6.28.

Entonces, encerrada en el baño, con el respaldo de la silla tapando la puerta, tras lavarse el sudor frío de la cara, le escribió a Lili.

«¿Qué me está pasando? —le dijo—. No entiendo nada.»

«¡Ah, no te preocupes! —respondió ella de inmediato—. Es parte del proceso. Tu mente va a tener que desdoblarse para que seas capaz de transformarte en murciélago; tu forma como animal va a estar siempre ahí, como en otro plano, pero siendo tú consciente de ella.»

«¿Siempre?»

«¡Sí! Entonces, esa sensación irá cada vez haciéndose más frecuente y más duradera, hasta que estés así todo el rato.»

«Lili, no me jodas —escribió Noa—. ¿Cómo que todo el rato?»

«¡No te preocupes, te acostumbras! El cerebro se acostumbra a muchas cosas. Por ejemplo, ¿sabías que una vez se hizo un experimento en el que un señor llevaba gafas con espejos para ver siempre al revés? ¡Al cabo de unos días, veía bien con ellas!»

«Me estás vacilando…»

«¡Que no! ¡Te lo prometo!»

Frente al espejo del baño, Noa se examinó el cuerpo. Se miró los brazos, el pecho, la espalda; era más fuerte, pero esa fuerza no se veía reflejada de ninguna forma externa. De hecho, casi le daba la impresión de que tenía los músculos más pequeños; probó a agarrarse a los asideros del váter y a subir solo con su propio impulso, y podía, y no era un esfuerzo que le saliera de los brazos. Salía de más adentro, diría que del corazón, o tal vez del lugar donde le habían quedado dos marcas diminutas a ambos lados del cuello.

Noa tenía fe en que convertirse en murciélago compensara todo aquello.

Aquella mañana desayunó rápido, un vaso de leche y una tostada. Tan rápido que notó un dolor en la mejilla; se había mordido por masticar sin cuidado. Porque sus dientes estaban creciendo y perdiendo el esmalte, como los del resto de vampiros, para hacerse aún más agudos y afilados. Perfectos para rasgar la piel y sacar sangre.

Sangre.

Ese era el sabor que estaba notando.

Sabía a hierro y a sal, dulzona y punzante. Sabía a lamer una pila o una llave de latón. Sabía como una gota de agua que le hubiera entrado en la boca después de una gran sequía. Sabía a sangre.

Noa tenía la tripa llena de leche y pan, pero el estómago le rugió al tocar con la lengua la carne herida de su propio carrillo.

—¿Qué haces, hija? ¿Otra vez al baño? —le dijo su padre—. ¡Si ni siquiera te has terminado la tostada! ¿Me oyes? ¿Vas a peinarte otra vez? ¡Que estás muy bien, muy macarra, muy en tu estilo! ¡Y ya son casi las siete! ¡Vamos a llegar tarde!

Noa se miró al espejo del aseo una vez más, antes de subir al coche.

No podía fingir que no había pasado nada, que se lo había imaginado. Como aquel incidente con su tío el otro día. O lo de casi haber atropellado a Adrián. O lo del beso.

Eso sí que había pasado, pero no había tenido importancia.

Aunque aún no fuera una vampiresa plena, las ventajas de la metamorfosis ya empezaban a dar fruto. Sobre todo, en su fuerza. Parecía, incluso, que los demás lo intuyeran; el grupo de Elena y los demás la evitaba por los pasillos, la esquivaba como a un animal salvaje, la ignoraba en clase.

Y Noa lo agradecía, en el fondo. El miedo era mucho, mucho mejor que la lástima.

Cuando pasó a buscarla su padre, Noa miró al cielo despejado desde dentro de la cabina adaptada del coche. Se había vuelto a olvidar de comprar crema protectora, pensó, despegándose de la nuca un pellejo de piel translúcida como el de una serpiente. Le latía el corazón demasiado deprisa, sin motivo aparente, solo mirando la luz y la carretera.

Entonces la llamaron al móvil.

Lo tenía en silencio, como siempre, pero vio la pantalla iluminarse con un número de teléfono. Era Lili. Le bajó una gota de sudor por la espalda, por el mismo lugar del que se había arrancado la piel.

—¿Sí? ¿Qué pasa, Lili? —dijo al descolgar.

El padre de Noa le dirigió una mirada por el rabillo del ojo, muy breve, y siguió conduciendo.

—¡Ay, gracias por cogérmelo! Es importante —dijo Lili—. A ver, no puedo hablar mucho tampoco, ¡estoy en peligro! ¿No lo notas?

Noa se llevó una mano al pecho; le latía el corazón demasiado rápido, había pensado antes. Pero no era el suyo propio; contra sus dedos, los latidos se sentían a un ritmo normal. El corazón palpitante que percibía era el de Lili. ¿Siempre había sido el de Lili?

—Pero ¿qué ocurre? —dijo Noa—. ¿Estás bien? ¿Te ha hecho alguien daño? ¿Necesitas...?

—Necesito que vengas a buscarme —la cortó Lili—. Me está persiguiendo un cazador. Por favor. Por favor, no puedo contárselo a nadie más. Si Madre se entera del lío en el que me he metido... ¡Y pondría a todos en peligro! No, no, no puedo hacer eso. Tienes que venir, Noa. Si somos dos, se marchará.

Ahora ya no era solo el corazón de Lili el que latía deprisa.

—¿Adónde? Envíame ubicación al móvil y... Espera.

Tapó el auricular del teléfono con la mano y se giró hacia su padre.

—Papá... —dijo—. ¿Te puedo pedir un favor?

—No sé, no sé —dijo Antonio, jugando con su bigote y destapando una media sonrisa—. A ver, dispara.

—Es Lili. Le ha pasado algo, no sé muy bien... —Noa tragó saliva—. Creo que está siguiéndola alguien, un hombre raro, y está sola, y no sé si le ha hecho algo...

La sonrisa de la cara de su padre se borró de golpe, como si le hubieran abofeteado.

—Claro que sí, hija —dijo—. Vamos ahora mismo. ¿Te ha dicho dónde está?

—Sí, me ha mandado una ubicación en el mapa. A ver...

La introdujo en el navegador. No quedaba muy lejos, o eso decía el mapa; siete minutos en coche, más allá del descampado del ambulatorio.

—Ya vamos para allá —dijo Noa; al otro lado de la línea se escuchaban ruidos ahogados que no sabía si eran pasos, golpes o gritos—. ¿Estás bien?

—No —dijo Lili—. Bueno, de momento sí. ¡Date prisa! ¡Cada vez está más cerca y no sé cuánto tiempo podré despistarle!

—¡Va conduciendo mi padre! No puede ir más rápido, hay atasco... Y radares...

Un chirrido de ruedas la distrajo del teléfono.

—Hay cosas más importantes que una multa, Noa —dijo Antonio, atravesando un semáforo justo cuando se ponía en rojo—. Tú tranquila. Y dile a Lili que intente… no sé, llamar a algún portal para que le abran y pueda entrar dentro; si no hay nadie por la calle, que vaya hacia la carretera y trate de parar un coche.

—Papá… —dijo Noa.

—Esa no es una buena zona —siguió diciendo su padre—, ¿qué está haciendo ahí una niña como Lili? Una vez pasado el centro de salud, está todo lleno de almacenes industriales, fincas vacías y naves…

—No lo sé. —Noa había encontrado un hilo suelto en el borde del asiento y tironeaba de él, haciéndose daño con las uñas en los dedos—. Pero… gracias, papá.

—Noa, ¿sigues ahí? —dijo la vocecilla de Lili, desde el teléfono—. Por favor, daos prisa. Creo que aquí no me ve, aunque… —le llegó un quejido agudo—. Me estoy quemando un poco.

—¡Aguanta! ¡Ya casi estamos! —dijo Noa. El coche rugió, acelerando para adelantar a un camión de la basura, mientras su padre luchaba con una marcha que no entraba bien. Noa bajó la voz—. Oye, ¿y no puedes simplemente darle una paliza? Con la fuerza que tienes… Es decir, rompiste las escaleras de tu casa y todo eso…

Una risa forzada le respondió.

—Son cazadores de vampiros, Noa. Dhampires adultos, veteranos. No se trata de fuerza… ¡Ay!

—¿Qué? ¿Qué pasa? ¿Estás bien?

Por el móvil solo llegaba un estrépito indistinto.

La ubicación de Lili cambió en el mapa; estaba moviéndose calle abajo, alejándose del coche del padre de Noa, a saltos que no parecían obedecer al contorno de la manzana.

Antonio chilló hacia el móvil, sin apartar la vista de la carretera:

—¡Tranquila, Lili! ¡Ya estamos llegando! ¡Aguanta un poco más! —Su mirada se encontró con la de su hija—. ¿Y si llamas a la policía, cielo?

—No sé… —titubeó Noa—. No sé si harán nada. Ya sabes cómo son estas cosas. Como cuando le pasó a mamá, que tenía el turno de noche, que solo la culparon…

—Tienes razón —dijo Antonio, con el ceño arrugado.

Las ruedas del coche rechinaron contra el bordillo al girar en tercera una esquina muy cerrada. Por el móvil volvió a oírse la voz de Lili:

—Creo que… —decía, y sonaba lejana—. ¡Creo que les he despistado! Pero están rondando por aquí, lo sé, y no van a irse hasta que… ¡Ay, no!

—¿Qué? —dijo Noa, pegándose el móvil a la oreja—. ¿Qué ha sido ahora?

—Nada, un susto nada más… —susurró Lili—. Daos prisa, estoy aquí metida en un hueco para intentar que no me vean, pero si deciden venir para este lado…

La flecha azul en el mapa del coche de Antonio zigzagueaba entre calles amplias, cuadriculadas y vacías, salpicadas de chimeneas industriales y de techos de uralita.

En algún punto de aquel polígono estaba Lili.

—A ver, hija, indícame ahora, que el GPS me dice cosas raras —dijo Antonio, asomándose para ver más allá de un ceda el paso—. ¿Hacia dónde?

—Espera… ¡Por ahí! Uy, no, que esa es prohibida… La siguiente, entonces.

Noa bajó la ventanilla para asomarse.

—¡Lili! —gritó hacia un callejón sin salida—. ¡Lili! ¿Estás por ahí?

La respuesta le llegó desde el teléfono.

—¡Aquí! —dijo—. ¡Mira hacia arriba!

—¿Hacia arriba? ¿Cómo…?

Desde lo alto de un edificio de hormigón gris descarnado se agitaba una manita blanca.

—Pero ¿qué hace ahí subida esta niña? —dijo Antonio, parando el coche a un lado y tirando del freno de mano, haciéndolo crujir como una carraca—. ¡Lili! ¡Liliana! ¿Estás bien?

La cara de Lili, enmarcada de rizos, surgió por encima del tejado.

—¡Sí! ¡Ahora ya sí! Ha debido de oíros llegar y se ha marchado… ¡Gracias! ¡Gracias, de verdad!

—¡Espera, no te muevas! —dijo el padre de Noa, al ver que se ponía en pie—. ¡Voy ahí a buscarte! Noa, tú quédate en el coche.

—No, papá, si te parece salgo corriendo —suspiró ella.

Desde la ventanilla del coche lo vio subir por las escaleras de incendios; Antonio alcanzó la plataforma del tejado donde se había escondido Lili y se agachó junto a ella. A Noa le llegaban retazos de su conversación, alejados por el viento.

—Pero cómo se te ha ocurrido subirte aquí, criatura… —decía su padre—. Ya, ya me imagino… ¿Y estas quemaduras? Anda, ven, baja conmigo y te acerco a tu casa. ¿Vivías por…?

—No se preocupe… Si estoy bien, de verdad. En cuanto han oído voces y un coche en la calle se han marchado…

—Pero ¿eran varios? Qué horror, de verdad; lo siento muchísimo. ¿Y a qué habías venido aquí, a este sitio tan dejado de la mano de Dios?

Noa carraspeó muy fuerte.

—¿Bajáis ya? —gritó.

—¡Ya vamos, ya vamos! A ver, Lili. Con cuidado en las escaleras, que son un poco inestables. Aunque has subido por aquí, ya lo sabrás, ¿no?

134

—Esto… Sí, ¡claro que he subido por la escalera de incendios! —Lili rio, azorada—. No iba a subir volando, ¿verdad?

Cuando estuvieron a salvo sobre suelo firme, Noa se fijó en que Lili tenía, en la cara, en el cuello y en las manos, ronchas rojas brillantes de quemadura solar.

—Tiene que verte eso un médico, escúchame —le dijo Antonio a Lili—. ¿Qué te ha pasado?

—Ah… Pues…

—Han sido los señores que la perseguían —interrumpió Noa—. Que no te dé vergüenza contarlo, ¿eh? Le han tirado algo encima que le ha quemado. Me lo contó por teléfono.

—¿Cómo? ¡Pero ahora sí que hay que ir a la policía inmediatamente, niñas! ¡Esto ya no es solo acoso! Que te hagan unos análisis de qué es lo que te han echado y te vea un doctor, ahora mismo…

—Esto… No creo que haga falta, verá —dijo Lili—. Mi padre es médico, ¿sabe? Y a mi familia… bueno… no le conviene demasiado que la policía nos ponga el ojo encima. Al fin y al cabo, somos inmigrantes.

Antonio carraspeó.

—Claro —dijo, al fin—. Claro, entiendo. No me voy a meter en temas de familia. Te dejaré en tu casa y ya, entonces.

—Gracias —dijo Lili—. Muchísimas gracias, en serio. No sé lo que habría ocurrido si no llegáis a venir…

—No quiero ni pensarlo —dijo Noa.

Estaba todo tan vacío que el rumor del coche en marcha era lo único que se oía en las calles a la redonda, como el ronroneo de un gato inmenso. Lili, sentada en el asiento de atrás, le cogió la mano a Noa. En todo el viaje casi no habló ninguna de ellas, ni tampoco lo hizo Antonio; solo se comunicaron mediante caricias minúsculas, la una y la otra, de dedos sobre el dorso quemado de la mano. Y por mensajes de móvil.

«¿Seguro que estás bien? —escribió Noa, por cuarta

135

vez—. ¿Necesitas que me quede contigo? ¿Se van a enfadar mucho tus padres?»

«Sí, no y sí, en ese orden —contestó Lili—. Tranquila, ¿vale? Ya ha pasado todo. No es la primera vez que ocurre.»

«Pero sí la primera que necesitas ayuda, ¿no? Y la primera que lo veo yo, también…»

«No. Una vez, cuando fuimos a visitar Ámsterdam, me separé de mis padres y me persiguió un cazador por toda la ciudad. Tuve que saltar a un canal para despistarle y casi me atropella un barco. Tenía doce años.»

«En la rotonda, tome la tercera salida en dirección calle de Alcalá —decía el navegador—. Dentro de quinientos metros, gire a la derecha.»

—Es un poquito más adelante —dijo Lili—. Déjeme aquí, puedo ir yo sola…

—¡Sí, hombre! —Antonio se tironeó del bigote mientras miraba por el espejo trasero—. Después de este susto, como que te voy a dejar lejos de casa. Te acompaño hasta el portal mismo, si es necesario.

El coche se detuvo en doble fila, con las luces de emergencia, ante la escalinata de la casa Drăgulescu. Antonio no arrancó el coche hasta que el portón de doble hoja se la hubo tragado, y solo entonces le dijo a Noa:

—Hija, sabes que yo respeto con quien quieras estar, pero esta chica es muy rara.

—¡Papá! —Noa suspiró—. ¿Por qué no hacemos lo que dijimos el otro día? ¿Vale? Lo de quedar con sus padres a cenar. Yo les aviso. Así les conocéis por fin y veis que no hay nada raro, de verdad.

—Ya veremos, hija, ya veremos.

Hasta que llegaron a casa, Noa no dijo una palabra. Solo le mandó a Lili un mensaje:

«Ánimo, ¿vale? No dejes que te machaquen demasiado tus padres.»

Y un *sticker* con un gato triste y corazoncitos.

Lili no le respondió en toda la tarde. La abuela Conchi volvió del médico; su padre hizo pescado al horno; su madre siguió diciendo que su hermano era un cretino, pero que tampoco estaba segura de que no tuviera razón respecto a los Drăgulescu.

Ya entrada la noche consiguió que Maricarmen, agotada, le dijera al ir a acostarse y cerrar la puerta de su cuarto:

—Vale, hija, vale. Está bien, tú has ganado. Cenaremos con ellos algún día, aunque me den mala espina. Voy a decírselo a Antonio. Pero, eso sí, vendrá tu tío, así él también se convence de que no son mala gente, ¿de acuerdo? ¿Puedo irme ya a la cama?

Noa sonrió a oscuras.

—Gracias, mamá —dijo—. Te lo aseguro, no os arrepentiréis.

—Menos asegurar y más dormir. Hala, buenas noches.

Solo cuando Noa ya se había hecho un nido envuelta en las sábanas, mirando el móvil, esperando a que le entrase sueño, recibió un mensaje de Lili.

«Oye, Noa —decía—. Casi mejor que no se vean nuestros padres, ¿vale? No quiero volver a poner en peligro a mi familia.»

«¿Por qué? —contestó Noa, perdiendo todo el cansancio de golpe—. ¿Estás bien? ¿Te han hecho algo? ¿Necesitas…?»

«No, no —dijo Lili—. Solo me he dado cuenta de lo cerca que he estado hoy de morir.»

El estómago se le hundió a Noa en la cama, como si tuviera dentro una plomada.

«Lili…»

«No quiero que le pase eso a nadie más de mi familia —siguió diciendo ella—. Ni a ti. Bueno, tú eres una más de mi familia, técnicamente. O lo serás cuando termines de transformarte. Tienes suerte de que aún no se te note de-

137

masiado. Los cazadores nos huelen, ¿sabes? Como todos los dhampires. Pero ellos más. Están entrenados. Con los años, el olfato del dhampir, y sus capacidades, se hacen más potentes. Y contactan entre sí para cazarnos.»

«Pero… —Noa tecleó en la pantalla, confusa—. Yo era un dhampir hasta hace nada, y era normal. Bueno, sí, a ver, era verdad que os olía, y que siempre fui muy fuerte.»

«Por eso buscábamos a gente como tú, Noa —contestó Lili—. Porque, cuanto más se deje crecer a un dhampir, más probabilidades hay de que se convierta en un cazador de vampiros. A mi madre la convirtieron en vampiro cuando tenía cuarenta años y, para entonces, ya había hecho contacto con un cazador y estaba empezando a convencerla de que ella también nos cazara. Los Drăgulescu existen hoy porque prefirió pensárselo.»

Noa apartó un momento el móvil de su cara. La luz de la pantalla iluminó el techo, dibujando en el gotelé las sombras de unas minúsculas cordilleras.

«Lili —dijo—, ¿hay más dhampires en mi familia?»

El indicador de «escribiendo…» duró mucho rato en la pantalla hasta que recibió el mensaje.

«Puede que sí. Ya te dijimos que el vampirismo se transmite por los genes.»

«¿Y hay algún cazador de vampiros?»

«Aún no lo sabemos.»

Forzándose a levantar el peso de su estómago como si fuera una mancuerna, Noa escribió de nuevo.

«Entonces, ¿por qué no queréis conocerlos?»

«¿Quieres que te diga la verdad, Noa? Después de lo de hoy, Madre ha planteado que nos mudemos de nuevo. Mi familia vino a España hace muchos años, pero solamente llevamos viviendo en Madrid unos pocos, buscando reclutar gente. ¿O crees que unos vampiros a los que no puede darles el sol vendrían, porque sí, a vivir a esta ciudad de sol y cemento?»

«¿Mudaros? ¿Cómo? ¿A dónde?»

«No sé. A lo mejor a Galicia otra vez, o a Bilbao, que hay más gente… A algún sitio más nublado. Donde no haya un cazador que conozca nuestro rastro. En cuanto estuvieras transformada del todo nos iríamos y borraríamos nuestras huellas.»

«¿Yo también? ¡Pero yo no puedo irme! Tengo aquí a mis padres, mi instituto, mi abuela…»

«Tu abuela morirá en unos cuantos años —dijo Lili, y Noa apretó los dientes al leerlo—. Y tus padres también. Con la gente de tu clase no te llevabas muy bien tampoco, ¿no? Ahora que eres un vampiro, es lo que hay. Vas dejando gente atrás. Mejor más pronto que tarde.»

«No —dijo Noa—. No. No pienso dejarlos atrás. ¡Son mis padres! ¡Son mi familia!»

«Entonces, ¿qué? ¿Qué sugieres que hagamos? ¿Que nos quedemos en Madrid a esperar a que ocurra algo peor? ¿A que los cazadores encuentren nuestra casa y nos hagan pedazos dentro? ¿Es eso?»

Noa cerró los ojos con fuerza antes de responder.

«No, claro que no. Pero… No sé, ¡sois vampiros! ¿No tenéis ninguna forma de luchar contra ellos? ¿De defenderos?»

Casi pudo oír el suspiro exasperado de Lili con el siguiente mensaje.

«Sí, juntos somos más fuertes. Pero es imposible. Tú eres la primera persona que reclutamos desde fuera en… ¿treinta años? ¿Cuarenta? Desde Daniel. Y yo soy la última hija biológica de Madre. En nuestro clan solo hay ocho vampiros; nueve, contigo. Los dhampires también se organizan, y son muchos más.»

«¡Alguna manera habrá! No sé, pillarlos por sorpresa, o cogerlos de uno en uno, o pedirles ayuda a las autoridades… Y, mira, si dices que en mi familia puede haber dhampires,

¿no crees que sería buena idea quedar con ellos? ¡Así podríais comprobarlo! Y si hay alguno, ¡le decimos que se convierta también en vampiro!»

«No sé, Noa…»

«¡Que sí! ¡Díselo a Iulia, anda! ¿No te imaginas a mi abuela transformada en vampiro? La gran vampiresa Conchi, temida en todo el reino…»

«Vale, admito que me he reído con eso. ¡Pero solo un poquito! ¡Una sonrisa nada más!»

«¿Entonces? ¿Se lo vas a decir?»

Lili le envió una *selfie* editada, en el que había dibujado encima unas cejas enfadadas. Se lo acababa de hacer; estaba tumbada en su cama, tapada con la manta de estrellas del mismo estampado que su puerta.

«Bueeeno —escribió—. Lo voy a intentar.»

«¡Bien! ¡Gracias, Lili!»

«¡Pero no quiero que nadie se ponga en peligro! —añadió—. El otro día también estuvo a punto de encontrarte a ti un cazador. ¡Tienes que tener más cuidado!»

«Vale, lo tendré —dijo Noa—. ¿Y cómo hago eso? ¿Hay algún sitio de la ciudad por donde vayan, o…?»

«Les gustan las zonas despobladas. Ve siempre por sitios con mucha gente; no se atreverían a atacarte en público jamás. Además, ponte mucho perfume, para que no huelan tu olor natural, y tápate todo lo que puedas, que el olor viene de tu piel.»

«¡Oye! ¡Pero si yo me ducho todos los días!»

«¡Que no es olor a sudor, tonta! Es tu olor a vampiro. Y así además no te quemas. ¡Ponte crema, eh!»

«Ay, es verdad, las quemaduras… ¿Cómo estás? ¡Tienen que doler muchísimo!»

«¡No te preocupes! Constantin es un médico genial. Ya ni las noto.»

Las risas siguieron, y también los mensajes. La angustia

de horas antes se le deshizo en la almohada y en las yemas de los dedos como una tableta de chocolate en verano.

El reloj del móvil, en una esquinita de la pantalla, había llegado a la una de la madrugada cuando Noa lo advirtió. Al día siguiente se despertó destrozada; con cinco horas de sueño, sí, pero también con el pecho lleno de algo que no se atrevía a llamar esperanza.

13

$\mathcal{N}$oa miraba por la ventana mientras le daba sorbitos distraídos a una lata de refresco. Por encima de los pinos del jardín aleteaban unas palomas torcaces. Había una, se fijó, que tenía dañadas las plumas; se le habían roto las de la cola y casi parecía, en vuelo, con el extremo ahorquillado, una golondrina muy gorda.

«Pobre paloma», pensó. Los pájaros no tenían sillas de ruedas.

—¿Hoy no entrenas, hija? —le preguntó la abuela Conchi, que tejía un gorrito de *tricot*—. ¡Vas a perder músculo! Y a ver entonces quién gana a pulsos a tu padre.

—No, abue, no —rio Noa—. Es que hoy no me da tiempo. Vamos a ir a cenar con la familia de Lili, ¿no te acuerdas?

—¡Ay, que era hoy! ¡Mecachis en la mar salada! —Conchi se dio una palmada en la rodilla buena—. Pues no creo que pueda ir, hija… No me toca que me pinchen los calmantes hasta el miércoles y, así, con la pata chula, yo no voy a ningún lado.

—Vaya… ¿Y si pruebas a usar, aunque sea, mi silla de repuesto? Yo creo que ahí cabrías bien, ¿no? Te puede llevar papá en el coche, cabemos las dos.

—Quita, quita. Si yo soy solo una vieja, no voy a hacer más que ocupar espacio. Además, así termino la labor, que es para el primer nieto de Angelines. ¿Conoces tú a Angelines, hija? Mi amiga, la enfermera. Su hija se casó el año pasado con un alemán en Marbella; va a salir de cuentas cualquier día de estos. También debería ir a ayudarla a apañar el trastero… Nada, nada. Pasadlo vosotros bien. Dale a Lili un beso de mi parte y dile que es una chiquilla muy guapa.

—Se lo diré, abuela…

Al otro lado del salón, en el sofá estampado de flores, estaban sus padres; Maricarmen, sentada en el asiento; Antonio, sobre el brazo del sillón, hundiéndolo con su peso.

—Encima que he tenido que pedir un moscoso para tener libre la tarde, que el jefe del departamento quería que el proyecto estuviera el lunes en el Ministerio…

—Mira, Antonio, por favor. Si no quieres venir, no vengas, pero deja de darme la lata, que me estás poniendo la cabeza como un balón de Nivea. Voy yo con Rafa y nos dejamos de líos, ¿vale?

—¡Ni soñarlo! Como que te voy a dejar sola con el imbécil de tu hermano.

—Anda, déjalo ya y ve a pedirle la plancha a la vecina. —Maricarmen hizo un gesto hacia la camisa arrugada de su marido—. Así no puedes ir. Hasta que compremos una nueva…

—¿A la de enfrente? ¿Se te olvida que nos odia? Desde que pusieron las plazas de aparcamiento para silla de ruedas, no nos dirige la palabra. Como ya no puede dejar el cuatro por cuatro en la puerta de casa…

Sonó el timbre entonces; Noa abrió y trató de sonreír a su tío. Rafael estaba perfumado hasta las cejas; llevaba una camisa de color verde botella, desabrochada en el cuello hasta mostrar los rizos tupidos y canos que le crecían del pecho, y un pantalón de pinzas; los mocasines náuticos, sin calcetín, rechinaban a cada paso.

—¡Hola, familia!

Cuando su tío se agachó a darle dos besos, el olor a Varón Dandy le hizo toser.

—¡Bueno, bueno! —dijo Rafael—. ¡Pero si estáis sin vestir! Mari, ¿qué haces en bata?

—Es un vestido kimono, Rafa —dijo ella.

—Y tú, Antonio —siguió diciendo su hermano—, ¿te has revolcado por el suelo, o es que es una de esas camisas modernas que ya vienen arrugadas? La única que está aquí guapísima es mi sobrina. Si parece hasta una señorita y todo, solo le falta una falda. ¿Cuál fue la última vez que te vi con falda, niña? ¿En tu comunión?

—Lo dudo, porque no la hice —dijo Noa, arrugando la boca.

—En fin, que se nos va el tiempo. ¡A las ocho y media hay que estar saliendo por esa puerta! ¡Todo el mundo a prepararse!

—Rafa, son las ocho menos diez —dijo Maricarmen, poniéndole una mano en el hombro—, tranquilízate un poco, ¿quieres?

—¡No, hermana mía, no quiero tranquilizarme! —dijo él, pomposo—. La tranquilidad es una trampa, una complacencia. ¡Hay que estar alerta! ¿O se te olvida que vamos a cenar con unos capos de la mafia rusa?

—¿Pero quieres dejarlo ya? —dijo Noa—. ¡Que son gente normal! Si vais a tratar a la familia de mi novia como a unos delincuentes, les digo que cancelen la cena ahora mismo. ¿Podéis comportaros, por favor? Papá, tú también, que te veo desde aquí buscando en Google «cómo saber si alguien es un mafioso». No dejes que el tío te coma el tarro.

Antonio escondió el móvil en el bolsillo, colorado hasta el bigote, y Rafael gruñó entre dientes algo que sonaba como «esta niña impertinente». Al otro lado de la ventana había empezado a llover, esa lluvia arenosa que caía en Madrid; las gotas formaban carreras en los cristales que se convertirían en manchas de polvo. Maricarmen fue a buscar paraguas para todos.

—Estate quieta, hija, no muevas las ruedas —le dijo a Noa, mientras intentaba encajar el suyo en el adaptador de plástico del manillar.

Rafael había insistido en traer su Peugeot. «Recién lavado, flamante, para que vean los búlgaros esos quién manda aquí», había dicho. La silla de Noa no cabía en su coche.

—Yo pago el tique de la hora, no os preocupéis, familia —dijo cuando encontraron un hueco en zona verde—. O se habrán creído esos que los únicos que pueden derrochar dinero en botellas de vino son ellos. ¡Vamos!

Los Drăgulescu estaban esperando delante del restaurante. Había una banderita italiana pintada sobre el letrero de oro y madera; un camarero los condujo al comedor.

Ellos parecían encajar allí, como salidos de uno de los óleos de las paredes: Iulia, con su corona de rizos rubios, su mirada de águila imperial y un largo vestido blanco, presidía la mesa. A su lado, Constantin, con el vientre tirándole de los botones del traje, le estrechaba al padre de Noa una mano casi el doble de grande; al otro lado estaba Anca, y Daniel, el segundo más joven del clan por detrás de Lili.

Lili llevaba un vestido rosa pálido, casi translúcido, y Noa se giró a mirar a sus padres mientras se colocaba a su lado. Maricarmen parecía muy consciente de las canas que le brotaban en las sienes y se movió el flequillo detrás de la oreja para taparlas; Antonio no se dejaba el bigote quieto con una mano, mientras se alisaba la camisa con la otra.

Su tío Rafael, sentado al otro extremo, se había cruzado de piernas y sonreía. Le brillaba la calva debajo de la cortinilla.

—Me alegro inmensamente de conocerlos —decía Iulia Drăgulescu, tendiéndole la mano a Maricarmen—. Ya conocen a mi hija Liliana, ¿no es cierto? Este es su padre y mi pareja, Constantin; este es Daniel, el primo de Liliana; y esta es Anca, otra de mis parejas.

La vampiresa de piel oscura le estrechó la mano a un Antonio muy confuso.

—Hola, yo soy Anca, mucho gusto —dijo ella, con voz grave, el acento más profundo que el de Iulia y una mirada lánguida.

Noa miraba a su tío; le temblaba una vena en la frente.

—Anca, ¡qué nombre más bonito! —dijo Maricarmen.

—Gracias —dijo ella—. Lo escogí yo misma.

—Vamos a ver si me aclaro —dijo Rafael—. ¿Así que sois polígamos?

—Oh, no, señor Parra —dijo Iulia con una cortesía helada—. La palabra «poligamia» supone varios matrimonios. Y, legalmente, yo no estoy casada con ninguna de mis parejas.

Iulia entrelazó los dedos por encima de la servilleta, doblada en tres puntas sobre su plato.

147

—Por cierto, invitamos nosotros —dijo Constantin, con una sonrisa—. No se preocupen.

—Oh, el vino —anunció Iulia en una voz alta y sonora, cortando las quejas de Rafael antes de que se produjeran—. Gracias, camarero. A mí sírvame este, si no le es molestia.

Vestidos de negro impecable, los camareros fueron pasando por la mesa y tomando nota a los adultos, hasta que llegaron a Antonio y a Maricarmen.

—Yo no bebo, gracias —dijo él.

—No, yo tampoco. Una gaseosa.

Iulia frunció el ceño.

—¿No beben? Entonces, qué torpeza la nuestra al enviarles esa botella de Fetească. Les ruego que nos disculpen.

—Ah… —Antonio se rascó la cabeza, azorado—. Es desde el accidente que tuvieron mi padre y Noa. Un conductor borracho, verá usted.

Noa tragó saliva y desprendió uno de los flecos del mantel, del que llevaba tirando desde que se hubieron sentado. Lili la tomó de la mano y salvó el fleco siguiente.

—Tranquila —le dijo en voz muy baja—. Va a salir bien, ¿vale?

—Está siendo un desastre —respondió Noa—. Tenías razón. No deberíamos haber venido.

—¡Que no! Todo está bajo control. De verdad. Fíjate.

Le dio un empujoncito pequeño con el hombro, señalando hacia Iulia Drăgulescu. La sonrisa que llevaba pintada en la cara era de acero, y detrás había unos ojos calculadores que escudriñaban a sus padres y a su tío como si pudieran verlos a través de la cabeza.

Y Constantin también. Y Anca. Y Daniel. Todos sonreían, pero la sonrisa no acababa de llegarles a los ojos. Tenían los músculos tensos como alambres, preparados para saltar en cualquier momento.

Mientras tanto, el tío Rafael había cogido un palillo de madera de las aceitunas y se hurgaba las muelas, mirando a la familia de Lili con la misma sospecha.

—¡Camarero! —dijo, levantando la mano—. Yo quiero un *carpaccio* de estos, y luego los espaguetis de aquí con la trufa blanca, y también uno de estos con langosta. Se pueden poner para llevar si no me los termino, ¿verdad?

—Rafael —murmuró Maricarmen.

—¿Qué? ¡Hay que aprovechar, mujer! Ya que estamos aquí cenando con la crema de la crema y nos van a invitar… Pide tú también, anda.

Cuando llegaron los platos, todas las salsas venían sin cebolla ni ajo, para Noa y los Drăgulescu. A Noa le sonaban las tripas con cada bocado. Se puso una mano en el estómago; estaba lleno, pero le burbujeaba de hambre.

—¿Qué pasa? —le dijo Lili—. ¿Estás bien?

—Sí, no sé. Me duele aquí. Espero que no me haya sentado mal la comida…

Lili arqueó las cejas y sonrió. Por debajo de la mesa, le propinó una patada a su padre, que se giró hacia ellas y le dijo a Iulia algo al oído.

—Bueno, Noa —dijo Iulia entonces—. He oído que dentro de poco tienes los exámenes, igual que Liliana, ¿no es cierto? Ella va a terminar en junio el grado superior que está haciendo y tendrá que examinarse.

—Eh… Sí, ya queda poco —suspiró Noa.

—Muy bien. Y estarás estudiando, ¿verdad?

—Uy, sí. Todos los días. —Noa evitó la mirada a sus padres—. Estudio mucho.

—Fantástico. Déjame ofrecerte que vengas a nuestra casa a estudiar; Liliana tiene un tutor particular para sus clases. Así no os veis separadas durante este periodo de exámenes. Es bueno para ambas que os apoyéis en vuestras metas escolares. Podemos pasar nosotros a recogerte, no es molestia alguna.

Su mirada, igual de azul clarísimo que la de su hija, le decía de forma inequívoca que aquello no era por los estudios.

—Bueno… Me parece bien, vale. Papá, mamá, ¿vosotros qué opináis?

—Ay, hija… —Maricarmen dejó el tenedor en el plato—. Yo, con tal de que estudies, me doy con un canto en los dientes. Y si estudiar con tu novia te ayuda, pues mira, adelante.

—Pero tienes que estudiar, ¿eh? —dijo Antonio, limpiándose el bigote—. Nada de ir ahí a molestar a los padres de Lili ni a hacer el tonto con ella. Que te conozco.

—Perfecto, pues —dijo Iulia, y sonrió ampliamente.

—Bueno, a ver, a ver —levantó la voz Rafael—. ¿Es que a mí no me pregunta nadie qué opino? Porque yo creo que eso de los tutores es una tontería como un castillo de gorda. ¡Lo que hay que hacer es hincar los codos! Más disciplina y menos moderneces; que si clases particulares, que

149

si nuevas tecnologías… ¿Quién nos dice que van a estar en su casa estudiando y no haciendo el gamberro, eh? ¿Quién nos lo asegura?

—Yo —dijo Iulia—. Yo lo aseguro. Estaré atenta a que el tutor realice bien su trabajo. Por eso le pago.

—Qué pasa, ¿que usted no trabaja, o qué? Y, si no trabaja, ¿cómo es que puede permitirse esta cena, y esa casa, y la botella, y…?

—Rafa, basta ya, por favor —dijo Maricarmen, retirándole de la mano la copa de vino—. Estás siendo un bruto.

—¿Bruto? ¿Bruto yo? ¡Uy, si me pusiera bruto! ¡Se iban a enterar!

Noa, con la mano firmemente agarrada a la de Lili, contempló a los Drăgulescu. Constantin había perdido la sonrisa afable. Anca sujetaba el cuchillo de trinchar discretamente. Daniel contenía el aliento. Iulia le sostenía la mirada a Rafael sin pestañear.

Y a Lili le temblaban los dedos y el corazón, y Noa lo notaba en el suyo; le cogía la mano más fuerte para intentar calmárselo.

—Por supuesto que trabajamos, señor Parra —dijo Iulia, con el tono absolutamente medido—. Yo gestiono fondos de inversión. Constantin es médico. Daniel está escribiendo su tesis doctoral. ¿Y ustedes?

—¡Yo soy un emprendedor, señora! —dijo Rafael, y se le hinchaba el pecho—. Monté un bar en el noventa y seis, pero el vago del cocinero me lo tiró por la borda; luego abrí un videoclub, pero ya sabe, con el pirateo, todo se fue al garete; después, una agencia de viajes… Y ahora estoy mirando de poner un restaurante español, pero español de verdad; nada de estos italianos finolis, ni «cocina fusión» ni esas zarandajas. Menos *macdonals* y más callos con garbanzos, hombre ya.

—De verdad, les pido disculpas… —dijo Maricarmen,

poniéndose detrás de la oreja un bucle gris y rebelde—. Mi hermano es… Bueno… Es así. Antonio es funcionario, está de administrativo en el Ministerio de Fomento. Y yo soy programadora.

—Fascinante. No se preocupe, señora Parra —dijo Iulia, mientras cortaba el lomo a la pimienta de un solo tajo preciso—. La familia es lo que tiene, ¿verdad?

—¡Oiga! ¿Qué ha querido decir con eso? —dijo Rafael.

Noa continuó comiendo aquel plato que no le llenaba el estómago, con una mano en el tenedor y la otra entrelazada con la de Lili.

—Tengo que ir al baño —dijo, tras un rugido del vientre—. ¿Tienen baños adaptados?

—Por supuesto —dijo el camarero—. Por aquí. ¿La acompaño, o…?

—Ya voy yo —dijo Lili, que se levantó de su silla de un salto.

Noa tenía ganas de vomitar, pero no salía nada, aunque se encorvase ante la taza; al mismo tiempo, seguía teniendo un hambre inmensa. Se lavó la cara con agua fría; frente al espejo, las venas del cuello le latían al ritmo de un corazón que no era el suyo.

—¿Cómo te encuentras? —le dijo Lili—. Jo, si hubiera sabido que iba a ocurrir ya, te habría traído… Pero, claro, es muy impredecible. Tú espérame aquí, ¿vale? No tardo.

Noa se agarró al asiento de su silla cuando la vio transformarse. No creía que fuera posible acostumbrarse nunca a que el universo ondease y se convirtiera en murciélago.

El animal aleteó y salió del cuarto de baño por un ventanuco entreabierto. Su minúscula silueta desapareció en la noche y Noa se quedó sola en el baño. Cuando apareció de nuevo en el cristal entornado y se coló por el hueco, se colgó del plafón del techo y la realidad volvió a deshacerse ante los ojos de Noa.

—¡Ya estoy aquí! —dijo Lili, irguiéndose y haciendo

una reverencia con la falda—. ¡He ido todo lo rápido que he podido! Menos mal que era de noche.

Lili desenrolló un papel higiénico y se lo pasó por la cara y el pelo; estaba empapada. La lluvia le había dejado marcas húmedas en el vestido.

—No, estoy bien… Pero ¿a dónde has ido?

—¡A traer esto! Mira.

Hurgó en el bolsito que llevaba colgado del pecho y sacó una bolsa de plástico, cerrada herméticamente, con una etiqueta pegada en la que ponía: «A+».

—Venga ya —dijo Noa.

—Es de mi despensa. Ya te dije que teníamos el mismo grupo sanguíneo, ¡eso es una suerte!

Con los dientes afilados, Lili rasgó la esquina de la bolsa y se la tendió a Noa, que trató de mirar dentro; estaba opaco, pero el borde del plástico relucía con gotas rojas.

—¿Y me la bebo así, sin más? ¿No me va a sentar mal?

—Lo que te va a sentar mal es seguir comiendo sin tener sangre en la tripa —dijo Lili, y le empujó la bolsa hacia la cara—. Anda, venga. De un trago. Cierra los ojos, si quieres, que a lo mejor te es más fácil…

—No. —Noa se mordió el labio—. No, no voy a cerrar los ojos. Si estamos en esto, estamos con todas las consecuencias. Y vaya vampiresa de mierda sería si me diera miedo la sangre, ¿no crees?

Se acercó el borde recortado de la bolsa a la boca y tomó un sorbito.

Sabía a hierro y a sal; era más densa que el agua, más grasa, como un caldo muy concentrado. Fue solo un trago, pero ocupó el vacío de su estómago. Era una pomada fría sobre una quemadura que le alivió el dolor al momento.

Siguió sorbiendo y apretando la bolsa, enrollándola entre los dedos para apurar hasta la última gota, succionando del interior hasta que tuvo que admitir que ya no quedaba más.

Cuando la dejó caer sobre el lavabo, se vio de reojo en el espejo.

Tenía la boca cercada de rojo. Se pasó la lengua por los labios a conciencia, se chupó las manchas que le habían quedado en las yemas de los dedos, se miró a los ojos y dijo:

—Gracias, Lili.

—¡De nada! —Lili sonrió con la cara entera—. ¿Qué tal? ¿Cómo se siente?

—Se siente… Se siente bien, la verdad. ¿Y ahora?

—Con una bolsita a la semana suele ser bastante, aunque te la has bebido tan deprisa… A lo mejor tengo que conseguirte otra. El martes, cuando vengas a casa, ¿vale? —dijo Lili—. Venga, volvamos al comedor. Que estarán diciendo que por qué tardamos tanto.

—Ah, es verdad. Espero que no pase nada…

—¡No te preocupes! Si no, les decimos que estábamos liándonos en el baño y ya está.

A Noa le ardieron las mejillas.

—¡Ni se te ocurra! —Se le puso la voz estridente—. Solo espero que estén bien mis padres. Que mi tío no haya hecho ninguna tontería. Ya sabes cómo es.

—Y tú ya sabes cómo es Madre. —Lili le sacó la lengua—. En serio, no te preocupes. Todo estará bien.

Cuando llegaron, ya estaban recogiendo las chaquetas, en ese revuelo de pagar y marcharse. Noa y Lili se acercaron a los Drăgulescu. El tío Rafael ya no estaba allí.

—¿Qué ha pasado? —dijo Lili—. ¿Todo bien?

Iulia Drăgulescu apretó los labios y miró de reojo a los padres de Noa.

—Hemos intentado un encantamiento —dijo, en voz baja—. Un glamur de embeleso para que confiaran en nosotros y nos contasen si alguno de ellos era dhampir; o peor, cazador de vampiros.

—¿Y no ha funcionado? —dijo Noa.

153

Su padre estaba charlando animadamente con Constantin. Su madre dejaba una propina en el plato de la cuenta.

—Ha funcionado —dijo Iulia—. Ha funcionado en Antonio Gálvez y en María del Carmen Parra. Lo ha hecho con gran facilidad, lo que demuestra que son humanos; solo en dhampires, o en humanos extremadamente tercos, el encantamiento tarda más en penetrar.

—¿Entonces? —Lili se mordió el labio—. ¿Por qué esas caras?

—Porque Rafael Parra ha resistido el hechizo. Ha notado algo extraño y se ha marchado, airado, sin permitir que sondeásemos su mente.

—Ay, no —dijo Lili—. Eso significa que...

—Aún no lo sabemos con seguridad, Liliana. No entres en pánico. Si no controlas tus emociones, solo vas a preocupar más a Noa.

—No entiendo nada —dijo Noa—. ¿Mi tío es un cazador de vampiros?

—No podemos asegurarte que lo sea, ni tampoco que deje de serlo. Pero debemos actuar con cautela. Conservar la fachada se hace ahora aún más crucial, mientras averiguamos si es un riesgo para nosotros mantener el contacto con la familia Gálvez Parra, o que la propia Noa siga viviendo en proximidad física a él.

—¡Pues claro que es un riesgo! —dijo Lili—. Tienes que venirte con nosotros. ¿Ves? Es lo que te dije. Vamos a tener que mudarnos, Madre...

—¡Liliana! —dijo Iulia, y bajó la voz de nuevo cuando las caras de los padres de Noa se giraron hacia ellas—. Liliana, no entres en pánico, te lo repito. Ante todo, si Rafael resulta ser un dhampir o, peor aún, un cazador, no podemos permitir que se dé cuenta de que lo sabemos. Hay que seguir actuando como siempre. Vosotras sois pareja;

nosotros, unos ricos inmigrantes. Todo debe continuar así hasta tener alguna prueba fehaciente.

—Podemos intentar conseguir pruebas, ¿no? —dijo Noa—. ¿Qué haría falta?

—Algo que convenza a Madre de que tu tío es mala persona…

—No, a ver, mala persona ya sabemos que es —suspiró Noa.

Se oyó el chirrido de una silla siendo arrastrada sobre el parqué del comedor. Antonio y Maricarmen esperaban, con los abrigos puestos y los paraguas en mano, a que los Drăgulescu dejasen de hablar con su hija para marcharse del restaurante.

—Ya lo vamos hablando, ¿sí? —dijo Noa—. Venga, me voy, que si no van a sospechar.

Iulia le alargó una mano y dijo, mientras Noa se la sacudía desde abajo:

—No olvides mantener la fachada. Y esto también va por ti, Liliana.

—¡Ah, sí! ¡Espera!

Antes de que Noa pudiera abrir la boca para responder, Lili se agachó hasta su silla y le plantó un beso en los labios. Fue un beso corto, descuidado y aún más pequeño que el primero que Lili le había dado, aquel otro día.

Fue un beso, por algún motivo, decepcionante.

—¡Hala, adiós! —dijo Lili, separándose brusca—. ¡Nos vemos el martes!

—Un momento, un momento —dijo Noa en voz baja, rodando un poco más cerca—. ¿Tú crees que se lo han creído? A lo mejor ha sido demasiado… No sé, ¿demasiado falso?

—Ah… —Lili se rascó la cabeza—. Bueno, si quieres, te doy otro, pero no sé…

—No, no, no hace falta —dijo Noa, notando que un calor

le subía por las mejillas—. Solo… Bueno, para la próxima. Que lo tengas en cuenta. Que no puede sospechar nadie.

—Es verdad, es verdad. ¡Lo siento! —Lili recogió su abrigo y se alejó con sus padres—. ¡Ya hablamos por WhatsApp! ¡Hasta luego!

—Hasta luego —dijo Noa, y se llevó las yemas de los dedos a los labios. En la boca solo tenía sabor a sangre.

—¿Qué pasa, hija? —dijo Maricarmen, mientras le colocaba el paraguas en la silla—. ¿Todo bien con Lili? No habréis discutido, ¿verdad? Es un cielo de niña.

—No, no —dijo Noa—. Todo está bien.

—¿De verdad? ¿No se han enfadado sus padres por culpa del tío Rafa? Menos mal. Es que ha sido una falta de respeto tras otra. Me ha dado una vergüenza que, ¡vamos! ¡Ese imbécil de mi hermano!

—Tranquila, Mari —dijo Antonio—. ¿No ha dicho Noa que está bien? Anda, vámonos a casa, que mi madre nos estará esperando para irse a acostar. La pobre no ha cambiado nada desde que yo era un chaval y volvía tarde de marcha…

Desde la galería, apoyada la silla contra el cristal, Noa miró a los Drăgulescu meterse, los cinco, en un enorme Mercedes negro que reflejaba las luces húmedas de farolas y semáforos. La lluvia lloraba en los charcos.

A Noa no le importó mojarse. No dibujó caritas en la luna empañada de vaho. No fue al cuarto de su abuela a darle las buenas noches cuando llegaron; rodó hasta la cama y se metió en ella, agarrándose ella sola a la barandilla en la noche cálida de casi verano.

Fuera, todavía cantaba un mirlo despistado.

14

$\mathcal{M}$areos. Vista doble. El mundo resquebrajándose entre sus manos. Sueños de volar. Sueños de sangre.

Y hambre.

Mucha hambre.

Noa ya no podía más. Necesitaba comer, y necesitaba hacerlo ya; la comida de su padre no le llenaba el estómago, la de su abuela tenía cebolla y ajo, el agua no saciaba la sed.

«Lili —le dijo por WhatsApp, tirada en la silla tras una sesión de ejercicio que no le distraía—, ¿podemos vernos esta tarde y me traes una bolsa de sangre? Por favor.»

«¡Claro! Madre mía, qué bien, creo que ya se está acelerando la transformación del todo —contestó ella muy rápido—. Es la recta final. ¿Vienes a casa o voy yo?»

«Ven tú, porfa —dijo Noa—. Que yo aún no puedo volar, no sé si te acuerdas.»

«Pues… si te soy sincera, a veces sí que se me olvida», dijo Lili, y lo acompañó de un *emoji* sonriente al que le caía una gota de sudor.

Cuando Noa le contó a su madre que esa tarde Lili pasaría por casa para traerle una cosa, recibió una ceja alzada como respuesta.

—¿Seguro que está todo bien con Lili? No puedo evitar verte rara, hija; aunque no me trague las tonterías de tu tío, tienes que admitirlo. Últimamente tienes muy mala cara, en general. ¿Quieres que pida hora en el médico?

—No, qué va —dijo Noa, tirándose de un hilillo de la manga del jersey—. Es que, con los exámenes, estamos muy agobiadas. De hecho, lo que me tiene que traer son unos apuntes.

—No te aproveches de ella, ¿eh? Que la veo muy buena niña y estudiosa, y tú y yo ya nos conocemos —dijo el padre.

—No la agobies tú más, Antonio —suspiró Maricarmen—. Noa, cielo, sabes que confiamos en ti totalmente. Ya nos quedó claro a todos que lo que decía mi hermano de las drogas era una tontería inmensa, sí, pero si en algún momento te ves envuelta en un lío, por favor, no tengas miedo a contárnoslo. Solo te pedimos eso.

Maricarmen se había agachado, inclinada sobre la silla, y le había puesto a su hija las manos encima de los hombros. A Noa le pareció que su madre tenía los ojos un poco húmedos, solo un poquito, y le costó mantenerle la mirada sin parpadear.

—Claro, mamá —dijo—. Eso siempre.

—Bueno. Pues ahora, cuando llegue Lili, a estudiar duro para los exámenes. Que estos ya cuentan para tu media de Selectividad, ¿no? ¿Cómo lo hacen ahora? Cambiaron la ley de educación, pero no sé si sigue así…

—Esto… —Noa trató de apartar de su cabeza su desastrosa media académica—. Sí, sí que cuentan.

—¡Eso! ¡Ya decía yo que se me olvidaba algo! —dijo Antonio—. ¿Has pensado ya en qué carrera vas a querer estudiar? Tú mira que dentro de un año vas a tener que estar haciendo la preinscripción. ¿Y Lili? ¿Qué va a estudiar ella?

—¡Antonio, que no la agobies más, te he dicho! —La madre de Noa se cruzó de brazos—. Déjala en paz. Si no lo sabe aún, pues no lo sabe, ¿o no te acuerdas de que tú hiciste dos años de Veterinaria antes de entrar en Derecho? ¿Cómo era lo que me dijiste…? Ah, sí, «es que yo quería cuidar a los perritos, no diseccionarlos».

—¡Mari! —dijo Antonio, rojo como si le hubieran dado una bofetada—. ¡Eso es jugar sucio!

Mientras su marido intentaba explicar por qué su situación era distinta por completo a la de Noa, Maricarmen le hizo a su hija señas para que se marchase mientras estaba entretenido. Noa rodó fuera del salón y oyó un suspiro profundo desde una esquinita del pasillo.

Desde la habitación de su abuela.

El «¡ay!» llegaba nítido de entre las manos sarmentosas de la abuela Conchi, que le tapaban la cara; estaba sentada al borde de su cama, con el moño deshecho y mechones de plata cayéndole por los hombros. El cuarto estaba desordenado. Había pilas de ropa y papeles acechando en cada superficie plana; sobre el edredón había abierta una caja de madera, con la llave pequeña y dorada colgando del cierre.

Tras un instante de duda bajo el umbral de su puerta, Noa movió la silla hacia dentro; el roce de las ruedas contra el linóleo gastado sobresaltó a la abuela, que dio un brinco en el mismo sitio, sentada, y se retiró los dedos de las mejillas.

—Abue, ¿estás bien? —dijo Noa—. ¿Qué te pasa? ¿Te ayudo en algo?

—Ay, hija, perdóname —dijo la abuela—. No te preocupes por mí, corazón. Tú vete a lo tuyo, deja a esta vieja en paz con sus tonterías.

—¡No! —Noa rodó hasta tocar la colcha con las ruedas—. ¡Claro que me preocupo! ¿Te ha pasado algo? ¿Es por la pierna? ¿Te duele?

La abuela sonrió y la cara se le arrugó, blanca y suave, alrededor de la sonrisa.

159

En el regazo tenía una fotografía antigua, en blanco y negro. Noa asomó la cabeza y ella se la alargó para que la viese.

Había una familia; un hombre alto, delgado y pálido, de pie al lado de una mujer sentada con un bebé en brazos, y Noa habría jurado que la mujer de la foto era su abuela, de no ser por sus profundas ojeras. Una niña pequeña, de bucles oscuros y cara redonda, miraba a la mujer con los ojos muy abiertos y el pulgar en la boca.

—¿Quiénes son? —preguntó Noa.

—Esta era mi madre, Antonia —dijo la abuela Conchi, señalando a la mujer que tanto se le parecía—. Este, mi hermano José, que murió de una pulmonía a los dos años —añadió, indicando al bebé—. Esta era yo —dijo, y Noa reconoció los grandes ojos de la niña en los de su abuela—. Y este, mi padre.

—¿Y qué pasa? ¿Les echas de menos? Te pareces un montón a tu madre… ¿De cuándo es esta foto, abue?

—A ver… Si yo tenía aquí unos cuatro añitos, esto tiene que ser, como muy tarde, del año cuarenta. Pero, hija, eso no importa. Del año nunca me he acordado, ¿sabes? Solo del día en concreto. El mismo que hoy: dos de junio. Fue un domingo, igual que este.

Conchi, los dedos alrededor de un pliegue en su falda, mientras Noa decía:

—¿Qué pasó el dos de junio, abuela?

La pregunta quedó colgando un instante en el aire, como si el signo de interrogación se le hubiera enganchado en la garganta al salir.

—El dos de junio —dijo— descubrí que hay ciertos monstruos que se disfrazan de hombres. El dos de junio, cariño, mi padre mató a mi madre.

Si Noa no hubiera estado ya sentada en una silla, le habrían fallado las piernas.

—No sabía… —balbuceó—. No quería…

—Está bien, hija —dijo la abuela Conchi—. No te asustes. Claro que no lo sabías. Esto solo se lo dije al abuelo Manolo. Nunca se lo conté a tu padre, ni se lo voy a contar ahora. ¿Querrás guardarme el secreto?

—Claro… —Noa tragó saliva que sabía a sal—. Lo siento mucho, abue…

—Yo también lo siento. Las cosas han ido cambiando, hija, pero sigue habiendo bestias como él. Y están en todas partes.

—Es verdad —dijo Noa, recordando las noticias de la última semana; desapariciones, juicios sin justicia, víctimas forzadas a revivir lo ocurrido—. Es un horror. ¿Y no le hicieron nada? A tu padre, digo. ¿Le metieron en la cárcel, o algo así?

—Oh, no. Mi padre se mató después de hacerlo. Con la escopeta de caza. Yo me fui a vivir con mis tíos a Madrid y, desde entonces, me prometí que no iba a tolerar ni una sola barbaridad como esa. ¡Hay tanto monstruo suelto! ¡Y se hace tan poco al respecto! ¡Ay, si yo no hubiera estado espabilada tantas veces, lo que habría pasado! ¿Sabes la suegra de Rogelio, mi amiga Finita? ¿La que su marido puso una inmobiliaria y luego se la quedó ella?

—Esto… Me suena, pero…

—Pues gracias a Dios que estuve atenta, porque casi se llegó a comprometer con un chaval que, ¡uy! ¡Ya lo veía yo que era uno de esos, igualito que mi padre! ¡El muy desgraciado! —La abuela miró hacia el techo con los ojos empañados, como si pudiera ver a través hasta el cielo—. Eso cuando era yo joven, ¡pero no te creas que ahora no sigo en ello! ¡Hay que estar siempre alerta, hija, siempre alerta!

Noa asintió, mirando de nuevo la fotografía. En los ojos de Antonia, la madre de su abuela, había una tristeza espantosamente serena; ya no estaba segura de que las manchas oscuras que los cercaban fueran solo ojeras.

—Lo siento mucho —repitió; eran las únicas palabras que se le antojaban correctas—. Por lo menos… Bueno, no sé si esto te consolará o no, pero yo sé que no voy a acabar con ningún hombre así. Con ningún hombre, en general.

La abuela Conchi soltó algo a medias entre risa y suspiro.

—¡Y qué bien haces, cariño! Pero ten cuidado, ¿me lo prometes? Que los monstruos como él se esconden a simple vista. Y ni siquiera son hombres todos ellos. No los ves venir hasta que es demasiado tarde.

Cogió la foto de manos de Noa y volvió a echarle un vistazo; la dejó, boca abajo, sobre el edredón de flores, al lado de la caja de madera.

—Lo tendré —dijo Noa—. Pero, entonces… ¿mi padre no sabe nada de todo esto?

—Ni lo va a saber —aseveró la abuela—. No quiero que sepa qué clase de ser tenía por abuelo.

—¿Y yo? —Noa la miró a los ojos; eran de un castaño oscuro, como los suyos, algo velados por las cataratas—. ¿Por qué yo sí merezco saberlo? No es justo…

La abuela Conchi la interrumpió, amable pero firme:

—Porque a mí ya no me quedan demasiados años, hija. Y quiero que tú también, como yo hice cuando fui algo más mayor que tú, luches contra este horror que está por todas partes. Tenemos una especie de club, ¿sabes? Están Finita y su nuera, que llevan la inmobiliaria y han conseguido un lugar donde reunirnos, y el primo de Angelines, y la propia Nines, que es enfermera… En fin, que somos bastantes.

—¿Un club? ¿Cómo que un club?

—Bueno, intentamos que no vuelva a pasar lo de mi padre, ya me entiendes. Vigilamos por el barrio; sabemos lo que pasa en cada esquina. Todos los rumores tienen algo de cierto detrás, y siempre estamos alerta. Cuando seas un poquito más mayor, hija, me gustaría que tú también te unieses.

—Vale, abue —sonrió Noa—. Estaría genial eso.

El timbre sonó entonces, sobresaltándolas a ambas; a Noa casi se le había olvidado que iba a venir Lili y, sobre todo, se le había olvidado el hambre que le enroscaba las tripas desde dentro.

—Anda, ve —dijo la abuela—. Ve con tu noviecita.

—¿Seguro, abue? ¿Estás ya mejor?

—Estoy como una rosa, ¿no me ves? Gracias por escucharme, mi niña. ¡Corre, que le están abriendo ya la puerta e invitando a pasar!

Noa rodó hasta allí, oyendo el saludo cantarín de Lili al entrar en la casa desde los pasillos, y se la encontró casi de frente en el salón; sonriente, con las mejillas redondas llenas de color y pecas, los rizos pelirrojos recogidos en una media coleta y una mirada que a Noa le hizo olvidar cómo se decía hola.

Y, aunque se hubiera acordado, el fuerte abrazo que Lili le dio le impidió saludar.

—Oye —le dijo Noa un poco más tarde, cuando estuvieron a salvo de oídos indiscretos en su habitación—, quería decirte una cosa.

—¿Qué? ¡Ah, toma, aquí tienes la sangre!

Lili sacó dos bolsas herméticas y opacas; el líquido de dentro sonaba al agitarlas.

—Ay, sí, gracias… Pero no era eso. Tenía una duda, a ver cómo te lo digo. Te va a parecer una tontería, pero es que yo no sé nada del mundo de los vampiros, de qué podéis hacer y qué no, y claro…

—¡Venga! ¡Dispara! ¿Qué es? —Lili se puso los brazos en cruz—. ¡Aquí tienes la Enciclopedia Vampírica lista para ayudarte!

—Es una bobada —rio Noa—. No te rías de mí, ¿vale?

—¡Prometido!

—A ver… ¿Cómo funciona lo del hechizo ese que les echaron tus padres a los míos? ¿Lo de hacer que te caiga bien alguien?

—¡Ah, el glamur! ¡Pues es más o menos eso! Por eso también se llama encantamiento, porque hace que alguien te parezca encantador. De ahí viene lo de «encantado de conocerte». ¿Por qué lo dices?

—Porque… Bueno, ¿se podría usar para hacer que a alguien le gustase otra persona?

—¿Que le gustase? Claro, ahora a tus padres les gusta mi familia, aunque antes creyeran que éramos…

—No, no —interrumpió Noa—. Quiero decir gustar de *gustar*. Ya sabes.

Lili parpadeó.

—Ah. ¡Ah! ¡Eso! No, eso no se puede. No es un hechizo de seducción ni nada por el estilo. Tranquila, que tu madre no va a dejar a tu padre por la mía —dijo Lili, y le sacó la lengua—. Eso, y que no funciona con los vampiros ni los dhampires.

—Eh…

—Así que ya te digo, ¡estate tranquila! Si te gusto, no es porque te haya echado ningún encantamiento.

—Pero ¿qué dices? —dijo Noa, más alto de lo que pretendía—. ¡Que era solo una cosa hipotética! ¡No te lo tengas tan creído!

Lili se cruzó de brazos.

—Vale, vale —dijo—. Entendido. Es que yo creo que a veces te pierdes un poquito con lo de ser mi novia de mentira, no sé, eh.

—No me pierdo nada —dijo Noa, notando cómo le subía el calor por la cara y hasta las orejas—. Yo lo tengo todo clarísimo. ¿Y tú? No te habrás confundido, ¿verdad? Que no quiero que te equivoques. Esto es una farsa que montamos para mis padres, y ya está.

—Claro. Eso es.

—Pues eso. Que no iba por ti.

—Sí. —Lili le arrojó las bolsas de sangre en el regazo—. Seguro.

—¡Te estoy diciendo que no! De hecho… —A Noa se le había secado la garganta, la boca entera, y algo le decía por dentro que se callase, pero siguió hablando—. En realidad, te lo decía porque me gusta otra chica. Una de mi clase. Y quería saber si iba a poder seducirla cuando fuera vampiro. Nada que ver contigo.

—Ya. Pues no —dijo Lili, y puso una mueca indescifrable—. Ni con el glamur, ni con tu cara.

Noa se tragó un bufido.

—¿Eso por qué lo dices? Porque te pondría nerviosa que tuviera una novia de verdad, ¿no?

—Por mí, como si tienes quinientas; me da totalmente igual.

—Ah, claro, por eso te pones así, porque te da tan igual…

—¡Que te den! —saltó Lili—. ¡Déjame en paz!

Y antes de que Noa pudiera preguntarse cómo había escalado aquello ni detenerla, Lili giró sobre sí misma; la realidad se plegó como un abanico invisible en el lugar donde había estado y escupió un murciélago que escapó por la ventana abierta, entre la sombra de los chopos.

Noa se quedó sola en la habitación, con las dos bolsas de sangre botándole sobre las rodillas y el latido en los tímpanos.

—Soy gilipollas —masculló para sí, arrastrándose una mano por la cara, la frente y mesándose con ella el pelo—. Mira que soy gilipollas.

Cogió una bolsa y se dispuso a abrirla, partiendo la esquina del plástico, pero antes sacó el teléfono del bolsillo.

«Lo siento —tecleó en la conversación de WhatsApp entre ella y Lili—. No quería decir nada de eso. La he liado muchísimo… No te enfades…»

No hubo respuesta.

Noa insistió con un par de mensajes más, e incluso con un fotomontaje de un gatito asomado al cielo que decía «meper d0nas?»; todos quedaron sin leer, aunque pasaron los minutos. Intentando no pensar, se llevó la bolsa de sangre a la boca y rasgó con los dientes el borde del envase. Se le derramaron unos goterones fríos por la barbilla y el cuello, pero bebió hasta saciarse del sabor a hierro y aceite.

El hambre se marchó, pero el vacío en el pecho de Noa seguía allí.

La otra bolsa, aún llena, ponía en un letrero impreso: «Conservar a una temperatura de entre 2 °C y 6 °C». Esquivó a su padre en la cocina y la escondió al fondo de la nevera, detrás de unos *tuppers*.

De vuelta a su cuarto, Noa pasó por la puerta de la habitación de su abuela; ya no lloraba, sino que canturreaba entre dientes mientras recogía papeles, cartas y fotografías como la que le había mostrado a ella, y las metía en la caja de madera. Conchi la escuchó, se dio la vuelta y se tapó la boca con la mano.

—Ay, hija, menudo susto me has dado —dijo—. ¿Cuánto llevabas ahí? ¿Qué andas haciendo, cotilla?

—No, nada, no hacía nada —dijo Noa—. Solo estaba mirando. ¿Ahí guardas tus recuerdos, abue?

—Justo —dijo Conchi—. Puede que esto sea un desastre, pero yo siempre sé dónde tengo mis cosas. Por ejemplo, ¿ves? Aquí guardo los pañuelos buenos, los de seda —dijo, señalando una de las bolsas de plástico que llenaban el cajón de la cómoda—; aquí tengo mis collares y pendientes —sacó uno del joyero, de clip, una flor de cristal redonda y brillante— y aquí, mis cosas importantes.

Como para ponerle el punto final a la frase, cerró la caja de madera con la llave dorada. La metió en la gaveta de un escritorio de madera oscura, cubierto de paños y carpetas de colores desvaídos, y le mostró a Noa la llavecita brillante.

—Mira, hija, esto te lo voy a contar solo a ti —dijo—. Yo guardo la llave aquí. En esta baldosa suelta.

La levantó con un puntapié, la metió debajo, volviendo a taparla, y corrió la esquina de un mueble para que no se moviera.

—Y no seas como yo, hija, deberías ser más ordenada —rio la abuela, cubriendo la habitación entera con un ademán—. Lo bueno es que a mí tu padre no puede venir a regañarme por tener esto hecho un estropicio. ¡Como su madre soy yo!

—¡Oye! ¿Cómo que no puedo? —se oyó la voz de Antonio procedente del pasillo—. ¡Mamá, que ya tienes una edad!

—¡Pues eso! ¡Y ya he vivido bastantes años como para perder el tiempo haciendo la cama y doblando la ropa! ¡Faltaría más!

Cuando se volvió a poner en pie para ir a la cocina a reñir a su hijo —«¿Aún no tienes preparada la cena? ¡Habrase visto!», le decía—, Conchi se paró a medio camino y se giró hacia Noa.

167

—Oye, hija, pero ¿dónde está Lili? ¿Dónde se ha metido ese amor de niña? Que quería saludarla, ¿te la has dejado en el cuarto? ¡Llámala, dile que venga!

—Esto… —Noa hizo una mueca incómoda—. Se ha tenido que ir.

—¡No me digas! ¿Y eso? ¡Si acababa de llegar! ¡Tenía hecho un hojaldre para que lo probase! No le habrá pasado algo, ¿verdad?

—Está perfectamente —dijo Noa, y le salió la frase más amarga de lo que pretendía—. No te preocupes.

Su abuela se bajó las gafas para mirarla, con el ceño fruncido en mil pliegues.

—Mira, hija, a tus padres les podrás esconder lo que quieras, pero a mí no me engañas —dijo—. ¿Qué ha pasado? Cuéntamelo, anda.

—¡Que no ha pasado nada! ¡De verdad! Se ha tenido que ir porque… Bueno… Su familia le ha avisado y…

—Ajá —dijo la abuela—. Claro, claro. ¿Y qué más? Que no soy tonta, hija, ni me chupo el dedo.

Noa le apartó la mirada.

—En serio, está todo bien —repitió.

—No lo está. Te lo veo en la cara. Si tus padres han notado que estás rara hace unos días, yo llevo semanas viéndote desmejorada. Anda, dime, ¿no me lo quieres contar?

El estómago parecía habérsele caído al suelo y no podía alcanzarlo.

—Prefiero que no —dijo Noa, su voz empequeñecida.

La abuela Conchi recostó el peso de su cuerpo sobre la muleta y se apartó, con una sonrisa triste en la cara.

—Bueno, hija, bueno. Ya me lo dirás si quieres. No pasa nada.

Noa asintió, mientras su abuela se marchaba a la cocina a seguir regañando a Antonio por no haber puesto pan a remojo en vinagre.

Suspiró.

Tenía cosas más importantes de las que preocuparse que por esas ganas de llorar y de romper algo al mismo tiempo; o porque Lili le hubiera dejado los mensajes en «visto», con el tic azul; o por no poder volver atrás en el tiempo y graparse la boca.

O por qué aquel domingo no había venido a comer con ellos su tío Rafael.

15

*N*o contestaba.

No cogía las llamadas.

No había ni una sola palabra, aunque apareciera «en línea» y leyera sus mensajes.

«Lili, mañana ya es martes —le escribía Noa— y se supone que tengo que ir a tu casa para lo de las clases y tal... ¿Sigue eso en pie? ¿Puedo ir a tu casa? Es que, además, necesito sangre...»

Nada.

«Lili, por favor, que tengo que saberlo —insistía Noa—. Mis padres están poniéndose pesados con si voy a ir yo, o me va a venir a buscar alguien, o van a tener que acercarme ellos a vuestra casa. Y me estoy poniendo nerviosa. Por lo menos dime si es que sí o que no.»

Nada.

Un suspiro de frustración se escapó de entre los dientes de Noa, tumbada en la cama, que veía apagarse la luz al fondo del pasillo tras la puerta abierta.

—Noa, hija, ¿te ha dicho algo ya? —dijo Maricarmen, asomándose a su cuarto; las pantuflas le rechinaban contra el suelo—. Mira, si no, puedo pedirle a tu tío que coja el coche de Antonio, y que él vaya mañana en metro a trabajar...

—No, no hace falta —dijo Noa, con una nota de pánico en la voz—. Seguro que contesta. Estará ocupada.

—Otra cosa que podemos hacer: yo tengo el teléfono de su madre, me lo dio en la cena. ¿Quieres que le pregunte a ver si ha pasado algo?

—¡No! Qué vergüenza… Van a pensar que soy una pesada.

—Pero, hija, si han quedado contigo en que te llevarían el martes, lo lógico es intentar cuadrar eso, ¿no crees? Venga, voy a llamar a Iulia, que era un amor de mujer. Pero… Mejor mañana, que ya son más de las diez.

Noa miró por la ventana; una luna gibosa se intuía entre las nubes.

—Llámales, anda —dijo Noa, y hundió la cabeza en la almohada—. O no les llames, haz lo que quieras. Pero déjame dormir, porfa, eso es todo lo que pido.

Maricarmen dejó la puerta entreabierta al marcharse; desde el salón le vino su voz, lejana y amable, de la que solo podía oír retazos.

—Sí… Sí… Claro, ya veo —decía, casi susurraba—. Entiendo, claro. No, por favor, no se preocupen; si he sido yo quien… Vale, de acuerdo. Entonces, ¿mañana a las seis? Perfecto. Gracias, de verdad. Muchas gracias. Y dígale que se mejore de mi parte, pobrecita.

Noa levantó un poco la cabeza de la cama al escuchar eso último. Alargó la mano y cogió el móvil de la mesilla de noche.

«Oye, Lili, ¿estás bien? —le escribió—. ¿Ha pasado algo más? ¿Estás a salvo?»

Nada.

No llegó ninguna notificación de respuesta en toda la noche, ni en toda la mañana siguiente, ni en clase por debajo del pupitre, ni en el coche de su padre, ni en la mesa del comedor, con el móvil apoyado en el regazo.

Lo único que llegó fue un mensaje, a las cinco de la tarde, que decía así:

«A las seis pasamos a buscarte a la puerta de tu casa, estate lista.»

Venía firmado por Constantin Drăgulescu.

—Ah, sí —dijo la madre de Noa—, me comentó Iulia ayer que Lili se había puesto un poco enferma. Por eso no estaba contestando a tus llamadas. ¿Ves? ¿Ves cómo no hay por qué preocuparse? Anda, anda, que te pones más tonto-rrona con estas cosas…

El doble tic azul seguía ahí, en la conversación abierta; por muy enferma que estuviera Lili, tenía suficientes fuer-zas como para leer sus mensajes. Aunque no para contestar-los, parecía ser.

Dieron las seis y sonó el timbre al mismo tiempo que el reloj de pared.

—¡Constantin! —saludó el padre de Noa, abrazándole y dándole unas palmadas en la espalda; cuando él se las devol-vió, su mano le cubrió de un omóplato al otro—. ¿Qué tal, hombre? ¿Cómo os va?

—Bien, bien —sonrió Constantin, y se enroscó entre los dedos una guía del bigote—. Ven, Noa, mira; ¿te gusta mi nuevo coche?

Noa rodó hasta el portal de la casa; al verlo, los ojos y la boca se le abrieron, enormes.

—Pero… ¿de dónde lo habéis sacado?

El sol relucía sobre la carrocería negra como charol; la puerta, abierta en mariposa, por encima del techo, mostraba el interior diáfano y con raíles para la silla. Habrían cabido varias personas allí dentro; de hecho, incluso podría condu-cirlo una persona en silla de ruedas.

—Es precioso —dijo Antonio, asintiendo con el labio fruncido—. Pero no sabía que hubiera algún usuario de silla en vuestra familia.

—Ahora sí que lo hay —dijo Constantin, recolocándose el sombrero de ala ancha y dando un par de palmadas en el respaldo de Noa—. Y, ¿quién sabe? Estas cosas nunca avisan y mejor ir preparados.

—Os habrá costado un fortunón —siguió diciendo Antonio; le había subido un color rojo a las mejillas.

—No tienes por qué preocuparte, Antonio. Mejor que el dinero vaya a cosas buenas e importantes, como esta, ¿no crees? Es por la novia de mi hija.

A Noa se le atascó la saliva en la garganta. «Mentira —quería decir—; mentira, no somos novias ni somos nada, solo somos dos idiotas jugando al escondite con los ojos abiertos.»

Antonio se rascó la coronilla rala.

—Si tú lo dices… Aunque no puedo dejar de sentirme en deuda con vosotros, Constantin.

—¡Ya nos invitaréis a algo! —Constantin rio—. Ahora, ¡vamos! Que se nos va a hacer tarde.

172   Noa se arrebujó en una camisa de cuadros a la que había recortado los bajos para que no se rozaran con las ruedas, tapándose del sol de camino al coche, mientras Constantin empujaba su silla. Subió al vehículo por una rampa neumática, deslizándose en los raíles engrasados como si las ruedas se llevaran ellas solas. Se enganchó en el asiento del copiloto con un «clac» satisfactorio y dijo adiós a sus padres con la mano.

—Bueno —dijo, cuando hubieron salido del barrio—, ¿qué es lo que está pasando?

—¿Qué? —Constantin frunció el ceño, sin dejar de mirar la carretera—. ¿A qué te refieres, Noa?

—A Lili. Le habéis dicho a mi madre que está enferma, lo oí ayer. ¿Qué le pasa? ¿Por qué no me coge las llamadas ni responde mis mensajes?

Constantin no apartó la vista de la calzada, ni siquiera cuando se detuvieron en un semáforo.

—Eso creo que deberías hablarlo con ella, Noa. Yo no soy quién para decir nada.

Noa se cruzó de brazos y echó el cuello hacia atrás, apoyándolo en el reposacabezas.

—Pues vaya… Entonces, ¿está bien? ¿No está enferma?

—No, eso no. Está en perfecto estado de salud. Simplemente, Liliana no quiere salir de su habitación; cosas de la adolescencia, ya sabes.

—Yo también soy una adolescente y no hago esas cosas…

Constantin condujo en silencio a su lado hasta que llegaron al edificio del barrio de Salamanca; lo metió en un garaje subterráneo lleno de vehículos tapados por mantas grises, y de un polvo que se levantaba al rodar por encima y le hacía toser.

«Mucho coche adaptado, mucho coche adaptado, pero luego está todo lleno de escaleras», pensó, mientras Constantin la llevaba, con silla y todo, en brazos hasta la planta de arriba.

La puerta azul, pintada de estrellas, parecía mirarle desde el fondo del pasillo; estaba cerrada y Noa se tuvo que obligar a apartar la vista. De otra habitación lateral surgió una voz alegre.

—¡Hola! ¡Pasa, pasa, por aquí!

Maniobrando por el corredor estrecho con cierta dificultad, Noa se encontró de frente con Daniel, que asomaba su cara sonriente y redonda como la luna por una puerta.

—Hola —dijo Noa—. ¿Y esto?

El cuarto entero estaba lleno de cojines y colchones cubriendo el suelo, cada uno de un color distinto; había edredones de plumas, mantas, almohadas y toda cosa blandita que pudiera imaginar.

—Me ha dicho un pajarito que ya casi van a cumplirse cuatro semanas desde tu metamorfosis —dijo Daniel, mullendo un almohadón rosa—. Ya bebes sangre y todo, ¿no? Pues entonces, es hora de empezar con la parte más difícil,

173

pero también la más divertida de todas. ¡La transformación en murciélago!

Noa se quedó a la entrada de la habitación; sus ruedas chocaban contra una colchoneta y no la dejaban pasar.

—Pero... —dijo—. ¿No iba a ser Lili la que me enseñaría a transformarme?

Daniel sonrió más fuerte, como si quisiera que la cara se le dividiera en dos.

—Lili está... Bueno, después podemos intentar hablar con ella, a ver qué tal. Mientras tanto, yo te daré las primeras nociones. ¿Qué? No vas a rechazar a un profesor tan guapo como yo, ¿verdad?

Noa le observó. Objetivamente, Daniel no era feo; tenía los rasgos suaves, redondeados, desde la frente a la barbilla; pero, comparado con Lili...

Se tapó la boca con el puño y miró al suelo, fijamente, y calló lo que había estado a punto de pensar incluso para sí misma.

—Bueno —dijo Noa—. ¿Y cómo se hace eso? Lo de convertirse en murciélago.

—Es fácil, pero solo cuando ya lo tienes automatizado. Es como conducir. ¿No has conducido nunca?

Noa lo miró con la cabeza ladeada hasta que Daniel se dio cuenta de lo que acababa de decir.

—Esto... —Daniel sonrió de nuevo, azorado—. A ver, por dónde iba. Bueno. Primero hay que cogerle el tranquillo, acostumbrarse a la sensación de ser doble. Eso ya lo tienes controlado, ¿no?

—Sí —dijo Noa—. Sí, es como si viera doble, pero no solo es ver, sino tener dos cuerpos, uno encima del otro. Aunque ya casi ni lo siento...

—¡Perfecto! Esa es la cuestión. Creo que podemos intentarlo. ¡Dame la mano!

Daniel alargó una mano hacia Noa; tenía los dedos regordetes y las uñas muy comidas. Ella fue a estrechársela, pero él la detuvo.

—Espera, no; dame la mano, pero no la mano que sientes tuya. La mano que sientes por debajo, la que está doble, esa es la mano que quiero que me des.

—Uy… ¿Y cómo hago eso?

—Cierra los ojos, a lo mejor así te es más fácil localizarla.

Si se concentraba, podía percibir ese segundo cuerpo, esos otros diez dedos que ocupaban el mismo espacio que los suyos, esa carne que debería chocar con la suya pero que era un reflejo que no llegaba a tocar. Intentó moverla.

Notó que la mano de Daniel se posaba sobre la suya, abierta, palma contra palma.

—Cógela. Con la otra mano. Solo tienes que apretarme los dedos, solo un segundo.

Los párpados de Noa temblaron de la fuerza con la que estaban cerrados. Los tendones de la mano le sobresalían en la piel, tirantes como gomas elásticas.

Sobre sus dedos, los de Daniel estaban fríos y húmedos de un leve sudor; Noa no podía dejar de imaginar los pellejos en carne viva alrededor de sus uñas, mordidas, tan distintas de las de Lili, que siempre estaban primorosamente pintadas.

Si fuera la mano de Lili, no tendría el dorso velludo ni callos en los nudillos; sería justo del tamaño de la suya propia, perfecta para cogerla, y suave; sabía que era suave, porque ya se la había dado alguna vez, allí, en el salón de su casa…

El mundo se desdobló un instante, justo al final de su brazo.

El reflejo de la mano se movió y agarró la de Daniel.

—¡Así! ¡Perfecto! —dijo Daniel—. ¡Abre los ojos!

Cuando lo hizo, sintió la necesidad de agarrarse a los reposabrazos de su silla para no caer al suelo. Más allá de su muñeca, el universo no era lineal; si se miraba desde un ángulo, mostraba una imagen: la mano abierta; desde el

175

otro, mostraba una distinta: la mano cerrada, cogiendo la de Daniel, pero ambas se habían superpuesto y las podía ver a la vez.

La saliva que tragó le supo a adrenalina.

—No te sueltes —dijo Daniel.

—Tranquilo, si no creo que pueda —balbuceó Noa.

Le latía doblemente una mano y la otra, y su cuerpo parecía querer desplegarse en dos. Se cogió el antebrazo con la mano izquierda e, incapaz de dejar de mirarse la piel, Noa sintió que algo la arrastraba hacia arriba.

Daniel estaba flotando.

Ascendía hacia el techo lenta, muy lentamente, y la realidad comenzaba a abarquillarse por los bordes de su cuerpo como un papel quemado.

—¡No te sueltes! —volvió a decir Daniel; su grito llegó de muy lejos y muy cerca al mismo tiempo—. ¡Déjate llevar!

La imagen de un murciélago se superpuso, durante un latido, sobre la figura de Daniel.

Noa hubiera jurado que, en ese instante diminuto, la mano de su reflejo había dejado de ser una mano humana. Había sido otra cosa, negra y coriácea y membranosa.

Gritó.

—¡Tranquila, tranquila! —dijo Daniel—. ¡Es normal! ¡Se supone que tiene que ocurrir eso!

—¡Pero mi mano! —Noa se la miró; volvía a ser piel tostada—. ¡No estaba! ¿Qué le ha pasado a mi mano?

—¡No lo pienses! No va a pasarte nada malo, ¡te lo prometo!

Noa recordó palabras similares que habían venido de otras bocas. Noa recordó otras bocas que estaban surcadas de pecas. Noa apretó los dientes y la mano, que aparecía dentro de sí misma como en un pliegue del aire, volvió a parpadear un instante más largo.

Contra su pellejo negro y fibroso —porque era *su* pellejo— notó el contacto de otro, uno ajeno, que era piel y era membrana y era carne y eran cerdas minúsculas, acabadas en garras, y Noa consiguió controlar el chillido que se le escapaba por la boca y agarrar la mano de Daniel más fuerte.

—¡Lo estás consiguiendo! —dijo Daniel, que estaba y no estaba, era un murciélago posado en el aire y un hombre de treinta y tantos años, según le daba la luz—. ¡Ahora!

El mundo desapareció.

No había gravedad.

A su alrededor, los rayos de luz vibraban en planos paralelos, una brújula en la oscuridad. Un eco se acercaba, la atravesaba, chocaba con los contornos de su propio cuerpo y del otro que flotaba a su lado; contornos diminutos, deformes, peludos, dentro de cuatro paredes. Cerró la boca y el eco calló.

Sus manos aleteaban. Había colores para los que no tenía nombre. Era agotador, como si estuviera andando bajo el agua, o corriendo en tierra firme con la respiración contenida. La cabeza se le embotaba y aleteó una vez más.

El otro cuerpo se colgó, cabeza abajo, de un gancho en la pared; Noa fue a imitarlo, pero falló.

El murciélago que era Noa no tenía patas traseras.

El mundo volvió a su sitio de pronto, sin avisar, y Noa estaba suspendida en el aire, y soltó las manos, y el suelo se acercó demasiado deprisa; la costalada contra un colchón de flores le hizo entender por qué habían forrado aquella habitación con cojines.

—Me he... —jadeó, intentando recobrar el equilibrio, incorporándose sobre los codos—. Me he convertido... Me he convertido en murciélago.

Desde el gancho de la pared, el otro murciélago emitió un pequeño chillido que parecía querer ser una enhorabuena. Noa se dejó caer otra vez sobre el colchón, exhausta, con

177

la vista fija en el techo, mientras Daniel volvía a aparecer de entre los pliegues del mundo.

—¡Genial! ¡Lo has hecho genial! Para ser tu primera vez, has durado muchísimo.

—Gracias... —resolló Noa—. Gracias por los cojines. Creo que me he hecho daño en el brazo...

—Anda, espera. No sabía que fuera a ocurrir esto —dijo Daniel, y trepó sobre la montaña de mantas y colores, a espaldas de Noa—. Vaya, qué curioso.

—¿Qué? ¿Qué pasa? —dijo Noa, intentando girar el torso para ver.

—¡Madre! —llamó Daniel fuera de la habitación, haciendo bocina con las manos—. ¡Venga un momento, por favor! ¡Necesito consultarle una cosa!

Iulia Drăgulescu entró en el cuarto, recolocándose aquella túnica blanca que llevaba por vestido.

—¿Ha habido algún problema? ¿Prefieres que avise a Liliana? Ella vuela mejor que tú, Daniel, no lo olvides. Por muy enfadada que esté, se comprometió a ayudarnos y, si es necesario, puedo hacer que salga del cuarto.

—No, no. —Daniel revolvió entre los cojines y sacó la silla de ruedas de Noa, que se había quedado tapada entre un colchón y una manta—. Es por esto. Verá, Madre; la transformación de Noa ha ido perfecta. Ha durado unos cinco segundos...

—Más que aceptable —dijo Iulia.

—Sí. Pero la cuestión es que no solo se ha llevado consigo la ropa, que es lo normal, sino también su silla. Y, claro, al terminar el desdoblamiento, la silla ha caído también desde lo alto. Creo que no ha chocado con ella de milagro.

Iulia se cruzó de brazos.

—Curioso —dijo—. Sin embargo, si nos paramos a pensar... Noa, ¿tú consideras que la silla es parte de ti?

A Noa se le hundió el codo en un hueco entre los cojines y perdió el equilibrio un momento.

—Sí —dijo, cuando se hubo recolocado—. Siempre lo he pensado. Es como parte de mi cuerpo. De hecho, si me pudierais echar una mano para volverme a subir… Aquí estoy un poco incómoda, la verdad.

Daniel la alzó por debajo de las axilas y la depositó en el asiento.

—Tendrás que tener cuidado, en tal caso —dijo Iulia—. Cuando acabes cada transformación, deberás estar cerca del suelo, pero no tanto que no quepa la silla bajo tus brazos; de hecho, tendrás que agarrarla con fuerza en este plano, para que no se separe y ocurra lo que acaba de ocurrir. En una habitación mullida, no es problema; en medio de la calle, sí puede serlo.

El vértigo que le entró a Noa al procesar aquellas palabras le revolvió algo el estómago.

—¿Tengo que calcularlo todo? —dijo—. ¿Y podré?

—Eso debes considerarlo tú misma —dijo Iulia.

—Madre, no sea tan seria. Yo creo que sí —dijo Daniel—. Cuando te acostumbres, será coser y cantar, ya lo verás. Lili puede calcular al milímetro dónde y cuándo se transforma; una vez la vi aparecer y desaparecer en lo alto de una farola, solo porque quería comprobar cómo era desde allí arriba…

La sensación de vértigo se hizo más pesada, como si unos dedos le revolvieran las tripas.

—Ah… —dijo Noa—. Qué bien.

Practicaron otra vez, con Iulia dentro del cuarto para guiarles; ella permaneció en su forma humana y, desde el suelo, le dio a Noa indicaciones. No tuvo que alzar la voz; cuando el mundo se volvía inmenso y su cuerpo flotaba, todo sonido era un grito, un eco, una señal luminosa que seguir.

Tras varios golpes más contra el suelo acolchado, Noa consiguió agarrar la silla por uno de los reposabrazos antes de rendirse a la gravedad. Dio contra el asiento con demasiada fuerza, y tuvo que sujetarse para no resbalar fuera, pero al

179

terminar la tarde estaba sentada en su silla de ruedas, reso-
plando, sudando hasta por los párpados, y había conseguido
transformarse en murciélago sin hacerse pedazos en la caída.

—Vamos a dejarlo por hoy —dijo Daniel, a quien le corría una gotita de sudor por la frente—. Estoy agotado hasta
yo. Anda, que vas a dormir bien, ¿eh?

Noa habría reído como respuesta, pero no encontraba
aliento en su garganta para hacerlo. Iulia le trajo una mochila y una pequeña bolsa hermética de sangre; Noa se la
arrancó de las manos y sorbió como de una botella de agua
helada en la Puerta del Sol en agosto.

—En esa mochila tienes provisiones suficientes hasta la
semana que viene —dijo Iulia Drăgulescu—. Recuerda que
tendrás clases martes y jueves. Te recomendaría practicar
por tu cuenta, intentar llegar a la forma de murciélago sin
tocar a otro vampiro, aunque, en tu caso, puede ser peligroso. Hazlo solo si te ves en condiciones.

—Descuide —dijo Noa, que seguía respirando fuerte—.
Ahora mismo no estoy en condiciones de nada.

—A lo mejor, si estuviera con Lili y le ayudase… —sugi-
rió Daniel—. Pero, claro, habría que sacarla de ahí.

—No hace falta —dijo Noa rápidamente—. No pasa
nada. Fui bastante borde con ella, es normal que esté molesta. Aunque sí me gustaría pedirle perdón en persona… No
me contesta al móvil ni nada.

—No sé yo si atosigarla es la mejor solución, Noa —dijo
Daniel, rascándose la cabeza.

—¡No, no! No quiero eso, para nada. Lo que veáis. Vosotros la conocéis mejor que yo —suspiró Noa.

Cuando salió de aquella habitación, oyó un pequeño chirrido a lo lejos, en el pasillo.

La puerta azul y pintada de estrellas blancas se había entreabierto.

Por la rendija asomaban unos deditos pequeños, agarrados al marco, y Noa juraría que cruzó la mirada con dos ojos claros como el horizonte.

—¡Lili! —dijo.

El portazo al cerrarse le retumbó en las costillas. Noa plantó la mano en el pomo. No giraba.

—Lili, porfa, ábreme —dijo—. Solo quiero decirte que lo siento. ¡No debí haber dicho nada!

Al otro lado, un silencio absoluto.

—Bueno, vale, ya lo pillo, no quieres hablar conmigo —dijo Noa, y le subió un escozor por la garganta—. Estás en tu derecho. Pero, al menos, dime qué puedo hacer para arreglarlo. Aunque sea irme y no volverte a dar más la lata.

A sus espaldas, Daniel recogía los cojines y las mantas, cargándolos a la espalda y cruzando el pasillo como un ovillo inmenso con patas.

La puerta se abrió un milímetro.

—No quiero que me pidas perdón —dijo una vocecilla, 181 desde la rendija—. Eso no es lo que quiero.

—¿Entonces? —dijo Noa—. ¿Qué quieres? ¡No sé! ¿Qué es lo que he hecho tan mal, que ni siquiera pidiéndote perdón puedo arreglarlo? ¡Dime!

Un ruido de sorberse la nariz.

—Nada —dijo Lili, con la voz empañada—. No has hecho nada. He sido yo. Da igual.

—¿Podemos empezar de nuevo? ¿Desde cero? —Noa metió una mano por la puerta entreabierta y le rozó la punta de los dedos—. Por favor.

—Solo quería una cosa —dijo Lili—. Ya está, eso era todo, una sola cosa. Pero, si tengo que decírtela, ya no la quiero.

—¿Qué? ¿Qué cosa es?

—No lo sabes… Vale. No pasa nada. Lo entiendo.

—Lili…

La puerta se cerró de nuevo, de golpe, justo a tiempo para que Noa apartase la mano.

—Creo que es hora de que te vayas a casa, Noa —dijo Constantin, que había aparecido en el hueco de la escalera—. Vamos a dejar que Lili descanse. Seguro que mañana está de mejor humor.

—Yo sí que necesito descansar —dijo Noa, y la voz le subió una octava, y se le escapó por la boca como un torrente incontenible—. Porque mira que estoy cansada, ¿eh? No como otras, que ni siquiera han venido a ayudarme a convertirme en murciélago. No sé de qué está cansada Lili. De estar de morros, supongo.

—Noa, no digas nada de lo que vayas a arrepentirte...

—No, mira, ¿sabes qué? Que a mí sí que me da igual. Me da igual lo que piense de mí; estoy cansada de ir detrás de ella y de pedirle perdón y de que ni siquiera tenga la decencia de decirme qué demonios quiere. ¡Estoy harta!

Le pareció escuchar que la puerta volvía a abrirse cuando ya estaba en brazos de Constantin, un tramo de escaleras más abajo. O tal vez había sido un sollozo, o el chillido lejano de un murciélago.

«Me da igual —se repetía para sí, una y otra vez, tragándose la quemazón en la garganta—. Me da igual Lili, me da igual si se enfada conmigo o no, me da igual todo. Me da completamente igual.»

Se lo continuó diciendo durante todo el viaje de vuelta, con la cabeza girada hacia la ventanilla, viendo correr hacia atrás los vehículos aparcados, los árboles en sus alcorques, las esquinas, los bancos, los buzones amarillos de correos.

Una tórtola alzó el vuelo cuando Constantin aparcó delante del portal de Noa. Ella la miró alejarse, luchando por mantener los párpados abiertos, y ahogó un bostezo.

—Buenas noches, Noa —le dijo Constantin—. Descansa.

Ella asintió. Los faros rojos se perdieron entre un torrente de luces iguales. La rampa hasta el ascensor se le hizo más alta que de costumbre; supo que, con su fuerza habitual, la que había tenido solo con sus músculos antes de que le cambiaran la sangre por otra, no habría sido capaz de subir agarrada a la barandilla.

—Hija, ¿tan tarde vienes? —dijo Maricarmen, al abrirle la puerta—. Ya estaba a punto de pegarle un telefonazo a Iulia…

—Sí, no sé —dijo Noa—. ¿Qué hay de cenar?

—Pollo al ajillo. ¿Y habéis estudiado mucho? No habréis estado perdiendo el tiempo, ¿verdad? Que ya sé cómo sois…

—Esto… No tengo hambre, mamá. —Noa le evitó la mirada—. Sí, hemos estado estudiando. Un montón. Me voy a dormir, ¿vale?

—¿No vas a cenar nada? ¿Ni un poquito? Pero bueno, ¡que esos músculos no se mantienen solos! —Maricarmen frunció el ceño, pero lo relajó un poco al ver el bostezo de Noa—. Bueno. Descansa, anda. Pero la próxima vez no vengas tan tarde, a las nueve como mucho. ¿Me oyes?

—Sí, sí… —dijo Noa, que ya rodaba por el pasillo en dirección a su cuarto.

Le llegaron retazos de voces a lo lejos: su abuela, preocupada por la salud de «la niña» y por que no le gustase su pollo al ajillo; su padre, diciendo que tampoco se matase a estudiar.

Bajo las mantas ya no se oían.

Bajo las mantas, solo se oía un corazón latir como si, desesperado, pudiera él solo convertirse en murciélago y escapar de sus costillas por la ventana abierta.

183

16

*C*incuenta y nueve segundos.

Casi un minuto. Casi.

Noa enterró la cabeza entre los cojines y soltó un gruñido de frustración.

—No te obsesiones tanto con el tiempo —le riñó Daniel, mientras colocaba su silla en el parqué de nuevo y a Noa sobre ella—. Te distraes con eso y luego no te agarras bien.

—Me da igual —dijo Noa—. Si no voy a poder ni cruzar la calle volando, ¿de qué me sirve agarrar nada?

—Bueno, pero estás mejorando muy deprisa. De verdad, no te obsesiones.

—Mira, no. Estáis viendo que hay cazadores por ahí juntándose y acercándose, y lo que no puede ser es que me quede atrás. —Noa resopló y se llevó las manos a las sienes—. Es como dejar que me atrapen.

Daniel hizo una mueca.

—Creo que estás sacando las cosas un poco de quicio. Sí, Gheorghe dijo que había tenido un roce con un grupo de tres cazadores y le habían lastimado los ojos, pero eso fue en la otra punta de la ciudad; no tienen por qué haber seguido su rastro. Constantin le hizo las curas y está perfectamente.

—¿Y lo que me pasó a mí hace un par de semanas, volviendo de clase? —dijo Noa—. ¿Y lo que le ocurrió a Lili?

—Creemos que son casos aislados.

—Ya. Bueno. Eso lo creerás tú, porque el otro día escuché a Iulia decir que los cazadores se estaban organizando para encontrarnos. Haciendo patrullas por Madrid.

Daniel miró hacia el techo.

—Noa, no deberías estar preocupándote por eso. Si te va a distraer de tu entrenamiento…

—Lo que me distrae de mi entrenamiento es que me tratéis como si fuera imbécil. —Noa empujó con la silla un cojín y lo tiró al suelo—. Es evidente que están pasando cosas raras. ¡Y yo quiero ayudar!

—Ya nos estás ayudando. Contigo en nuestras filas, eres una más; el principal problema es de número, recuerda.

—Claro, pero si no puedo hacer nada… Mira, ¿no decíais que sospechabais de alguien en mi familia? ¡Puedo ayudar con eso! Puedo estar atenta, vigilar a mi tío cuando venga…

186 Daniel se quedó quieto, congelado.

—¿Quién te ha dicho que sea tu tío?

Noa se encogió de hombros.

—Nadie. Lo sé yo.

—Está bien. —Daniel lanzó un suspiro al aire; su cara era aún más redonda con los carrillos hinchados—. Aunque te dijera que no, no me harías caso, ¿verdad?

—No —sonrió Noa—. Ni una pizca.

—Pues vigila a quien quieras, si eso te hace feliz. Y prepárate, que vamos a intentarlo otra vez. A la de tres…

Al terminar el día, Noa había conseguido permanecer en forma de murciélago un minuto y cuatro segundos. Gracias a eso, conservó la sonrisa hasta cruzar el pasillo.

La puerta azul con estrellas estaba abierta y daba a una habitación vacía. La cama, con su edredón del mismo estampado, estaba perfectamente hecha; el suelo, limpio; el escritorio, recogido; la ventana, corrida, dejando entrar el viento por los barrotes.

Noa llevaba sin ver a Lili en la casa de Serrano desde que le gritó frente a su cuarto. Había pasado más de una semana. Aun así, siempre que cruzaba por delante de su puerta, algo en el estómago se le volvía tenso, como si le pusieran un gancho en el ombligo y tirasen de ella. Casi estaba esperando verla sentada sobre el edredón y miró dos veces, como si hubiera podido pasar por alto su presencia.

—Ya volverá —dijo Daniel, y Noa inmediatamente apartó la vista de la habitación vacía—. Creo que sabe que prefieres no encontrártela, y por eso…

—Pues sí —dijo Noa—. Lo prefiero.

—¿Tus padres siguen pensando que…? —Daniel titubeó—. ¿Que estáis juntas? Eso era lo que les habíais contado, ¿no?

—Sí. No se dan cuenta de nada.

—Menos mal, ¿no crees? Así no se enteran de que eres vampiro. ¿Has pensado ya qué hacer con ellos?

—¿Con ellos? ¿Qué quieres decir?

—Bueno, a ver… —Daniel estaba incómodo—. En algún momento tendrás que dejarlos atrás.

—Sí, eso ya lo sé —dijo Noa, notando un sabor amargo en la lengua—. Pero habíamos quedado en que, cuando termine el instituto, pediría plaza en una universidad de Galicia; ahí tenéis otra casa y no hace tanto sol…

—Espero que dé tiempo a que termines —dijo Daniel, mirando por la ventana—. Espero que no tengamos que marcharnos antes de tiempo.

—Ya… Yo también lo espero.

Entre los barrotes de la habitación de Lili, se veía un cielo azul que se volvía gris en el horizonte; un pájaro chillaba a lo lejos. Era un piar agudo e inquietante. Durante todo el viaje de vuelta a casa, los vencejos marcaron el cielo de Madrid; hasta dentro de su cuarto podía oírlos, cazando mosquitos al anochecer.

187

Υ

—Hija, pero no te vayas a dormir tan pronto —le dijo la abuela Conchi cuando la vio pasar con un trozo de pizza en la mano—. Cuéntame algo, que ya no sé nada de ti. ¡Estás tan ocupada con los exámenes y estudiando!

—Quién la ha visto y quién la ve, ¿verdad, mamá? —dijo Antonio.

—¡Quia! ¡No digas sandeces, Toño! ¡Si esta niña siempre ha sido un angelito! Solo que no le gusta que le enseñen tonterías en el colegio, ¿a que no? Pero ahora que eres mayor, en el bachiller te enseñarán cosas más interesantes.

A Noa se le escapó una media sonrisa.

—Bueno… Alguna que otra —dijo, intentando no pensar en cuántos días llevaba sin tocar los apuntes—. Pero sigue siendo bastante aburrido. Tengo ganas de ir ya a la universidad, ¿sabéis? Seguro que ahí sí que me enseñan cosas importantes. Como elegiré yo lo que estudiar, en vez de tener clases que no sirven de nada…

—¡Claro! ¡Di que sí! —dijo la abuela—. ¿Qué más te da a ti saber los reyes godos o que el Ebro nazca en Reinosa, provincia de Santander?

—Mamá, creo que eso ya no lo dan los niños en el colegio…

—Cielo, pero nunca nos habías comentado esto en serio —dijo Maricarmen, dejando a un lado su libro y las gafas de leer para mirar a Noa—. Lo de la universidad. Yo creía que aún no tenías claro lo que querías estudiar después del bachillerato.

—Bueno… —Noa se recolocó la espalda en el asiento—. Todavía no mucho, pero he pensado que, a lo mejor, me gustaría hacer Historia…

La ceja izquierda de Maricarmen salió disparada hacia su frente.

—¿Tú has meditado eso bien? ¿Has visto las salidas que tiene?

Antonio tosió.

—Bueno, Mari, mujer, piensa que yo empecé Veterinaria y aquí estoy...

—Sí, de funcionario, en algo que no tiene nada que ver —suspiró Maricarmen—. No sé, hija, tú piénsalo bien, ¿vale? Solo quiero que lo pienses.

—¡Lo he pensado! Mira, de hecho, he pensado que me gustaría estudiar en la Universidad de Santiago de Compostela y, entonces...

Maricarmen se levantó del sofá como si le hubieran puesto un resorte en las piernas.

—Pero ¿qué tonterías son esas? —dijo—. ¡Si tienes aquí al lado universidades con mucho más prestigio! ¿Para qué quieres irte de Madrid, criatura? ¡Y lo que costaría eso!

—Tu madre tiene razón —dijo Antonio, acariciándose el bigote—. Además, ¿por qué ese sitio en concreto? ¿Qué hay en Santiago que no haya en Madrid?

Con la ceja aún más levantada, Maricarmen miró a su marido y, luego, de vuelta a su hija.

—Espera —dijo—. Espera, Noa, ¿te quieres ir a Santiago por alguien en concreto?

—¡No! —dijo Noa—. Es que... El clima en Galicia es mejor y...

—¿Que el clima en Galicia es mejor? ¿Mejor que dónde, criatura? ¿Mejor que en Noruega? Y las infraestructuras, además, son bastante peores —dijo Maricarmen—. A ver cómo piensas ir tú por la calle con adoquines y barro. ¿Qué mosca te ha picado con eso?

—¡Que no es por nada!

Maricarmen le robó una galleta a su marido y se acercó a Noa.

—¿Es por Lili? ¿Va a estudiar ella allí también?

189

Noa se atragantó con la pizza y tosió. La abuela Conchi se levantó, apoyada en la muleta, a darle palmaditas en la espalda.

—¿Cómo va a ser por Lili? —dijo Noa, cuando por fin consiguió hablar—. ¡Qué tontería!

—Es por Lili, ¿verdad? —insistió Maricarmen.

—¡Que no es por Lili!

Un golpe seco en la mesa hizo sonar todos los vasos y platos como campanitas.

—Bueno, ya está bien —dijo la abuela Conchi, cruzándose de brazos—. Si la niña dice que no es por Lili, pues no lo será, dejádmela en paz a la pobre. A ver, hija, ¿por qué quieres ir a Galicia?

En los ojos castaños de su abuela, velados de una pátina azul, Noa vio un brillo sagaz.

—No sé... —dijo—. Por nada en concreto. Me parece un buen sitio para estudiar... Hace fresquito.

—¿Me estás diciendo que te quieres ir a la otra punta de España solamente porque hace fresquito? —Maricarmen apoyó la mano en la frente—. Pero ¿tú estás mal de la cabeza?

—¡No! A ver, he estado mirando dónde podía estudiar Historia...

—¿Y por qué no quieres estudiarla en Madrid? —dijo Maricarmen—. ¡No puedes irte tan lejos!

—Es verdad. ¿Y si te pasa algo? —Antonio apartó el vaso de leche—. ¡Te puede ocurrir cualquier cosa! ¡Y estamos a seis horas en coche!

—Pero si no voy a...

—¡Además! ¡El dinero que se nos iría en semejante bobada! —Maricarmen estalló—. ¿Qué quieres, alquilar para ti un piso teniendo aquí la hipoteca sin pagar? ¡Piensa un poco en lo que dices, hija!

—Dinos la verdad —dijo Antonio—. Antes de que empezaras a salir con Lili, yo no recuerdo haberte oído hablar de este tema. ¿Te ha dicho ella algo de irte allí? ¿O su familia?

—¡Que no! —Noa reculó en la silla—. A ver, sí es cierto que los Drăgulescu tienen ahí una casa, pero...

Sus padres se miraron los dos a la vez.

—¡Eso era! Ya sabía yo que tenía algo que ver —dijo Antonio.

—Claro que lo sabías, si era lo que yo estaba diciendo desde el principio —dijo Maricarmen—. Vamos a ver, Noa, escúchame. Tú eres consciente de que una relación, a tu edad, puede que no dure mucho tiempo, ¿verdad?

—No me digas. —Noa puso los ojos en blanco—. Primera noticia.

—Lo que quiere decir tu madre es que mudarte a otra ciudad es un compromiso. —Antonio le colocó una mano en el hombro—. Y ese compromiso, a lo mejor, ahora mismo te parece maravilloso y asequible; sin embargo, el año que viene, cuando te toque hacer la Selectividad y elegir qué estudias, quizá las cosas hayan cambiado...

—Pero si os digo que no es por Lili —suspiró Noa—. No tiene que ver con ella.

—Con su familia sí, ¿no?

—¿Qué más da? —El suspiro se convirtió en un quejido de protesta—. ¡Además, no tenéis que preocuparos por el dinero! ¡Los Drăgulescu me han dicho que puedo quedarme en su casa! ¡Y seguro que la matrícula vale mucho menos allí que aquí!

Maricarmen se pasó las manos por la cara, arrastrando la piel hacia abajo de frustración.

—¡Ten un poco de seso, hija mía! ¡Piensa en el futuro! —dijo—. ¡Tienes que ver las cosas con cabeza! ¿Por qué iban a querer los Drăgulescu seguirte dando una casa si resulta que en un par de años lo dejas con Lili?

Noa suspiró.

191

—Ya… —acabó por decir—. No sé. Yo qué sé. Me voy a dormir.

Dejando el borde mordisqueado de la pizza en la bandeja de su padre, Noa giró las ruedas y desapareció por el pasillo.

—¿Veis? ¿Veis? —decía la abuela, a lo lejos—. Ya la habéis agobiado.

En la habitación de Noa, el naranja espeso de las farolas teñía las ventanas y la pared. Las polillas y mosquitos volaban alrededor de las bombillas; una nubecilla viva que, de vez en cuando, quedaba atravesada por la silueta de un murciélago.

«Creo que tardaría más de un minuto y cuatro segundos en salir a tomar el aire —pensó Noa, mirando fijamente al exterior mientras se subía la sábana hasta la barbilla—. Tengo que practicar más. Total, si tampoco es que sea capaz de transformarme yo sola.»

192   Aquella noche soñó con murciélagos que lloraban en vez de chillar y que luego se volvían vencejos; soñó que chocaban contra los cristales de su cuarto y los acababan quebrando; soñó que la sacaban de allí a rastras, con las garras diminutas clavadas en sus brazos, y que cuando quiso gritar solo podía chillar igual que ellos.

Al despertar, la ventana estaba abierta.

Entraba una corriente de aire fresco, a las seis de la mañana, y el cielo tenía ese gris azulado de aún no haber amanecido.

Aquel último viernes de clases antes de los exámenes, Noa fue al instituto sola; salió de casa deprisa, sin dar tiempo a que sus padres se despidieran de ella. Se le pasaron las horas entre aulas medio vacías, lecciones de repaso y recordatorios, por parte de los profesores, de que sus notas del primer curso de bachillerato contaban para su media de Selectividad.

—Que ya lo sabemos, pesado —murmuraba Adrián por

lo bajo, en dirección a Elena, quien se reía con una risa diminuta, molesta y aguda, tapándose la boca con la mano.

Noa los miró de reojo y se callaron.

El profesor de Matemáticas dibujaba matrices en la pizarra, frenético, como si quisiera cubrirla entera sin dejar un solo hueco verde. Al cabo de un par de instantes, su vista se desenfocó y hubo dos profesores, dos pizarras, cuarenta cifras superpuestas unas sobre las otras, y la clase se hizo lejana y le atravesó los ojos y los oídos como el soplo de viento que llegaba por la ventana.

Todo estaba muy lejos.

Noa estaba muy lejos de aquel mundo, en general.

Se miró la mano y la vio doble, con ese reflejo de otro plano material, ese espacio que ocupaba la forma que no era humana cuando estaba presente.

Cuando sonó la campana que anunciaba el final de las clases, Noa contempló el camino que la separaba del metro. Aunque los plátanos de sombra la resguardaban del sol, se imaginó sobrevolando la ciudad entera, dando aletazos por encima de las ramas; le pareció ver los ecos de su voz contra las hojas palmeadas, dejar atrás la gravedad, llegar planeando a la ventana de su habitación y deslizarse dentro.

Parpadeó.

Había visto algo escurrirse por los tejados. Una sombra. Varias sombras. Siluetas rápidas, de forma humana, que se movían más veloces de lo que ella podía seguir con los ojos.

Las risas de sus compañeros ya se habían alejado, dispersas fuera del instituto, y Noa deseó muchas cosas en aquel momento.

Deseó ser capaz de transformarse en murciélago sin tener que coger la mano de otro vampiro.

Deseó ser capaz de mantenerse así más de un minuto y cuatro segundos, o lo que hiciera falta para colarse en la boca de metro.

Deseó que el ascensor llegase más deprisa, y pulsó el botón una y otra vez, aunque no cambiase nada, aunque siguiera viniendo con aquella lentitud desesperante a través del cristal de la cabina.

Las puertas se abrieron y Noa estuvo a punto de arrollar a una señora mayor y a una chica de su edad que empujaba un carrito de bebé. No le importó. Se apartaron y ella entró, abalanzándose sobre el interruptor de «cerrar puertas». Respiró hondo. Tenía la mirada clavada en la azotea de enfrente; el ascensor se sumergía en la tierra mientras Noa intentaba distinguir si lo que había visto era su imaginación o había escapado por poco de una situación tan peligrosa como la que le había ocurrido a Gheorghe un par de días atrás.

Las manos le temblaron mientras sacaba el móvil del bolsillo; había cobertura en aquella estación. Tenía que enviarle un mensaje lo antes posible, informar de lo que había pasado, pedir ayuda.

Se le pararon los dedos a media frase, a mitad de teclear el nombre de la parada de metro en la que estaba.

Borró todo el texto que había escrito.

Salió de la pantalla del contacto de Lili y abrió la de Iulia Drăgulescu. Le dijo lo mismo, solo que sin *emojis*, sin chistes tontos, y con una sensación de vértigo en el estómago que no tenía nada que ver con el ascensor bajando al andén de la línea seis.

«Creo que he visto a un grupo de cazadores —escribió—. O me han visto ellos a mí, no sé. Voy ahora a casa para comer, pero estoy un poco asustada. ¿Estáis todos bien por ahí?»

La respuesta de la matriarca Drăgulescu llegó cuando ya había conseguido abrirse camino entre los cuerpos sudorosos de los pasajeros y atarse con el cinturón para sillas de ruedas.

«Ve a tu casa y no salgas de allí —dijo Iulia—. Enseguida irá alguien a buscarte.»

Noa tecleó de vuelta, dejando huellas de dedos en la pantalla.

«Esperad, esperad, un momento. No hace falta que venga nadie. Allí estaré bien, ¿no? En casa sigo estando a salvo; solo están mis padres y mi abuela… —Noa dudó—. ¿Verdad?»

«Creemos que, de momento, sí —contestó Iulia—. Pero consideramos que es preciso comprobar los alrededores. No te preocupes; no queremos alertar a tu familia. Actuaremos con sigilo. Alguien te acompañará durante el camino a tu casa, desde que salgas del metro hasta llegar al portal, y permanecerá por la zona circundante todo el tiempo que sea necesario, para asegurarnos de que no hay ninguna amenaza.»

Cuando Noa salió del ascensor en su parada, miró alrededor. Buscó con la mirada a Constantin, con su sombrero de ala ancha para protegerse del sol; o a Daniel, a su sonrisa tranquilizadora; a alguien que, por favor, por favor, no fuera Lili.

Colgado boca abajo, en la rama de una acacia, había un murciélago negro.

—Anda, hola —dijo Noa, alargando la mano para tocarlo, pero dándose cuenta en el último momento de que sería un poco extraño acariciarle la cabeza a Constantin o a Anca, por muy murciélago que fuera—. ¿Vienes conmigo?

El vampiro transformado chilló y alzó el vuelo, colgándose un par de árboles más adelante. Noa lo siguió por la sombra.

—Gracias por venir —dijo, y continuó hablando tras esperar una contestación que, obviamente, no podía llegar—. Creo que solo ha sido un susto, pero es mejor que estemos atentos, ¿verdad?

Le pareció que el murciélago asentía antes de salir volando hasta una señal de prohibido el paso.

—No sé si llegaron a verme, aunque estoy bastante se-

195

gura de que me olieron —dijo Noa, mientras rodaba la silla por las baldosas en relieve antes del paso de cebra—. Eran dos, o tres, no los miré mucho, por si acaso. Menos mal que los dejé atrás… Ahora ya no hay peligro, ¿no? Los habré despistado en el metro.

El murciélago soltó un chillido agudo y la miró fijamente. Casi parecía un reproche.

—Pero, bueno, que eso no significa que no vaya a tener cuidado, ¿eh? —dijo Noa—. Es decir, para eso estás aquí conmigo. Si ves algo, dímelo y voy más rápido. O puedes darme la mano y trato de transformarme, aunque aún solo aguanto un minuto y pico. A ver si practico un poco más y así mejoro.

Un par de chillidos breves. A Noa le pareció que el vampiro intentaba darle ánimos.

—Hala, ya estamos en casa —dijo, al girar la esquina, señalando el portal—. ¿Quieres pasar y les dices hola a mis padres?

El murciélago chilló muy fuerte y movió la cabeza de un lado a otro; se descolgó de la cornisa a la que estaba cogido, aleteando tan frenético que Noa tuvo que apartarse.

—Bueno, bueno —dijo Noa, levantando las manos—. Como quieras, no hace falta ponerse así. Hala, hasta luego. ¿Te quedas por aquí, entonces?

Por toda respuesta, el murciélago se colgó del chopo que crecía en el jardín, al lado de la ventana de la habitación de Noa.

Ella se encogió de hombros.

La puerta de su casa se abrió al primer timbrazo.

—Anda, Noa, qué rápido has venido hoy —dijo su madre—. Pasa, pasa…

Maricarmen se quedó cerca de la entrada, al lado del mueble del recibidor, moviendo la pierna arriba y abajo en un temblequeo nervioso.

196

—¿Pasa algo, mamá?

—¿Qué? Ah, no, nada… Puedes ir poniendo la mesa, ahora iremos, que tu abuela ya ha vuelto del médico. Y trata de mantener la calma, ¿vale?

—¿La calma? Mamá, ¿de qué hablas? Si eres tú la que…

El timbre volvió a sonar y su madre miró por la mirilla, cerró los ojos e inspiró hondo.

Le abrió la puerta a su tío.

—¡Hola, familia! —dijo Rafael, abriendo los brazos para abrazar al aire en vez de a su hermana—. ¿Qué, me habéis echado de menos? No, ¿verdad? Si ya sabía yo que sois unos desagradecidos.

—Hola, Rafa —dijo Maricarmen, en un tono a medias suspiro, a medias frustración fría—. Pasa, anda. Siéntate.

El padre de Noa y su abuela dejaron sobre la mesa una tortilla de patata cortada en ocho porciones, dorada y jugosa, junto a los filetes. Se sentaron en los sofás, alrededor del mantel de flores bordado con el nombre «Antonia», y Noa movió la silla un poco hacia el lado opuesto cuando su tío se sentó a su derecha.

—Bueno, ¿qué? —dijo Rafael, abriéndose todo lo ancho que podía en el sofá; su madre, sentada al otro costado, cruzó las piernas—. ¿No me preguntáis por mi viaje? Hay que ver, qué mala educación.

—¿Qué viaje? —dijo Noa.

—¡Mi viaje a Cancún, niña! ¿Por qué crees que no he venido a comer estas últimas semanas? ¡He estado emprendiendo! ¡Haciendo cosas importantes!

Maricarmen alzó una ceja, pero no dijo nada; se sirvió un trozo de tortilla y fijó la vista en el plato mientras comía un pedazo.

—¿Como qué? ¿Beber daiquiris en la playa? —dijo Noa—. Ah, sí, qué importante. Y lo has pagado con un crédito de esos tuyos, ¿verdad?

—Niña más impertinente, por el amor de Dios… —masculló Rafael—. ¡Qué sabrás tú de inversiones! Era un viaje de negocios.

De la persiana a medio bajar colgaba un bulto negro.

Noa respiró hondo. Por algún motivo, ver allí al murciélago le calmaba el traqueteo en el pecho.

El animal la miró; sus ojillos negros no se apartaron de los de Noa hasta que ella giró la cabeza de vuelta hacia su tío. Se servía la cerveza sin alcohol que había traído su padre y se quejaba del sabor; no era el mismo, decía.

Noa volvió a mirar al murciélago.

Este asintió, boca abajo, moviendo aquella cabeza que parecía a un tiempo chihuahua y zorro orejudo.

Y Noa se tapó la boca con la mano, de pronto, como si se hubiera quemado con el filete de ternera.

—Tío Rafa —dijo, soltando un gallo que no supo controlar—, cuéntanos más del viaje.

—¿Qué? ¡Ah, sí! ¡El viaje! —dijo, como despistado—. ¡Una maravilla! Los inversores están contentísimos conmigo. ¡Y para no estarlo! Todo lo que he hecho por ellos, más les vale compensármelo en contante y en sonante.

—¿A dónde fuiste, exactamente?

—A Cancún, niña, ya te lo he dicho…

—Sí, pero ¿a qué hotel? —Noa se humedeció los labios secos—. Me gustaría saber qué hotel en concreto. Y harías turismo por allí, ¿no? No te quedarías solo en el hotel. ¿Qué playas viste? ¿Qué sitios?

Rafael se cruzó de brazos y los volvió a descruzar; parecía que no encontrase una postura cómoda.

—Ahora no me acuerdo del nombre del resort, la verdad —dijo—. Oasis no sé cuántos, o algo así. ¿A qué viene esa pregunta?

—No, por nada, por nada… —Noa miró al murciélago. No se había movido del sitio, colgado como una hoja seca a punto de desprenderse—. ¿Y hoy? ¿Dónde has estado esta mañana, tío Rafa?

—¡Pero esta niña! ¿Se puede ser más descarada? —Rafael dejó la lata medio vacía de cerveza sobre el mantel—. ¡A ti qué te importa!

—Sí que me importa —insistió Noa, acercando la silla—. ¿Dónde estabas hoy a la hora que yo salía de clase? Más o menos sobre las dos de la tarde.

—¡Y yo qué sé! —El tío Rafa había empezado a hablar en voz muy alta, casi a gritos—. ¡Niña, qué pesada eres!

—Rafa, tampoco te pongas así, hombre —dijo Antonio, con el ceño fruncido—. Es solo una niña, tú mismo lo has dicho.

—Es que yo no veo por qué tiene que venirme a mí ni vuestra hija, ni nadie, a pedirme cuentas de qué hago o dejo de hacer —dijo Rafael.

Noa se encogió de hombros, sin dejar de sostenerle a su tío la mirada.

—Curiosidad —dijo.

—Pues la curiosidad mató al gato —murmuró Rafael, y a Noa se le erizó el vello de la piel, desde la nuca a los brazos—. Así que calladita, que así las niñas están más guapas.

—Oye, Rafa, no digas barbaridades —dijo Maricarmen.

Noa echó la silla hacia atrás y la rodó hacia un lado, apoyándose el plato vacío en las rodillas para llevarlo a la cocina.

—Ay, hija, si no has probado la tortilla —dijo la abuela Conchi señalando la fuente redonda, en la que ya solo había restos de patatas y un poso de yema—. Claro, como se la ha comido toda este señor tan antipático que tienes por tío…

—¡Encima insultos! —dijo Rafael, dando una palmada en la mesa—. ¡Lo que faltaba! Vuelvo de viaje y así me tratáis, ¡esto es el colmo!

199

—Pero ¿cuándo has vuelto del viaje, exactamente? —volvió a insistir Noa—. ¿Cuándo ha aterrizado el avión? ¿A las dos de la tarde estabas ya en tierra?

—¡Me cago en mi calavera, niña! —gritó Rafa, y se levantó del sofá, casi tirando el vaso de cerveza—. ¡Alguien tiene que enseñarte a no meterte donde no te llaman!

Rafael dio un par de zancadas hacia Noa.

El murciélago, colgado de la ventana, chilló. Chilló muy fuerte, tanto que Noa no fue la única en oírlo; su abuela se giró hacia el alféizar y, señalándolo con un dedo, gritó:

—¡Una rata! ¡Hay una rata con alas en la ventana! ¡Ay, Toño, Toño, mátala! ¡Qué asco! ¡Dale con la zapatilla!

Rafael siguió andando hacia Noa, con pasos largos y decididos, y gritando:

—¡Ven aquí, niñata malcriada, que alguien tiene que darte una buena lección!

Noa giró las ruedas a toda prisa y dio la vuelta, huyendo por el pasillo, dejando atrás los gritos de su abuela, pero no los de su tío.

—¡Que vengas aquí, te he dicho! —chillaba, como si la huida fuera en sí una ofensa.

Con las dos manos, Noa impulsó las ruedas lo más rápido que pudo, casi derrapando en las esquinas del pasillo. El plato se le escurrió de las rodillas y cayó al suelo, haciéndose pedazos de loza blanca.

—Pero ¿qué estás haciendo? ¡Niña! —gritaba Rafa a sus espaldas.

Su habitación estaba demasiado lejos. No iba a llegar. Su tío estaba pisando el plato roto, oía la cerámica crujir bajo sus pies, y corría más deprisa de lo que ella podía rodar.

Viró brusca y se metió en el baño, respirando fuerte y cerrando el pestillo tras ella en un movimiento que casi, casi, no fue lo bastante rápido.

Su tío Rafael aporreó la puerta con los puños.

—¡Abre! ¡Abre, te he dicho! ¡Abre y verás lo que es bueno!

—No —dijo Noa, y la palabra le tembló en la boca.

En lo alto de la pared, por encima de las baldosas teseladas, se abría un tragaluz pequeño que daba al patio. Noa intentó calcular si un minuto y cuatro segundos sería tiempo suficiente para salir por allí, planear hasta el suelo y convertirse en humana de nuevo. A lo mejor sí, pero le faltaba la mano de otro vampiro.

Como si lo hubiera llamado, el murciélago apareció en el ventanuco.

—¡Eh! —dijo Noa, acercándose a la ventana, en voz baja—. Ayúdame a salir de aquí. O, si no, ve a avisar a alguien. ¡Corre!

El animal negó con la cabeza, pero no se movió de allí. Soltó un chillido leve, muy leve, casi un gimoteo perruno.

—Bueno, pues vale, no me ayudes —dijo Noa—. ¿Para qué has venido, entonces? ¿Para quedarte mirando mientras un posible cazador me amenaza?

—¡Tú no sabes quién soy yo, niña! —seguía diciendo su tío, pegando golpes en la puerta—. ¡He tolerado tus tonterías hasta ahora porque somos familia, pero ya no pienso hacerlo más!

—Iulia tiene que saber esto —dijo Noa, sacando el móvil—. Todos tienen que saberlo. Creo que es prueba suficiente de lo de mi tío, ¿no?

Escribió en la conversación con Iulia:

«Tengo malas y buenas noticias —dijo—. Las buenas noticias son que he encontrado pruebas casi seguras de que hay un cazador de vampiros por aquí, en mi entorno, y que lo he identificado».

Iulia respondió:

«¿Estás bien?»

«La mala noticia —continuó Noa—, es que es mi tío y

me tiene encerrada en el baño y no puedo salir. Así que, bueno, bien del todo tampoco estoy. Tirando.»

La respuesta llegó inmediatamente.

«Ahora mismo vamos para allá.»

17

El timbrazo en el portal llegó al mismo tiempo que los padres de Noa a la puerta del baño.

Ella los oyó, desde el otro lado, intentar calmar a su tío; no conseguirlo; apartarle de allí, tal vez a la fuerza, y después a su madre tocar con los nudillos.

—Hija —dijo, y la voz se le notaba húmeda—. Hija, ¿estás bien? ¿Te ha hecho algo el imbécil de mi hermano?

—No, no —contestó Noa—. No ha pasado nada.

—Me da igual. Ese hombre no va a volver a pisar esta casa si viene así, borracho y comportándose como un cavernícola. Pero ¿qué se cree? ¿Que estamos en los años cincuenta? ¿Que no hemos evolucionado desde el colegio de curas al que iba él, desde «la letra, con sangre entra»? Lo siento muchísimo, Noa.

—No importa —repuso ella descorriendo el pestillo—. No te preocupes, mamá.

—Ya se ha ido —dijo Antonio, desde la esquina del pasillo, señalando hacia la puerta con el pulgar—. Y, mira, Noa, ¡mira quién ha venido!

En la entrada estaban Iulia, Constantin y Daniel Drăgulescu, apostados firmes como soldados; relajaron la espalda al ver a Noa aparecer por el corredor, empujando las ruedas, saludándolos con la mano.

—Hola, hola —dijo Noa—. ¿Qué tal?

—Dicen que han venido a llevarte de excursión —dijo Antonio, retorciendo entre las yemas de dos dedos la guía de su bigote—. Para celebrar que has terminado las clases, que no el curso aún.

—Esto… Vale, bueno, voy a hablar con ellos, ¿sí?

—Sé que no te habíamos dicho nada —dijo Daniel, sonriente, con aquella cara suya tan redonda como la luna—, pero es que ha sido una idea de última hora. Lili también ha terminado el curso hoy.

—Es verdad, Lili no ha venido con vosotros —dijo Maricarmen, sentándoles en el sofá—. ¿Y eso?

—Está esperando en casa —dijo Constantin—. Haciendo la mochila.

—Vaya, me habría gustado verla y desearle buena suerte con los exámenes. Hace tiempo que no viene por aquí, ¿no, Noa? Y hablando de exámenes, espero que te lleves los apuntes a la excursión. Así podéis aprovechar. Que tienes una semana sin clases, pero es para estudiar, no para hacer el tonto…

—Oye, Mari, ¿y mi madre? —dijo Antonio, asomando la cabeza desde la cocina un momento—. Creía que estaba haciéndose un café.

—Ah, se ha ido con el grupo ese de amigas que tiene, esas con las que sale a pasear por las tardes. Decía que estaba agobiada.

—Pues se ha dejado la muleta en la cocina. Menudo despiste tiene encima… No crees que estará empezando a tener fallos de memoria ni nada de eso, ¿verdad, Mari?

—¡Qué va! Si Conchi es dura como una roca. Lo que pasa es que es una cabezota. Igual que tú. Anda, ven a sentarte también.

—Yo me voy a hacer la maleta —dijo Noa.

—Espera, te echamos una mano —dijo Daniel; los tres Drăgulescu se levantaron otra vez de sus asientos y la siguieron por el pasillo.

En voz baja, cuando estuvieron fuera del alcance de sus padres, Noa les dijo:

—A ver, aclaradme todo esto. ¿Cómo que una excursión?

La cara de Iulia Drăgulescu era una estatua de mármol.

—Creía que era evidente que se trata de un pretexto.

—Sí, ya, un pretexto, pero ¿para qué? ¿Qué pensáis hacer conmigo? ¿Alejarme de aquí un tiempo mientras se calman las cosas? Tengo que volver para los exámenes…

La ceja de la estatua se crispó un instante.

—Noa —dijo Iulia—, nos has avisado de que tu tío, un pariente tuyo que visita tu hogar a menudo, es un cazador de vampiros.

—¡Y ha intentado atacarte! —añadió Daniel.

—Tenemos que sacarte de aquí —dijo Constantin, abarcando con los brazos la estancia entera—. Esta casa ya no es un lugar seguro para ti.

—Vamos a llevarte con nosotros. Debes traer contigo todo lo que desees conservar; enseres personales, ropa, recuerdos… —Iulia la miró con gesto grave—. Casi con total probabilidad, no vas a volver a pisar este lugar. Partiremos hacia la casa de Galicia este mismo fin de semana.

—¿Qué? —dijo Noa—. ¡No! ¡No puedo irme así como así! ¿Y mis padres? ¿Qué vais a decirles? ¿Qué van a hacer cuando desaparezca?

—Nada —dijo Iulia—. Los jóvenes desaparecen, a veces. La policía los busca y, pasado el tiempo, se olvidan de ellos. En un mes y medio cumplirás diecisiete; dentro de un año, dieciocho, y dejarás de estar sujeta a su patria potestad. Ten en cuenta que tus padres son humanos mortales; un día, ellos también desaparecerán. Tú permanecerás con nosotros, con tu familia, a salvo de todo mal.

—No puedo hacer eso —dijo Noa, la voz temblándole como una telaraña en el viento—. No puedo hacerles eso. ¡No quiero!

—Es la única opción —suspiró Daniel—. Hemos llegado a un punto en el que no hay vuelta atrás, Noa. Nosotros tampoco queríamos tener que marcharnos así, de repente, pero es lo que acordamos: si el peligro de vivir en Madrid se hacía demasiado grande, nos marcharíamos. Eras consciente de ello.

—La alternativa es dejarte aquí —dijo Constantin—, que tu tío te ataque en cualquier otro momento, y perderte sin remedio a manos de los cazadores de vampiros.

—Sinceramente creo que no te das cuenta del peligro que acabas de vivir, Noa —repitió Daniel, agachándose para mirarla a su altura—. Has tenido mucha suerte, pero has estado a punto de que te matase un cazador.

Noa se pasó las manos por la cara, intentando que el escozor en la garganta no se le llegase a derramar.

—No sé… A lo mejor me lo he estado imaginando todo —dijo—. A lo mejor solo ha sido mi impresión, y en realidad mi tío no es un cazador… Y, aunque lo fuera, no creo que me hubiera matado. ¡Es mi familia!

—Ahora tu familia somos nosotros —dijo Iulia—. Familia es la que uno escoge, en el fondo. Y tú escogiste esto. Sabías que llegaría el momento de abandonar este lugar.

—Por favor —rogó Noa, y los ojos se le desbordaron—. Por favor, no me hagáis irme ahora mismo. Dejadme un poco más. Dejad que me despida de mis padres. De mi abuela, que ni siquiera está en casa. De mis amigos de clase… Solo hasta terminar los exámenes, y ya. Por favor.

—Eso no es seguro, Noa —dijo Daniel—. Cada día que pases aquí, estarás en peligro.

—¡No es verdad! Mi madre ha dicho que no va a dejar que mi tío vuelva a entrar en casa. Además… ¡Además, no puedo irme a Galicia sin más! Vuestra casa de allí arriba no está adaptada, ¿verdad? No tiene un cuarto de baño en el que yo pueda ducharme ni hacer pis, ¿a que no? Ni un lavabo que no me llegue por la nariz, ni asideros en las camas, ni nada. Seguro que no tiene ni ascensor, ni rampas. ¿Me equivoco?

Iulia le evitó la mirada.

—No, no te equivocas, pero…

—Dadme eso, un par de semanas más —dijo Noa, y las palabras le salían frenéticas de la boca—. El tiempo necesario para despedirme, para hacer los exámenes y para que vosotros reforméis la casa y pueda ir allí a vivir. ¿Vale?

—Un par de semanas… —suspiró Constantin, mesándose la barba.

—En un par de semanas, puede que estés muerta —dijo Iulia.

—En un par de semanas se me habrá ocurrido alguna excusa más creíble para mis padres —dijo Noa—. Para que la policía no vaya detrás de vosotros, que eso tampoco os conviene.

Daniel suspiró. Su padre le puso una mano encima del hombro, una manaza casi tan grande como su espalda entera.

—No sé —dijo Daniel—. Yo la entiendo. A mí también me habría gustado tener más tiempo para despedirme de mi gente, en su momento, pero no fue posible.

Noa lo miró de nuevo a la cara. Sus rasgos eran muy distintos de los de Iulia y de los de Constantin; sus mejillas anchas y su nariz aplastada no encontraban parecido en los rostros de sus padres.

—Es verdad —dijo Noa—, que tú también fuiste un dhampir y luego te convirtieron y te adoptaron… ¿Tuviste que separarte de tu familia, como yo?

Asintiendo, Daniel se sentó en la cama de Noa, junto a su silla.

—En mi caso, no hubo tiempo. Vivíamos en Barcelona. Fue hace… treinta y seis años, ¿no? —Contó con los dedos, murmurando números—. Creo que sí. Aprovechamos una tormenta muy mala que hubo, que se desbordaron los ríos, para fingir que había muerto. Teníamos a los cazadores detrás, siguiendo nuestra pista; aún me acuerdo de la lluvia y del barro, del árbol entero que arrastraba la riada… Conseguimos acabar con uno.

Noa inhaló aire en una respiración aguda, brusca.

—¿Lo matasteis?

—Se despeñó por un barranco persiguiéndonos. Tienes que tener en cuenta, Noa, que ellos también querían matarnos a nosotros. Tuvimos suerte; era un hombre de mi edad, más o menos, así que le quitamos la ropa, le pusimos la mía y lanzamos el cuerpo al río. Así no me buscarían mis padres ni los demás cazadores; cuando lo encontró la Guardia Civil, estaba tan hinchado que se parecía a mí.

Daniel rio; fue una risa amarga y breve que no le alcanzó los ojos.

—¿Y te fuiste así, sin más? —dijo Noa—. ¿Sin decirle nada a tu familia?

—La única persona a la que le dije algo fue a mi sobrina pequeña. —Daniel se miró las manos, apoyadas en el regazo—. Se lo conté como un cuento, con lo de los vampiros y todo; sabía que nadie la iba a creer, aunque se lo fuera diciendo a mis hermanas, y no quería dejarla así. A ella no.

—¿Y nunca has pensado…? —Noa se acarició el pelo corto de la nuca—. ¿Nunca has tenido ganas de volver a buscarla?

—Ahora tendrá unos cuarenta y tantos años, Noa. Mis hermanas serán ancianas, si es que aún siguen vivas. Y mis padres ya llevan mucho tiempo bajo tierra. En estos casos, lo mejor es, simplemente, desaparecer.

—Yo no puedo hacer eso —dijo Noa—. No puedo irme así. Mis padres… Se preocuparán mucho. Mi abuela se moriría de pena si me pasara algo, lo sé. Dadme dos semanas. Os prometo que, en dos semanas, iré con vosotros.

—Pero ¿y si tu tío te ataca de nuevo? —dijo Daniel—. ¿Y si esta vez trae refuerzos?

Noa suspiró.

—Vale, pues os prometo también que, si vuelve a pasar, me marcho inmediatamente. Podéis sacarme de aquí a patadas, si hace falta. Pero, de verdad, no creo que ocurra. Mi madre no le va a dejar entrar. Podéis ponerme a alguien que me vigile, transformado en murciélago. ¡Lo que queráis! Pero dejadme dos semanas más. Solo eso.

—Dos semanas —repitió Iulia Drăgulescu—. El viernes día veintiuno, entonces, vendremos a por ti.

—¡Sí! ¡Gracias! —dijo Noa, y se habría tirado a abrazar a Iulia, si no fuera tan alta—. ¡El veintiuno de junio! Ese día termino los exámenes y, de verdad, con esos quince días más puedo despedirme de ellos.

Cuando abandonaron el cuarto de Noa, en el horizonte, desde el salón de la casa, se adivinaban las nubes negras de una tormenta de verano.

Para los padres de Noa, Lili había llamado de pronto, diciendo que no se encontraba bien, y los Drăgulescu habían tenido que marcharse para atenderla; la excursión quedaba pospuesta hasta el viernes veintiuno, cuando Noa hubiera acabado los exámenes, para gran alegría de Maricarmen.

—Así mucho mejor, hija —decía—. Así no tendrás que llevarte los libros ni nada.

—Sí —dijo Noa, mientras decía adiós por la ventana a los Drăgulescu—. Sí, es verdad. Podré dejarlo todo aquí.

Noa no se sorbió la humedad que notaba que le bajaba por la nariz, para no hacer ruido. Se la limpió con el dorso de la mano.

Los vencejos habían dejado de cantar.

Solo uno seguía arqueándose contra el gris perla del cielo y Noa lo vio alejarse, desaparecer a lo lejos entre las nubes, huyendo de la tormenta.

Cerró los ojos con fuerza para alejar un pensamiento de su imaginación: Su madre llorando en aquel mismo sofá, cuando se marchara. Su padre abrazándola, con las gafas empañadas y aplastadas contra la nariz. Su abuela mirando las fotos antiguas de su caja de madera y añadiendo a la colección una suya de carné.

—Hija, ¿estás bien? —dijo Maricarmen, y Noa dio un respingo—. ¿Te pasa algo?

—Eso es por Lili, seguro —dijo Antonio—. Que le ha dado un bajón porque, como está mala, ya no puede ir de excursión con ella.

Noa forzó una sonrisa.

—Qué va, qué va —dijo—. Mejor que se recupere. Ya iremos después. No os preocupéis.

—Ay, hija, es que se te ha puesto una carita… —dijo Maricarmen—. Mira, tú piensa que dos semanas se pasan muy rápido. Céntrate en estudiar y se irán voladas. ¿Vas a seguir yendo a casa de Lili estos días? Con lo del profesor particular y todo eso.

—Creo que sí —dijo Noa.

—Bien, bien. Pero, si Lili está enferma, tampoco la agobies mucho, ¿eh? Que sé lo efusiva que puedes llegar a ser.

Noa asintió. No tenía palabras que decir en aquel momento que no le hubieran sabido a lija sobre la lengua.

Su abuela volvió poco después de la calle. Se despidió en el portal de sus amigas; una señora con el pelo blanco teñido de morado y otra que llevaba tres pares de gafas de sol —uno sobre los rizos, otro puesto en la cara y el tercero colgando del cuello de la camisa.

—¡Hasta luego, Finita, corazón! —dijo la abuela Conchi, abriendo y cerrando la mano para decirle adiós—. ¡Cuídate mucho! ¡Me ha encantado el solar que habéis montado! Qué bien ha venido la inmobiliaria, ¿eh?

—Adiós, Conchi, adiós —decía la señora de rizos lilas—. Sí que ha venido bien, sí.

—Y tú, Nines, nos vemos en un par de días —dijo la abuela de Noa—. ¡Dile a tu nuera que te arregle el trastero de una vez! ¡Que lo necesitamos para el club!

—Que no, que no hace falta, si eso lo apañamos Finita y yo, que para algo soy enfermera —decía la mujer de las gafas—. ¡Dale un beso a tu nieta de mi parte!

La abuela entró en el salón con una bolsa del hipermercado; sacó de ella un paquete de veneno matarratas, una caja de cartón con un dibujo de un ratón despanzurrado.

—Mamá, ¿qué haces? —dijo Antonio, al verla asomarse a la ventana.

La abuela Conchi empezó a esparcir un polvo amarillento por las esquinas del alféizar, tarareando una canción.

—Curarme en salud —dijo—. No quiero volver a ver una rata de esas con alas por aquí cerca. ¿Tú sabes que esos bichos muerden y te pegan la rabia, Toño? ¡Y un porrón más de enfermedades espantosas! Más vale que no se le ocurra a nadie comerse un bichajo de estos, lo que le podría traer... ¡No te rías, Toño! ¡No es broma!

—Pero, mamá, ahí es donde les dejábamos migas a los gorriones —dijo Antonio, rascándose la cabeza—. No sé yo si...

—Pues que se busquen otro sitio —dijo la abuela, y siguió espolvoreando—. ¡Lo primero es la seguridad!

Noa buscó con la mirada al bulto negro que colgaba de las ramas del chopo; se acercó demasiado a la ventana y al veneno amarillo que dejaba su abuela, y tosió.

—¡Ay, hija, hija, no te vayas a intoxicar tú también! —dijo Conchi, apartando el veneno a un lado—. ¡Bebe agua, ten!

Aquella tarde, Noa no hizo ejercicio ni estudió. Noa pensó. Pensó en lo que acababa de prometer: una explicación convincente. Un viaje sin vuelta atrás.

211

«Les digo que me voy un año a estudiar fuera el resto del bachillerato y, luego, cuando ya sea mayor de edad, decido que no quiero volver... —se planteaba—. No, eso no tiene sentido.»

Arrojó el móvil encima de la cama.

No tenía a nadie a quien preguntar. A nadie a quien pudiera, simplemente, quejarse de lo injusto que era todo y, tal vez, en el camino, encontrar alguna respuesta.

No tenía a nadie, porque ahora Lili la odiaba, y con razón.

18

$\mathcal{N}$oa no salía de casa. No tenía motivos, si el peligro estaba fuera. Habían pasado tres días y su tío no había hecho amago de acercarse a ella.

—A lo mejor está esperando a que me confíe —le dijo al murciélago que la observaba, atento, desde la rama del chopo—. A que baje la guardia y, entonces… ¡Chas! Me pillará cuando menos me lo espere.

El murciélago no respondió.

—Pero ¿sabes? El otro día, con Daniel, llegué a durar cinco minutos enteros transformada. ¡Cinco minutos! Yo creo que ese es tiempo suficiente para escapar si pasa algo, ¿no? Lo malo es que aún no pueda hacerlo sin ayuda, que todavía necesito que alguien me dé la mano…

Por la ventana entraba el canto nervioso de un canario, dentro de la jaula de no más de un palmo de ancho que colgaba en el balcón de la vecina de enfrente. Repetía una y otra vez las mismas notas en bucle.

—Anda, venga —dijo Noa, acercándosele—. Anda, échame una mano. En plan, literalmente; vamos a practicar un poco lo de transformarme y volar, por favor.

El murciélago escondió la cabeza. Noa resopló.

—Supongo que te habrán dicho que nada de practicar conmigo, que hay posibles testigos… —dijo—. Pero es que me aburro. Quiero…

La frase se quedó a medias, suspendida en el aire, y el murciélago asomó los ojillos negros, como si esperara que la continuase.

—Bah, da igual —dijo Noa—. No sé lo que quiero.

Y pasó otro día más sin tocar ni los apuntes, ni las espinacas al ajillo que le había preparado su padre para cenar; sin mirar a los ojos a su madre cuando le decía «hasta mañana» desde la puerta de su cuarto, sin dejar de dar vueltas en la cama, sin arrepentirse de ir a la nevera por la noche y beber la sangre escondida en un *tupper*.

—Estoy harta —dijo, un miércoles por la tarde, y su propia voz hizo eco en la habitación vacía—. Estoy harta de todo esto.

El murciélago levantó una oreja.

—Me voy a dar una vuelta —proclamó Noa, y entonces el animal desplegó las alas—. Y me da igual lo que pienses tú, lo que te haya dicho Iulia de vigilarme, me da igual todo. No aguanto más aquí dentro. Si quieres, puedes seguirme. Por mí, como si echas a volar y te pierdo de vista.

El siguiente chillido tuvo un tono de pregunta.

—Pues no, no sé a dónde voy a ir —resopló Noa, rodando hacia la ventana—, ni tampoco me importa. Voy a tomar un poco el aire, que no me va a pasar nada por salir de casa un rato, vamos a ver. Además, que hoy ni siquiera hay sol, con este bochorno…

Al cruzar el pasillo, Noa escuchó las voces de sus padres.

—Sigo creyendo que deberíamos controlarla un poco más —decía Maricarmen—, ver a dónde va, acompañarla… Por si acaso, por su bien, ya lo sabes.

—Ya es mayorcita para cuidarse ella sola, Mari —respondía Antonio—. Además, ¿quién iba a hacerlo? ¡Si los dos tenemos horarios espantosos! Va a creer que no confiamos en ella.

—Pero es que no confiamos —dijo la madre de Noa—. A ver, no me mires así, quiero decir que no confiamos en que no le ocurra algo. Una persona como ella, con sus problemas de movilidad... ¡Sola, por ahí, sin que nadie esté pendiente! ¿De verdad crees que es sensato?

Antonio suspiró lo bastante fuerte para que Noa lo oyera desde el otro lado de la pared.

—No sé. Lo que creo es que deberíamos hablar con ella de esto, antes de nada.

—Pues nada, nada, ve a buscarla —dijo Maricarmen—. Tráela aquí y hablamos un poco. Aunque ya te digo yo, con lo terca que es, no nos va a escuchar...

Noa abrió la puerta empujándola con la silla; las cabezas de sus padres se giraron hacia ella, con los ojos muy abiertos como gatos sorprendidos en mitad de un salto.

—Sí que os escucho —dijo Noa—. No hace falta que nadie me busque, ya vengo yo solita. Y no hace falta que os preocupéis. ¡Si me he tirado un montón de días aquí encerrada, estudiando! Para una vez que quiero que me dé un poco el aire, ¿os lo vais a tomar así?

—Noa, cielo, pero si no queríamos...

—Pues lo habéis hecho. —Noa giró la silla sobre sí misma y la llevó hasta la puerta—. Papá tiene razón: ya soy mayorcita. Sé cuidarme yo sola. Aunque no pueda andar, soy capaz de hacer otras cosas, ¿vale? Puedo defenderme y escapar si hace falta. ¡Y estoy harta!

—Pero, Noa... —dijo su padre.

Se cortó la frase con su portazo al salir; rodó todo lo rápido que pudo hasta el ascensor y respiró hondo cuando hubo llegado al portal.

—Déjame en paz —le dijo al murciélago, que había bajado del chopo y se había colgado a su lado, boca abajo, de una farola—. No me sigas.

El animal no le hizo caso; por el rabillo del ojo lo vio revolotear a la rama de un platanero y luego desaparecer en la sombra del toldo de una carnicería, chillarle, reprochándole su marcha, agarrarse a los cables de telefonía que se enredaban en la fachada de un bloque.

Noa rodó más rápido, intentando no mirarlo.

Solo respiró aliviada cuando entró en el vagón del metro, medio vacío en una hora que era de todo menos punta, y lo sintió arrancar, amarrada al cinturón de seguridad.

El tren se detuvo en una parada y Noa alzó la cabeza; se desabrochó la hebilla, sin pensar, y solo se dio cuenta de dónde estaba al leer el nombre de la estación.

En el muro, una señal indicaba el trasbordo a la línea cuatro.

En la línea cuatro estaba la parada de Serrano.

En la parada de Serrano estaba una casa a la que había estado a punto de dirigirse, sin tener conciencia.

Negó para sí misma con la cabeza; recorrió pasillos y ascensores lentos, esquivó a un señor bienintencionado pero molesto que insistía en preguntarle «cuál era su minusvalía». Tenía la cabeza nublada y cargada, igual que el cielo, cuando se asomó a la superficie frente a las rejas del jardín del Retiro.

Todo seguía igual; los troncos inclinados de árboles centenarios, las ramas de un sauce llorón besando una fuente, las rosas florecidas sobre arcos blancos de metal. La tarde caía y pintaba de oro la arena de los caminos; los pavos reales cantaban a lo lejos en un jardín cerrado; los quioscos vendían helados, incluso aunque hiciera fresco.

Iba a echarlo de menos, pensó, apoyada contra la verja del estanque, mirando a los peces boquear para alcanzar un mendrugo de pan flotante.

Pasó una bandada de cotorras argentinas, chillando ruidosas entre las copas de los árboles, y Noa levantó la vista al cielo para verlas alejarse. Siguió mirando mucho tiempo después, incluso cuando ya hubieron desaparecido en una nube gris; empezaba a ponerse el sol detrás del bochorno y en junio aquello indicaba la noche, no la tarde. Los faroles del paseo se encendieron.

Sacó el móvil del bolsillo; miró un momento la conversación abierta con sus padres, el grupo de la familia, y tecleó:

«Lo siento por haber sido tan borde. Sé que solo os preocupáis por mí, como lo haría cualquier padre con su hija. Ya voy para casa. Un beso, os quiero».

El dedo de Noa rondó el botón de «enviar», sin llegar a pulsarlo.

Un murciélago se recortó contra la luz de una farola, solo un instante, veloz como un moscardón demasiado grande.

—¡Eh! —dijo Noa, buscándolo con la mirada, entre las hojas de árboles y la sombra—. ¿Quién eres? ¿Eres alguien, o eres un murciélago de verdad?

La arboleda a su alrededor cerraba más y más la noche. El cielo era de ese color entre el gris y el malva, apagándose tenue; las familias que paseaban eran más escasas, se habían reducido a grupos pequeños, a personas solas, al ruido lejano de un policía a caballo.

El murciélago volvió a aparecer, una silueta negra derramándose en el suelo, y Noa lo siguió.

—¡Espera! —dijo—. Eres uno de nosotros, ¿no? ¿Eres un vampiro?

Rodó tras él; no estaba ya segura de si estaba internándose más en el Retiro o si estaba saliendo, pero Noa habría jurado que a la derecha se abría un paseo más grande; allí deberían estar las tapias de un edificio, y más allá las verjas de una puerta. De noche, o de casi noche, el parque parecía transformarse; las esquinas no estaban donde recordaba, los caminos de tierra donde sus ruedas se atascaban se confundían con el asfalto, los troncos de árbol y las personas quietas eran uno y lo mismo.

En la pantalla de bloqueo de su móvil decía que eran las 21.30.

Un hombre con ropa brillante de deporte pasó corriendo, con su perro jadeando al lado. Noa perdió de vista al murciélago.

A oscuras, en el espacio entre dos farolas, no supo decir si había venido por la izquierda o por la derecha, o tal vez por el camino que se alejaba entre filas de cipreses.

—¡Eh! —gritó, y luego bajó algo la voz—. ¿Estás ahí? ¿Hay alguien?

Un chillido familiar le respondió, en alguna parte de las sombras. Noa lo buscó con los ojos entrecerrados, pero solo distinguió al fondo, paseando bajo las ramas de un abeto, un grupo de personas que caminaban con paso firme.

Al mirar con más detenimiento, distinguió que una de las figuras era una mujer mayor. Se los quedó contemplando; casi habría dicho que los caminantes eran un desfile militar, andando todos a la vez.

Noa parpadeó; de repente, ya no estaban allí.

Sacó el móvil del bolsillo y abrió el navegador; el GPS le indicaba que debía seguir por aquella vereda para llegar de nuevo al metro.

Rodó hacia donde la flecha azul del mapa le mandaba. Allí ya no había casi farolas.

Otro chillido de murciélago y, de pronto, lo tenía encima; se le enredaba en el pelo de la coronilla, le azotaba las alas contra la cara, y no paraba de gritar.

—¡Eh! ¡Déjame! —dijo Noa, agitando las manos para intentar ahuyentarlo—. ¿Pero a ti qué te pasa? ¡Para ya! ¿No ves que ya estoy yendo para el metro? ¿Qué quieres?

Lo ignoró y siguió el camino hacia delante, en dirección a donde había luz y asfalto firme y un grupo de gente.

—¡Oiga, disculpe! —dijo Noa, alzando la voz hacia una de las siluetas quietas, bajo las farolas—. ¿Me podría indicar por dónde se va al metro…?

La figura se movió.

No fue un movimiento normal. Fue un parpadeo, una velocidad imposible; de pronto, todas las siluetas habían alzado los brazos, todas con una estaca en cada mano derecha, a contraluz, delante de las farolas que la cegaban.

Fue entonces cuando Noa supo, con la misma certeza de que el cielo era azul, que iba a morir a manos de los cazadores.

Un aletazo en su cara.

Un grito.

—¡Ahí hay otro! ¡Cuidado! —exclamó una voz—. ¡Que no se escape!

—¡Cogedlo! —dijo otra, que la adrenalina de su cabeza quiso reconocer de algo—. ¡Cogedlo antes de que os muerda! ¡Deprisa!

Un pedacito de oscuridad revoloteaba entre las luces y Noa alzó una mano, respirando el sudor del aire; una mano desesperada que intentaba alcanzar al murciélago, otra mano que giraba las ruedas sin poderlas alejar de los cazadores, y una garra; una garra diminuta que encontró sus cinco dedos y borró la realidad y el mundo de una bofetada.

La gravedad se había ido.

Sus brazos aleteaban, moviendo las membranas entre muñeca y axila; no eran brazos, eran alas, negras como el cielo, mientras Noa volaba hacia la luna en su grito de huida.

El otro murciélago iba por delante de ella, más deprisa, marcándole el camino a seguir; Noa no quiso mirar hacia las siluetas que dejaba atrás, en el suelo, agitando brazos y estacas. Tampoco contaba los segundos que le quedaban en los cinco minutos de vuelo. Solo perseguía la mancha negra que cortaba el horizonte, empañando aquí una nube, allí una estrella, y movía las alas con todas sus fuerzas.

No supo cuánto tiempo estuvieron volando, pero el murciélago que la guiaba se colgó del borde de una chimenea en lo alto de un bloque de pisos.

Noa habría hecho lo mismo, de tener patas traseras. Se dejó caer sobre el tejado de chapa ondulada y soltó el aliento; el mundo volvió a su sitio, arriba fue arriba y abajo fue abajo, y las ruedas de su silla chocaron contra el techo.

Con las manos agarradas a las ruedas y los nudillos blancos, Noa tragó aire y lo volvió a escupir, jadeando como un perro; volcó la cabeza en el regazo y trató de controlar las arcadas que le arrancaba cada sollozo.

Parecía haber un eco a su llanto.

—Eres gilipollas —dijo entonces el eco, sin dejar de llorar—. Eres gilipollas, Noa, ¿por qué no me hacías caso? ¡Han estado a punto de matarnos!

Noa se giró.

Allí, de cuclillas, apoyada en la chimenea de la que se había colgado el murciélago, con la cara vuelta hacia el cielo y húmeda a la luz de la luna, estaba Lili.

—Eras tú —dijo Noa, sorbiendo por la nariz—. ¡El murciélago eras tú!

—Pues claro, gilipollas, quién iba a ser si no —dijo Lili, e hipó—. ¿Quién iba a estar pendiente de ti día y noche si no? ¡Casi me como el matarratas de tu abuela! ¡Y tú sin darte ni cuenta! ¡Eres imbécil!

—Pero… —Noa se frotó los ojos—. Pero no me dijiste nada… Yo pensaba que estabas enfadada conmigo…

—¡Claro que lo estaba! ¡Y tú también! ¡Eso no significa que te dejara sola!

Lili escondió la cabeza entre los brazos hasta que solo asomaron rizos pelirrojos; en el anochecer, eran tan pardos como los gatos.

—Lo siento —dijo Noa, volviendo a limpiarse el rostro con las manos—. Lo siento, no quería…

Levantó la cara. A los pies del bloque de pisos, el Retiro era una mancha inmensa de fronda negra.

—¿Que no querías qué? —dijo Lili.

—Yo qué sé —dijo Noa, y las palabras se le desparramaron de la boca—. Mira, sí que quería, ¿vale? Quería tomar el aire y quería sentirme libre, que no me estuviera controlando tu familia ni la mía por una santa vez. Quería escapar de todo, pero no así, no quería poner a nadie en peligro. Me sentía... ¡No sé cómo me sentía! ¡No sé! Estaba en la mierda, y no tenía a quién acudir, y tampoco podía decirte nada a ti porque estabas enfadada y yo ya no te importaba, y no sé, no sé, no sé nada.

Lili había asomado la cabeza de entre los brazos cruzados para mirarla. Se puso en pie, despacio, y bajó con cuidado por la vertiente hacia Noa.

—Claro que estoy enfadada —dijo, con la voz calada de llanto—. Pero ya te lo he dicho. Eso no significa que no me importes.

—Ah, ¿no? —dijo Noa.

—No... —Lili se sentó en el murete del tejado, junto a ella; el naranja de las farolas la iluminaba desde abajo y, ahora sí, sus rizos eran de cobre—. Creía que era al revés. Que ya no te preocupabas por mí.

Noa rio.

Fue una risa empapada, a medio camino entre el moco y la tos, ronca e incrédula.

—Pues vaya bobada —dijo—. Eso sí que es mentira. ¿Cómo no iba a preocuparme?

—Entonces, ¿yo a ti te importo? —dijo Lili, acercándose aún más, hasta mirarla de frente—. ¿De verdad que te importo?

Los ojos de Lili estaban rojos y empañados. Tenía las pestañas juntas, apiñadas por la humedad de las lágrimas. Le corrían rastros mojados por las mejillas y bajo la nariz.

Pero sonreía.

Sonreía, y los labios entreabiertos dejaban ver sus dientecillos de ratón.

221

Algo dentro de Noa se curó con esa sonrisa. Algo que estaba partido se arregló. Algo que tenía un hueco, aunque no lo hubiera sabido hasta entonces, se llenó.

—Te parecerá una tontería, pero —dijo Noa—, ahora mismo, me importas más que nada en el mundo.

Lili sonrió con tanta fuerza que se le saltaron más lágrimas.

Noa también.

Dos sonrisas se encontraron en la noche.

Ninguna de las dos chicas supo cuál buscó primero a la otra. Ninguna de las sonrisas se desvaneció en el beso. Ninguna dejó de sonreír, ni de llorar, con las manos en la nuca, en las mejillas y en el cuello; ninguna soltó los dedos enredados en el pelo, ninguna abrió los ojos hasta que se quedaron sin aliento, frente a frente, bañadas en luz naranja y en viento caliente.

—Si te paras a pensarlo, en realidad este no es nuestro primer beso —dijo Lili—, sino el tercero…

Otro beso cortó la frase, otra risa, otro abrazo de manos ciegas; otro, y otro, y otro, hasta que ya ninguna supo, tampoco, si aquel era el tercer beso, el cuarto, el quinto o el sexagésimo.

—Entonces —dijo Noa, separándose un instante, mirando a Lili fijamente, sujetándole la cara—, ahora sí es de verdad, ¿no? ¿Ya no es una mentira para engañar a mis padres?

La risa de Lili fue clara, como una campanita diminuta, y fue también seguida de miles de besos breves en la frente, en los mofletes, en la punta de la nariz, en la barbilla, en el cuello, en los párpados cerrados, en la boca de Noa, que tampoco podía parar de reír.

—Vale, voy a suponer que eso es un sí —susurró Noa, contra los labios de Lili, en el espacio minúsculo que había entre ellos y los suyos; su propia voz era un aliento cálido que Lili atrapó en el aire y encerró en otro beso.

Ninguna miró el reloj, ni estuvo atenta a la hora que era; solo eran dos siluetas recortadas contra el cielo sin estrellas de Madrid. Pero no necesitaban estrellas, ni cielo, tampoco. El cielo de noche, negro, estaba en los ojos de Noa. El cielo de día, azul, en los de Lili. No necesitaban más cielos que aquellos.

Hasta que, en un instante entre beso y beso, Noa se dio cuenta de que la pantalla de su móvil estaba encendida. En la notificación rezaba:

«Mamá: 6 llamadas perdidas. Papá: 17 llamadas perdidas».

—Mierda —dijo Noa, y Lili se apartó de un brinco—. Mierda, mierda, mira esto.

—Ay, no —rio Lili—. Vaya lío…

—Joder, al final dejé sin enviar el mensaje —dijo Noa, encontrándolo en la conversación con sus padres—. Madre mía, tengo que volver a casa ya mismo.

—Madre tuya, nunca mejor dicho…

—Cállate —rio Noa—. A ver cómo bajamos ahora de aquí.

—Pues volando —dijo Lili, sonriendo de nuevo, con las mejillas rojas como manzanas—. ¿Cómo, si no?

Le dio la mano, delante del horizonte de la ciudad; los faros blancos y rojos de los coches trazaban ríos de neón en el asfalto.

El instante en el que el mundo se desvaneció de nuevo, dentro y fuera del cuerpo animal que era un doblez del suyo, fue un instante de vértigo. Cayeron en picado, bajando por la fachada, esquivando toldos y macetas de geranios; Lili planeaba por delante de ella, y Noa la seguía, rastreando su silueta diminuta.

Cuando Noa recobró su forma humana y tomó aire, Lili tomó su mano otra vez.

—¡Ya aguantas muy bien!

—Te lo dije —jadeó Noa—. Más de cinco minutos.

—Ahora solo te falta poderte ahorrar el viaje en metro —dijo Lili, señalando hacia el ascensor, iluminado con fluorescentes—. Te acompaño, así les explico a tus padres y la bronca no será tan gorda.

Dejaron pasar un metro por venir demasiado lleno; otro, porque en el espacio reservado a sillas de ruedas había dejado un chaval su bicicleta y se negaba a moverla, alegando que también tenía ruedas; subieron al tercero y Lili ató el cinturón de Noa con fuerza, casi quitándole el aliento del pecho.

—Sabes —dijo Noa, cogiéndola de la mano que se agarraba a una barra amarilla—, creo que ya he averiguado qué es lo que querías que te dijera aquel día, en tu casa, cuando me diste ese portazo.

Lili abrió la boca, atónita, y soltó un amago de risa.

—Ah, ¿sí? ¿Ahora lo has averiguado?

—Pues sí, ahora, mira tú por dónde…

El amago se convirtió en carcajada y en un abrazo asfixiante, la cabeza de Noa cogida entre los brazos de Lili.

—Pero mira que eres imbécil —dijo Lili—. Eres gilipollas. Y mucho. ¡No sé ni por qué estoy saliendo con una tonta del bote profunda como tú!

—Ah, ¿que estamos saliendo?

—¡Pero mira que eres imbécil!

19

«No vas a volver a salir de casa —decía el mensaje de Iulia Drăgulescu—. Si no quieres que vengamos esta misma noche y te saquemos a rastras para ponerte a salvo, debes prometer que no saldrás, salvo que sea absolutamente imprescindible. Liliana te vigilará. Cuando termines los exámenes, iremos a Galicia. No hay más que hablar. ¿Entendido?»

«Entendido», le escribió con el móvil y las manos por debajo de la mesa.

Las ventanas estaban cerradas. Las aspas del ventilador chirriaban, moviendo el aire viciado por el salón.

—Muchas gracias por acompañarla a casa, Lili —dijo Antonio; su gesto se suavizó un poco—. Menos mal que no ha tenido que volver sola. ¡A estas horas!

—¡Bueno, Noa es muy fuerte! —sonrió Lili—. ¡Yo creo que no habría tenido problema!

—No sería la primera vez que me encuentro con algún desgraciado... —dijo Noa; se calló inmediatamente, al ver cómo la expresión de sus padres se volvía a arrugar de nuevo.

—¡Precisamente, hija! —dijo Maricarmen—. ¡Justo por eso nos preocupamos! Igual que por tu abuela.

Lili se marchó, no sin antes recordarle que estaría pendiente, vigilándola, como le habían dicho los Drăgulescu.

Su habitación, jaula por partida doble, bien podría tener barrotes en vez de cortinas. El libro de Historia, abierto por el tema de la Revolución rusa, parecía burlarse de ella desde lo alto de la mesa. Iulia Drăgulescu habría vivido esa revolución y otras muchas, se lo podría preguntar. Pero aquel era el primer examen, a dos días vista, y lo que menos tenía en la cabeza en aquel momento eran conocimientos.

«Lili —le escribió Noa por WhatsApp—, sé que no me puedes leer ahora, por aquello de que estás convertida en murciélago, haciendo guardia ahí fuera, pero da igual. Ya me responderás más tarde. Pero tampoco hace falta. Quería decirte... Quería decirte que gracias. Gracias por todo. Por estar ahí siempre, incluso cuando estaba siendo imbécil. Si no hubiera sido por ti, tal vez habría acabado convirtiéndome en cazadora de vampiros, como mi tío, o como esa gente del Retiro. Tal vez habría pensado que eso era lo correcto, ¿sabes? —Noa se miró las manos. Eran dobles—. Por ti y por toda tu familia, gracias. Y, bueno... Supongo que, a partir de ahora, también son mi familia.»

«Aunque me gustaría poder seguir conservando la mía», pensó, pero no lo escribió.

Noa cogió el libro de Historia y lo hojeó, distraída.

Pasó las páginas entre los dedos; los temas se desplegaron uno tras otro. El Antiguo Régimen, la Revolución industrial, la Primera Guerra Mundial, la crisis de 1929. Los veía, pero no le llegaban más allá de los ojos.

En su regazo, el móvil se iluminó con una notificación de mensaje.

«Noa, soy Daniel. Te escribo para recordarte que no debes salir de casa, bajo ninguna circunstancia. Lili debe estar por ahí, rondando tu casa. Hazme un favor: avísala, pégale un grito y dile que no vuelva esta noche, que se quede contigo hasta que salga el sol.»

«¿Por qué? —preguntó Noa—. ¿Ha pasado algo?»

El indicador de «escribiendo...» se alargó mucho tiempo.

«Acaban de atacar a Constantin —decía el mensaje—.

Tenía guardia de noche en la clínica y han ido a por él. Eso significa que saben qué lugares frecuentamos: el hospital, el Retiro… Por eso no es seguro para Lili cruzar la ciudad ahora; mejor que se quede contigo y venga cuando amanezca. Los cazadores se organizan de noche.»

«Dios mío —respondió Noa—. Pero ¿Constantin está bien? ¿Consiguió escapar? ¿Estáis todos a salvo?»

«Sí, está bien. Llegaron a herirle, pero está bien, está en casa. No se lo digas a Lili, ¿vale? Sé que se preocuparía muchísimo y que querría ir a verle. Dile solo lo que te he pedido: que no venga esta noche. Nosotros estamos tratando de trazar un plan; si tenemos que aguantar hasta el viernes, va a ser necesario.»

Noa miró la pantalla del móvil con horror.

«Lo siento —escribió—. Lo siento, todo esto es por mi culpa. Porque no quise irme el otro día. Si nos hubiéramos marchado ya…»

«No te preocupes. Lo hecho, hecho está. Ahora tampoco podemos irnos; hay que poner en marcha medidas de protección para que no nos rastreen. Hay que atacarles antes de que lo hagan ellos, antes de que encuentren la casa de Serrano.»

Unos golpes de nudillos en el cristal de su ventana le hicieron levantar la vista.

—¡Lili!

Estaba colgada boca abajo, igual que lo habría hecho su figura de murciélago, pero en forma humana; había pasado las piernas por la barandilla de la vecina del piso de arriba y la miraba, con los rizos flotando tras ella y los ojos muy abiertos.

—¡Eh! —dijo Lili, asomando la cabeza por la ventana—. ¿Qué pasa? ¿Con quién hablas, que te has puesto tan nerviosa?

Noa se tocó el pecho. El corazón le volaba. Pues claro que Lili lo había notado; los tenían conectados.

—Nada, nada —dijo—. A ver, bueno, es que Daniel me

ha mandado un WhatsApp y me ha pedido que te diga que te quedes aquí hoy…

Lili apretó los labios y las cejas.

—¡Se suponía que hoy íbamos a tener una reunión general! ¿Por qué te ha pedido eso?

—Esto… —Noa le esquivó la mirada, los ojos azules que se clavaban, afilados, en los suyos—. No sé, no me ha dicho… Ven, anda, entra conmigo.

Lili dio una voltereta en el aire y entró en la habitación sin rozar el marco, aterrizando de cuclillas en el linóleo.

—Noa, que te estoy sintiendo aquí —dijo Lili, señalándose el centro del esternón, dándose golpecitos con la yema del dedo—. Que no me la cueles. ¿No te ha quedado ya claro, después de las tonterías de estas últimas semanas, que hablar es una cosa que suele venir bien para resolver los problemas? Si pasa algo, ¡dímelo! ¡Que soy tu novia! ¡Y ahora, lo soy de verdad!

A Noa se le escapó una sonrisa fugaz.

—Vale, vale, no te pongas así —dijo—. Porfa, tienes que prometerme una cosa, ¿vale? Si me la prometes, te lo cuento.

—¿Qué cosa? —dijo Lili, levantando la barbilla.

—Que te vas a quedar esta noche a dormir conmigo.

El rubor se le subió a Lili por las mejillas, por la frente y hasta las orejas, cubriéndole el blanco de la piel y las pecas de rojo.

—¡Pero bueno! —dijo, en una mezcla de grito y susurro—. ¡Proposiciones indecentes, así, tan pronto! ¡Y encima con chantaje!

—¡Que no! ¡Que no me refiero a eso! —rio Noa—. ¡Quiero decir a dormir! A dormir, dormir, ¡no he mencionado ninguna otra cosa! Aunque, vamos, eso no significa que no esté abierta a sugerencias…

Un cojín de la cama le acertó de golpe a Noa en la nariz, interrumpiéndola y empujando su silla hacia atrás.

—¡Cállate! —dijo Lili.

—¡Oye! —Noa apartó el almohadón y se lo lanzó a Lili de vuelta; esta lo cogió en las manos, sin dejar que le diera en la cara—. Entonces, ¿qué? ¿Te quedas? Si te quedas, te lo cuento. Pero tienes que prometérmelo, ¿vale? Solo a dormir, nada más, en serio.

Lili la miró, con el rostro aún ruborizado, asomando los ojos por encima del cojín.

—Bueno. Dímelo.

Noa tomó aliento. Serenó su expresión, intentando que su corazón la imitase, pero sin éxito.

—Han atacado a tu padre, Lili —dijo, y continuó, sin darle tiempo a responder—. Está bien, no le ha pasado nada grave, y me ha pedido tu hermano que no te lo dijera para que no te preocupases. Sobre todo, para que no fueras a casa. Los cazadores están alerta esta noche: han atacado dos veces y estarán vigilando cualquier otro movimiento extraño, intentando rastrear el olor de un vampiro que se mueva por Madrid. Por eso tienes que esperar a mañana.

El almohadón hizo un ruido sordo al deslizarse hasta el suelo.

—¿Seguro que está bien? —dijo Lili, con la voz tan fina que habría cabido por el ojo de una aguja—. ¿De verdad?

Noa asintió. La garganta se le llenó de algo que quemaba.

—Está herido, pero bien. Le están cuidando. Por favor, Lili, no vayas. Por favor.

Lili la miró. Se cubrió la cara con las manos.

—Hoy me tocaba a mí guardia —dijo, entre los dedos—. Yo tenía que vigilar que todos estuvierais bien… Que no le pasara nada a nadie…

—¡Y lo hiciste! —dijo Noa, acercando la silla hasta que las ruedas casi la tocaron—. ¡Me salvaste a mí! Si no hubiera sido por ti, ¡me habrían atrapado los cazadores del Retiro!

—No pensé que pudiera haber dos grupos —siguió di-

ciendo Lili, con la cabeza escondida—. No se me ocurrió…
Tendría que haberlo previsto. Tendría que…

—¡No! ¡No, Lili, tú no has hecho nada mal! Por favor,
mírame —dijo Noa, y la cogió de las mejillas—. Por favor.
¡Me salvaste! ¡Nadie podría haber pensado que iba a pasar
algo así! Yo misma no debería haber salido de casa. ¡Por eso
viniste conmigo! ¡Estuviste conmigo todo el tiempo!

—Estuve contigo todo el tiempo, tú lo has dicho —dijo
Lili, y se sorbió la nariz—. Todo el tiempo, incluso el que
me tocaba de dormir. Se suponía que hacíamos turnos, des-
cansábamos y luego volvíamos a vigilar, pero yo les dije
que no. Que quería ser yo quien te protegiera. ¡Pero qué
tonta soy! ¡Qué tonta! ¡Claro que Madre insistía! Para
que no pasara esto…

—Lili, por favor, por favor, no digas eso. —Noa le aca-
rició la cara—. Hiciste lo correcto. Me salvaste la vida.
¿Cuántas veces quieres que te lo repita? ¿Diez? ¿Diez mil?
Porque lo voy a hacer, si es lo que hace falta para que dejes
de culparte. ¡Me salvaste la vida! ¡Me salvaste la puta vida,
Lili! ¡Por favor!

El sollozo se convirtió en llanto entero y Lili se derrum-
bó en los brazos de Noa, agarrada a su cuello.

—Siempre la lío —decía, entre hipidos—. Siempre
meto la pata, por cría, por inconsciente, y me lo dicen, pero
no aprendo…

—Lili…

Noa la abrazó.

Las sacudidas de su pecho se fueron haciendo, poco a
poco, apretadas contra el de Noa, más lentas y más pausadas.

—Lo vamos a arreglar —dijo Noa, acariciándole el pelo,
los rizos que se le enredaban en los dedos—. No ha pasado
nada, ¿vale? Tu padre está bien, y lo vamos a arreglar. En
cuanto nos marchemos, verás como ya no vuelven a perse-
guirnos, ni a él, ni a mí, ni a nadie.

TOCAR EL CIELO ·

Lili apartó la cara de entre los brazos de Noa. La tenía toda roja y le corría un churrete de mocos por la barbilla.

—Sí —dijo—. Sí, vamos a arreglarlo.

Cuando Noa la vio mirar hacia la ventana, intentó abrazarla, pero Lili le apartó las manos.

—No puedes irte —dijo Noa—. Me lo has prometido.

—Ya. Ya lo sé. Y debería hacerte caso… —Lili se limpió la humedad del rostro en la cara interna del brazo—. Esta es justo una de esas cosas en las que debería hacerte caso.

Un grillo cantaba en alguna parte del jardín.

—Vamos a intentar pensar con sensatez, anda —dijo Noa—. Reflexionar antes de actuar y todo eso…

—Sí, claro, como que tú reflexionaste mucho antes de decidir, no sé, ¿hacerte vampiro? —Lili hizo una mueca—. No vayas ahora de sensata tú, que te conozco.

—¡Pero es que ahora es distinto!

—¿Ah, sí? Distinto, ¿por qué?

Noa le apartó un mechón cobrizo que se le había pegado a la frente.

—Porque no quiero que te hagan daño —dijo.

Lili fue a replicar, pero se le quedó trabada la frase en la garganta.

—Bueno —consiguió decir.

—Venga, tranquila —le dijo Noa, y le dio un beso en la frente, otro bajando en la mejilla, hundiéndole la cara en el cuello—. Ya veremos qué hacemos mañana, ¿vale? Pero, mira, si tú me has prometido que te vas a quedar conmigo esta noche, yo te prometo otra cosa.

Los ojos cansados de Lili la miraron.

—¿Qué?

—Te prometo que yo también voy a estar siempre ahí —dijo—. Igual que lo has estado tú. Te voy a ayudar en todo lo que haga falta. Vamos a conseguir sacar de aquí a la familia Drăgulescu… A mi familia, que es lo que es, ahora. Pero tenemos que hacer caso a lo que nos dice tu madre, ¿vale? Tiene como tropecientos años de edad, digo yo que algo sabrá de estas cosas.

La sonrisa de Lili fue apenas un movimiento de la comisura de la boca, un tirón mínimo hacia arriba, pero Noa la vio. Y la volvió a abrazar más fuerte.

—Vale —dijo Lili, sonriendo dentro del abrazo—. Vale, sí, está bien… Me quedo.

Noa apoyó la cabeza en su pecho.

Suspiró.

—Gracias —dijo—. Gracias por no marcharte. Tengo miedo… Tengo miedo de que te pase algo. Ya viste hoy mismo lo que ocurrió, estuvieron a punto…

—No lo digas, por favor. No digas lo que estuvieron a punto de hacerte, porque, si no, sí que voy a salir volando por esa ventana a intentar acabar con todos. Y me harían picadillo.

—No te harían nada, porque yo te acompaño —dijo Noa—. Te acompaño y ahí sí que no dejo que nadie te toque un pelo. Se iban a enterar.

Lili soltó una risilla húmeda por la nariz.

—Pues yo lo veo un plan perfecto, ¿no? —dijo—. Tú no dejas que me toquen a mí, y yo no dejo que te toquen a ti. Sin fisuras.

—¡Lo veo!

Se quedaron mirándose un rato en silencio, con las manos entrelazadas, hasta que Noa chasqueó la lengua.

—¿Qué pasa? —dijo Lili.

—Nada, que soy imbécil. Que, después de tanto tiempo siendo tan tonta contigo, no me acordaba de que podía coger y, simplemente, hacer esto.

La besó.

La besó en medio de una risa, la besó con los labios apretados y llenos de alivio, la besó deprisa como si fuera a gastarla. La besó por toda la cara, de mejilla a párpado húmedo a barbilla y de nuevo a boca, la besó hasta que Lili dejó de reírse y consiguió devolverle el beso.

Cuando los nudillos sonaron en la puerta, el respingo que dieron ambas podría haber llegado hasta el techo.

—¿Noa? —decía su madre—. ¿Hija, qué son todas esas voces? ¡No es hora de estar haciendo ruido! ¡Abre!

—Mira —susurraba Lili—, les digo que soy gimnasta y que he subido trepando por el árbol de ahí al lado, o dando saltos…

—El armario —balbuceó Noa, señalándolo, al tiempo que el pomo de la puerta se giraba—. ¡Métete dentro! ¡Corre!

Empujó a Lili con la silla y esta reptó al interior, agachada, cerrándolo de nuevo por dentro justo cuando la madre de Noa aparecía en el umbral.

—¡Pero bueno! —dijo—. ¡Que parece que no me oyes cuando te hablo, hija!

Noa levantó la vista para mirarla a los ojos, con una sonrisa nerviosa, y le enseñó el móvil.

—Es que estaba viendo un vídeo…

—¡Pues no son horas! ¡A la cama ahora mismo!

—Voy, voy —dijo Noa, apoyándose en el agarradero—. Lo siento, se me ha ido el santo al cielo…

—Como en el Retiro, ¿verdad? —Maricarmen se cruzó de brazos—. ¡Hija, por favor! ¡Que no puedes andar tan despistada por el mundo, que se te va a comer la gente!

—¡Que sí, que ya voy! —Noa se impulsó con los brazos fuera de la silla y aterrizó en la cama—. ¿Contenta?

Maricarmen parpadeó.

—Pero ¿cómo has hecho eso? —dijo, al cabo de unos instantes—. ¿Esto es por las pesas y el ejercicio? ¡Ay, madre, que vamos a tener aquí a una atleta olímpica y no lo sabíamos!

—Buenas noches, mamá…

La puerta se cerró con un golpe tras la luz apagada y Noa soltó un aliento largo y tenso.

Pasaron unos momentos en la oscuridad hasta que se oyó la vocecilla de Lili, en un susurro, asomarse por la rendija del armario:

—¿Puedo salir ya?

—Sí —le susurró Noa de vuelta—. ¡No hagas ruido!

Lili sacó la cabeza por entre las dos puertas, que chirriaron despacio.

—Eh, Noa, Noa, mira —dijo—. Mira, estoy saliendo del armario. ¿Lo pillas?

—Y luego te ríes de mí, no te digo —dijo Noa, ahogando una risilla contra la almohada—. Anda, sube a la cama, que te voy a dar una colleja, ven.

Noa notó que un peso hundía el colchón por la parte de abajo y se llevaba las sábanas.

234

—Espera, hazme hueco —decía Lili.

—Ay, no me empujes…

—¡Noa, no te muevas! ¡Que me estás pillando el pelo con la mano!

—¡Chist! ¡Te van a oír!

Tras unos cuantos intentos infructuosos más de controlar las risas, lograron acomodarse en la cama de noventa centímetros sin tirarse al suelo. Lili abrazó a Noa con los brazos y con las piernas, agarrada a ella como un osito koala.

El cansancio era una manta más sobre su cuerpo, otro abrazo que la hundía poco a poco en la cama; detrás de sus párpados, las escenas del día empezaron a pasar rebobinadas, saltando sin orden cronológico. El horror en el Retiro. El primer beso que en realidad era el tercero. Los ojos llorosos de Lili. El cielo de la ciudad, sin estrellas, y las luces de Madrid brillando al fondo, en el horizonte, como si quisieran compensar su ausencia.

—Oye, Noa —susurró Lili.

Su voz apartó el velo, aún muy delgado y ligero, del sueño.

—¿Qué? —murmuró Noa.

—Que…

Hubo un silencio. El corazón de Lili latía más rápido de lo que debería, y Noa lo percibía a través de su sangre.

—¿Qué? —repitió, y le dio un beso en la mejilla.

—Que me estás dando mucho calor —dijo Lili, y apartó brazos y piernas de ella, echándose hacia la pared—. Lo siento, es que estoy sudando…

—Ah… Claro, no pasa nada… Es normal. Tranquila.

Se aovilló en su lado de la cama, agarrando la almohada con las manos y aferrándola fuerte. En algún momento, había dejado de correr el viento por la ventana. Su espalda, apretada contra el pecho de Lili, estaba húmeda.

Suspiró.

Lili le besó la nuca.

—Buenas noches, Noa.

20

*E*l primer examen fue un desastre.

El día entero empezó siéndolo; una furgoneta de reparto había aparcado en la plaza de minusválidos, bloqueando la entrada al coche de su padre. Tras quince minutos de reloj esperando a que la policía municipal hiciera acto de presencia, Antonio Gálvez prefirió mandar a su hija al colegio en metro, alegando que iba a tardar lo mismo.

«Sí, pero dentro de tu coche no creo que haya cazadores de vampiros y en el vagón abarrotado ya no puedo asegurarlo», pensó.

Lili la acompañó hasta la boca del metro, revoloteando de árbol en árbol.

—Vamos a decirle a Iulia que me ha llevado mi padre, ¿vale? —le dijo Noa cuando se posó en el enrejado de la estación—. Para que no se preocupe. Ahora tienen que concentrarse en curar a tu padre y organizarse y todo eso. Una mentirijilla piadosa.

No supo si el chillido que Lili le dedicó era de desaprobación o de ánimo, pero se despidió de ella lanzándole un beso.

Cuando la volvió a ver, a la salida del instituto, lo que le lanzó fue un suspiro tan fuerte que prácticamente la desequilibró en pleno vuelo.

—Qué horror —le dijo—. Qué horror de examen, de

verdad. Creo que he puesto un par de barbaridades sobre la Segunda Guerra Mundial, que lo va a ver el profesor y se va a reír él solo en su casa, ya verás…

—¡Eh! —la llamó alguien desde atrás, y Noa giró con la silla sobre sí misma para ver a Adrián—. Qué, ¿no te ha salido bien? ¡Qué lástima! A mí tampoco. Creo que se me ha olvidado el día exacto de agosto de 1945 en el que lanzaron la bomba atómica, seguro que me quitan cero veinticinco.

La sonrisa de suficiencia de Adrián era espantosa.

—Vaya —dijo Noa, sin poder contener el sarcasmo—. Qué pena.

—Pero no seas borde, tía, que te estoy apoyando —dijo Adrián—. ¿A que estoy apoyándola?

Elena y las demás dijeron que sí a coro, como animadoras, y Noa puso los ojos en blanco.

—Pues muchas gracias por el apoyo, pero te lo puedes guardar para tus amigas —dijo Noa, y giró la silla de vuelta hacia la salida.

—¡Oye! ¿Pero cómo que tus amigas? Creía que éramos amigos, tía —dijo Adrián; su mueca, ya ni siquiera sonrisa, le escupía todo lo contrario.

Noa miró a ambos lados.

No venía ningún profesor.

Lili estaba colgando de la rama de una acacia que había en la esquina y, justo al lado, había un ángulo muerto en sombras.

Resopló.

—Pues no, ¿sabes? —dijo—. No somos amigos. Dejaste de ser mi amigo cuando me empezaste a tratar como si fuera un bicho raro por tener la silla. Es decir… Más o menos un par de minutos después de entrar en el instituto. Y lo mismo va para vosotras. No quiero ser amiga de nadie así.

Adrián soltó una risotada incrédula.

—¡Anda! ¡Si se va a enfadar y todo! —dijo, mirándola

desde arriba, con los brazos en jarras—. ¡Y se va a quedar sin amigos en todo el insti, qué pena!

—Que te jodan —dijo Noa, y arrolló la silla hacia delante, con toda la fuerza que le daba a su cuerpo la sangre de vampiro.

No se quedó a mirar cómo Adrián se caía al suelo, ni cómo le recogían sus compañeras, ni a escuchar los gritos que le dedicaba, aunque los oyese mientras rodaba a la mayor velocidad posible hacia la esquina.

—¡Tú misma! —chillaba Adrián, coreado de nuevo por Laura y Elena—. ¡Te vas a pasar todo segundo de bachillerato sola como la mierda!

Jadeando, Noa alcanzó la sombra de la acacia.

—¡La mano, Lili! —susurró hacia el árbol—. ¡Dame la mano!

El murciélago le lanzó una mirada que, esta vez sí, Noa estuvo bastante segura de que era de desaprobación. Pero después se tiró en picado y le agarró el dedo meñique con una de sus garritas.

Cobijada por la esquina y la sombra, Noa sintió cómo aquel doble de su cuerpo tiraba de ella hacia arriba, hacia arriba, hacia donde la gravedad era tan nimia como el soplo del viento, y transformaba el universo en siluetas y en colores que no tenía palabras para describir.

A Noa no se le borró la sonrisa del rostro en todo el camino a casa. Era la primera vez que volaba por decisión propia; la primera vez que no lo hacía para aprender, o para huir de algún peligro, sino simplemente porque podía hacerlo.

Y eso era suficiente para hacerle cosquillear el cuerpo entero de emoción.

Mientras tanto, sin embargo, la vida estaba algo descoordinada; los dobleces, los reflejos y el mundo del revés aún se asomaban por las comisuras de sus ojos, como latigazos de una resaca imposible. Estuvo a punto de colar la rueda en el hueco entre vagón y andén; casi se saltó la parada porque leía en el cartel dos letras en vez de una. Le temblequeaban los dedos, los suyos propios y los de su otra forma, y le dijo a Lili, cuando la volvió a ver a la salida del metro:

—¿Esto es adictivo, o soy solo yo, que lo de poder volar me engancha más que a la mayoría de la gente?

El chillido del murciélago fue, casi literalmente, una risa.

Lili se volvió a transformar en humana y la cogió de la mano, de la que no era un reflejo, y eso pareció devolverla al universo conocido.

Después le dio un beso y el universo dejó de importar.

—Creo que les voy a decir a mis padres que no hace falta que me lleven ningún día más al instituto —dijo Noa, en una pausa entre beso, risa y otro beso—. Así me tienes que acompañar tú siempre.

—Lo que yo creo —dijo Lili, apartándose con una sonrisa pilla— es que se te está olvidando que hace tres días que estuvieron a punto de atraparte unos cazadores. Y que a mi padre sí le alcanzaron.

Noa soltó un quejido.

—Ya, pero…

—¡No! ¡Que no me hagas cosquillas cuando estoy intentando hablarte en serio! ¡Quita!

Con un movimiento ágil para librarse de sus manos, Lili saltó y se puso detrás de la silla de Noa, mientras ella trataba de girarla para perseguirla. Le cogió los mandos para empujar.

—Vale, vale —rio Noa, levantando las manos—. Me rindo. Anda, llévame. Si ya sé que hay un peligro ahí, pero no sé, no me da miedo…

—Pues debería dártelo —dijo Lili, e hinchó los carrillos.

—Lo sé. Es solo que todo parece… Como de mentira, ¿no? Como que nada es de verdad. Como que alguien me va a pinchar la burbuja y me voy a despertar otra vez en abril,

y habrá sido todo un sueño, y no van a existir los vampiros
ni los cazadores ni los murciélagos…

—Los murciélagos sí que existirían, son animales de
verdad.

—A ver, tú me entiendes. No sé. A lo mejor es que no
quiero pensar en marcharme. Todavía no se me ha ocurrido
qué puedo decirle a mis padres y a mi abuela para que no se
mueran del disgusto.

—Es lo que hay —dijo Lili—. No puedes decirles la verdad. Tienes que inventarte algo o, directamente, desaparecer
sin más.

—¿Por qué no puedo? —dijo Noa—. ¿Qué pasaría si se
lo contara? Si les digo, hola, mamá, papá, abue: sentaos, que
tengo que contaros una cosa. No, no soy hetero, es peor: soy
vampiro…

La carcajada de Lili sobresaltó a uno de los niños que jugaba al balón en el parque de al lado; se le fue la pelota calle
abajo y salió corriendo tras ella.

—¡No puedes! —dijo—. Está prohibido. ¡Imagínate que
se entera algún cazador!

—Pero mis padres no se lo iban a contar a nadie. Además,
el cazador que importa ya lo sabe, ¿no? Mi tío, quiero decir. Y
últimamente anda muy desaparecido. Creo que funcionó lo
que le dijo mi madre, la bronca que le metió, y que no va a
volver por casa antes de que yo me marche. Eso está bien, ¿no?

Lili apoyó la barbilla en la coronilla de Noa.

—Supongo —dijo—. Pero Madre sigue prohibiéndolo.
Yo no se lo diría a nadie. Puede que tu tío se entere después,
cuando ya nos hayamos ido, y venga a buscarnos. ¡O que se
lo diga a algún cazador gallego!

—Malo será…

—Me lo prometiste, Noa —siguió diciendo Lili—. Me
prometiste que íbamos a hacer lo posible por arreglar esto.
Para que nadie más saliera herido.

241

Noa bajó la cabeza.

Habían llegado a su calle; la torre de pisos de balcones rojos, con el chopo al lado, se veía al final de la esquina.

Cogió las manos de Lili entre las suyas; eran pequeñas, blancas, salpicadas de pecas y regordetas; eran ella, y las apretó.

—Tienes razón —dijo Noa—. Es verdad, tienes toda la razón. Es verdad, joder; es verdad, te lo prometí y voy a cumplirlo. Voy a contarles alguna excusa ahora mismo.

—¡Eso! —dijo Lili, y le dio un beso en las manos—. ¡Así me gusta!

Cuando entró en casa, sus padres estaban en el salón.

—Hola, hija, ¿qué tal? —le dijo Maricarmen, agachándose a darle un beso en la cara—. ¿Qué tal el examen? ¿Bien?

—Uy, con esa cara que traes… Yo creo que, bien del todo, no —dijo Antonio, y le revolvió el pelo—. Cuéntanos, anda.

—Esto… Bueno, esperad, que tenía que deciros…

—Luego nos dirás lo que sea; ahora, el examen. —Maricarmen le empujó la silla hasta la mesita del salón—. ¿Bien, o mal?

—Mal —dijo Noa—. A ver, tampoco mal, mal, no creo que suspenda, o bueno, no lo sé… Creo que apruebo…

Maricarmen cruzó los brazos y levantó la ceja.

—Hija, pero si has estado encerrada en casa estudiando casi todo este último mes —dijo—. ¿Cómo puede ser que te haya salido mal? ¡Deberías estar bordándolo!

—Ya, no sé… Errores tontos…

—Esto es que está distraída con los amoríos y, claro, no se centra —insistió Maricarmen—. ¿No crees, Antonio? Lo de tenerla aquí metida no sirve de nada, si no va a poder concentrarse.

—A ver, Noa, tranquila, que no te vamos a morder —dijo—. Tranquila, que te veo atacada. Respira, ¿vale? ¿Qué querías decirnos? Nos puedes contar lo que sea.

—No… Pero si estoy bien, de verdad… Lo siento por el examen…

Lili era una hoja más en el chopo. Noa se llevó una mano al pecho; aunque estuviera demasiado lejos para que la viera, sabía que estaba sintiendo su corazón a punto de descarrilar.

—Sé que no he estado portándome todo lo bien que debería —dijo—. Que he salido mucho, que os habéis preocupado mucho por mí… Y lo siento. Siento no haber estado pendiente… No haber estado a la altura…

—Pero, hija, por favor, mírame —dijo Maricarmen—. ¿A la altura de qué? ¿Estás bien? Ay, Antonio, que creo que hemos estado presionándola demasiado…

—Pues no sé, a la altura de todo, del instituto, de vosotros, de todo… No sé… Sé que os preocupáis por mí, pero no hace falta.

—¿Cómo que no hace falta? —saltó Antonio—. ¡Siempre vamos a preocuparnos por ti, Noa, por favor! ¡Y eso no lo va a cambiar un examen que te haya salido mal! ¡Ni quinientos!

—Te queremos muchísimo, hija —dijo Maricarmen—. Lo sabes, ¿verdad?

Noa asintió.

Tragó saliva.

—Y yo a vosotros… Por eso… Por eso lo siento, porque no he sabido, no he estado…

—Hija —dijo Maricarmen, de pronto—. Esto no será por la bronca del otro día, ¿no? Por la discusión que escuchaste. ¿Verdad?

—Pues… A ver, teníais razón en lo que decíais, estaba saliendo mucho —dijo Noa—. Y esa misma noche salí, y volví tardísimo, y me di un susto en el Retiro…

—¡Pero si ahí tenemos que pedirte perdón nosotros, hija! —Maricarmen se puso en pie y apartó una revista que tenía en el regazo—. ¡No nos dio tiempo a decírtelo, pero es que no estábamos hablando de ti!

Noa parpadeó.

—¿Qué?

—Eso mismo —suspiró su padre—. Hablábamos de la abuela Conchi. Ella sí que está desaparecida, últimamente; sale a andar con sus amigas y se va a dormir a la casa de la tal Angelines, y la tengo que llamar al móvil y decirle «Pero, mamá, ¿dónde estás? ¡Que ya han dado las cuatro de la tarde y estás por ahí sin comer ni tomarte las pastillas!». Y ella a veces ni me responde, o me dice que ya comerá con sus chicas. Estoy dándome cuenta de que esa edad suya es peligrosa, Noa, más que la tuya, incluso. No se da cuenta...

—Ya, ya, Antonio, no te sulfures —dijo Maricarmen—. Eso, que no te reñíamos a ti la otra noche, sino a la abuela. Está descontrolada. Yo creo que está teniendo una segunda juventud...

—Esta tarde tenía médico y, si no se da prisa, no va a llegar a tiempo a la cita —dijo Antonio.

—Por si no tuviéramos bastante con el bruto de mi hermano. Ay, señor, la familia...

—Es verdad —soltó Noa—, ¿qué pasa con el tío Rafa? ¿Ha vuelto a aparecer? ¿A decir algo?

—De momento, no —dijo su madre—. Habrá que ir viendo, pero yo no le quiero más por casa. Lo de la otra semana con el baño fue la gota que colmó el vaso, vamos.

—Espérate tú que no aparezca cualquier día borracho y con un ramo de flores a pedir perdón —suspiró Antonio.

—Eso ya se lo hizo a su exmujer, de hecho, ¿no te acuerdas...?

Noa los miró, callada, mientras hablaban.

Su padre se había recortado los pelos del bigote hacía poco, porque ya no se le metían en la boca al hablar. Su madre se había pintado los labios de un color nuevo. ¿Cuándo había sido la última vez que Noa se había parado a mirarles, a mirarles de verdad, a verles cada detalle?

Volvió a pasarles la vista por encima, queriendo clavar todos los rasgos en sus recuerdos. La postura encorvada de la espalda de su padre; las manchas del sol que tenía su madre en las manos y en las mejillas.

En la rama del chopo colgaba Lili, balanceándose de un lado a otro.

—Tengo que ir, un momento… —dijo Noa, rodando la silla hacia atrás—. Tengo que ir al baño. Digo, a mi cuarto. Ahora vengo. Avisadme cuando esté la comida.

Agachó la cara hacia abajo para que no se la vieran y huyó por el pasillo.

—Hija, ¿estás bien…?

No llegó a oír el final de la frase.

Con el respaldo de la silla apoyado en la puerta de su cuarto, Noa se llevó las manos a la cara y contuvo un sollozo.

Lili apareció poco después en el marco de la ventana. Su cuerpo recobró la forma humana, agarrada a la persiana a medio bajar.

—No puedo —susurró Noa—. No puedo hacerles esto.

—Noa… Tienes que…

—No quiero —insistió Noa—. No quiero, joder, no quiero. No quiero irme. No quiero dejarles. No quiero perderles. Por favor, Lili, no me obligues a perderles.

—Es por su seguridad también —dijo Lili, descolgándose y entrando en el cuarto a abrazarla—. Ya hemos hablado de esto.

—Aunque sea, dejadme estar en contacto con ellos, aunque no viva aquí. Dejadme mandarles cartas, o emails, o WhatsApp, o llamadas, ¡lo que sea! Pero, por favor, no quiero. No puedo. No me obligues a hacerlo.

—Noa, yo no puedo obligarte a nada —susurró Lili—. Ni tampoco quiero. No quiero hacerte daño.

—Vamos a encontrar una manera de hacerlo sin que sufran —dijo Noa—. Por favor, vamos a encontrarla. Se lo podemos contar a Iulia, a Constantin, a todos; lo ponemos en común, y seguro que así hay algo que se nos ocurra.

—Vale —dijo Lili—. Vale, se lo contaremos. Pero tranquilízate, por favor…

—Sí… Si me dices que lo intentaremos, me quedo más tranquila.

—Sí. Lo intentaremos —dijo Lili, y le dio un beso en la mano, en la palma abierta—. Lo intentaremos y lo conseguiremos, ¿de acuerdo? Le preguntaré a Daniel, que él también tuvo que marcharse; pero, claro, sus circunstancias eran distintas… Lo haremos, ¿vale? Lo haremos.

—Lo haremos. Y lo haremos sin que le pase nada a tu familia tampoco —dijo Noa, y le apretó la mano que tenía cogida—. No quiero que les hagan daño los cazadores, ni nadie. Me importan mucho también. Joder, lo de tu padre…

—Mira, no te preocupes por eso —dijo Lili, y separó la mano para rebuscar en el bolsillo—. Ya está mejor; me ha mandado una foto por WhatsApp, ¿la quieres ver?

Le enseñó la pantalla; en la imagen aparecía Constantin tumbado boca arriba en la misma camilla que habían usado para transformarla en vampiro. Era una *selfie* hecha desde un ángulo muy bajo, que le deformaba la cara y le juntaba la barba con el cuello, haciendo que el padre de Lili pareciese un pulgar peludo y sonriente.

—Madre mía —dijo Noa—. Hay que enseñarle a hacerse mejores fotos, ¿eh? Pero sí, es verdad, parece más contento…

—Le llegaron a clavar una estaca —dijo Lili—. Pero se la clavaron en la tripa, así que no le hizo nada. ¡Como está tan gordo!

—Ah, entonces, ¿lo de las estacas solo sirve para matarnos si nos dan en el corazón?

—Hombre, matas a cualquiera si le atraviesas el corazón con un cacho de madera, creo yo —dijo Lili, dándose un golpecito con la yema del dedo en el pecho—. No nos hace más daño una estaca que una bala o que un navajazo, vamos, aunque los cazadores piensan que sí. Les dejamos creerlo, claro. Es como lo de los espejos; en realidad sí que nos reflejamos en ellos, porque ahora ya no los hacen de plata, sino de aluminio. Y nada, le cosieron y ahí está, recuperándose.

—Jo, pues menos mal…

Entrelazaron los dedos de las manos. Lili le dio un beso a Noa en los nudillos.

—Todo va a salir bien —dijo—. Piensa que solo quedan… ¿Cuánto? Ni siquiera cinco días para que nos vayamos. Y mientras estés aquí, a salvo, y no venga tu tío, no te va a pasar nada.

—Sí —dijo Noa—. Sí, es verdad, ya no queda nada. A ver si esta tarde puedo hablar con Iulia o algo, y le pedimos que me ayude a pensar algo para mis padres, ¿vale?

—¡Claro! Ya verás cómo…

El móvil de Lili vibró con un zumbido rabioso.

—Uy, espera —dijo—. ¿Quién me está llamando?

Se lo colocó en la oreja.

—¿Quién es? —dijo Noa, al ver que Lili escuchaba, sin decir nada, y sus ojos cada vez se abrían más y más—. Lili, ¿qué pasa?

—Tengo que irme —farfulló Lili al colgar—. Ha vuelto a pasar. Han atacado a Anca.

—¡No! —dijo Noa.

Se tapó la boca con las manos.

—Está bien, la han cogido a tiempo porque estaba en el hospital —decía Lili, con la voz temblando, mientras se ponía en pie y se calzaba—. Había ido a ver al jefe de mi padre… A entregarle un papel de su baja… Se la han encontrado allí…

247

—Dios mío —dijo Noa, y le apretó la mano—. Va a estar bien, ¿vale? Corre, ve, no te preocupes por mí. No voy a salir de aquí. Ve a verla, si hace falta.

Lili la miró, con la frente arrugada y el labio mordido.

—Gracias —dijo—. Enseguida estoy de vuelta, de verdad, es solo que… No puedo quedarme aquí sin hacer nada, otra vez no, ¿entiendes? Ahora es de día. Si voy volando, no me verá ningún cazador. No quiero… No quiero que vuelva a pasar como con mi padre.

—Tranquila, lo entiendo. Toma, te abro la ventana…

El murciélago que era Lili desapareció en el aire, aleteando nervioso, y Noa se quedó mirando por el cristal tras cerrarlo.

—Venga, Noa, a la mesa —dijo su padre desde el salón—. Que se va a enfriar el pisto.

—Ay —dijo Noa, viendo la perola llena de verduras teñidas de rojo, e identificando un par de trozos de cebolla que sobresalían por los bordes—. No, yo pisto prefiero no tomar…

—¡Pero si hace nada te encantaba! Vaya con la adolescencia, ¿eh? —Antonio se cruzó de brazos—. Pues nada, mamá, sácale el filete solo. ¡Mamá!

La abuela Conchi despegó la cara del teléfono móvil y lo guardó en un bolsillo de la falda.

—Ya voy, Toño, ya voy…

—De verdad que no entiendo cómo te puede gustar tanto el «Crush Candy» ese o como se llame, mamá. ¡Si seguro que no ves ni los colores!

—¡Bueno! —dijo la abuela—. ¡Menos hablar, menos hablar, que tú deberías ir a que te mirasen la vista cansada también! ¡Y dejarme en paz!

—No, no te dejo en paz —suspiró Antonio—. ¿Te has acordado de que esta tarde tienes médico? ¿Eh? ¿O pensabas volver a irte de paseo con Finita y no sé quién más?

La abuela arrugó la boca. Se le plegó la piel blanca de las mejillas como un acordeón.

—Claro que me acordaba —dijo, sin mirar a su hijo a los ojos.

—Pues venga, a comer, que no te da tiempo. ¡Y para asegurarme de que de verdad vas al médico, vamos a hacer una cosa! ¡Te va a acompañar Noa al centro de salud!

Noa dio un respingo en la silla.

—¿Qué? —dijo—. Pero si yo… Tengo que estudiar, no salir de casa…

—Que no, hija, que yo creo que te agobias aquí metida todo el tiempo y, claro, así pasa lo que pasa. —Antonio dejó la fuente de filetes empanados en el centro del mantel—. Nada, nada; hoy te das un paseíto con la abuela y tomas el aire, que te viene bien.

La abuela Conchi y Noa intercambiaron una mirada que dejaba claro las poquísimas ganas que tenía ninguna de las dos de ir juntas al centro de salud aquella tarde.

—Ay, hija, es que hoy tengo reunión con el club —le susurró la abuela al oído, sentada a su lado, mientras Noa masticaba el filete—. ¿Y si…?

—Mamá, que te estoy oyendo —dijo Antonio—. Nada de sugerirle a Noa que te deje irte a tu bola. Y Noa, quiero que la acompañes al médico de verdad. Mándame una foto de la abuela en la consulta cuando lleguéis, que no pueda escaquearse.

—Este hijo mío, pero qué plasta ha salido —rezongó la abuela.

—A ver, ¿queréis todos dejar de hablar y poneros a comer? —dijo Maricarmen, y todos callaron; solo se oyó el repicar de los cubiertos contra los platos—. Esto se ha quedado frío. Métemelo al microondas un momento, Antonio, hazme el favor.

Por debajo de la mesa, Noa sacó el móvil y le envió un

mensaje a Lili, preguntándole cómo estaba Anca, cómo estaba ella, cómo estaba Iulia y todos los demás.

A su derecha, vio que la abuela hacía lo mismo; había sacado el teléfono de la falda y toqueteaba la pantalla.

«Tengo que salir de casa esta tarde —siguió escribiendo Noa—. Pero no te preocupes, ¿vale? Voy con mi abuela y volveremos enseguida. No me van a hacer nada; estaré muy atenta, te lo prometo.»

Cuando llegaron a los postres, llegó también la respuesta de Lili.

«Estamos bien —decía—. Ten cuidado.»

Y nada más.

21

Al otro lado de la ventana, el sol era gris acero sobre el asfalto. Noa se puso mangas y pantalones largos, y una gorra para taparse; a su lado, su abuela y su padre la miraban, extrañados.

—Pero, Noa, que te vas a asar —decía Antonio—. Anda, quítate eso y ponte una camiseta…

—No, en serio, así estoy bien. No tengo calor —decía Noa.

El sudor entre su espalda y el respaldo de la silla decía lo contrario.

—Bueno… Venga, pues marchaos ya, que tu abuela tiene la cita a las seis y cuarto, y ya son casi menos veinte. —Antonio se agachó para mirar a Noa más de cerca—. Y recuerda lo de la foto, ¿eh? Una foto en la consulta.

—Que sí, que sí…

La abuela Conchi se puso los zapatos y se acercó a pasitos pequeños, sujetando la muleta, al recibidor.

—Hija, ¿me dejas que te empuje? —le preguntó a Noa—. Así me apoyo también en tu silla. Es como un andador.

—Claro, abue. Vamos, anda, que se hace tarde.

Del otro lado de la pared les llegó la voz alta de Maricarmen, que hablaba por teléfono.

—¡No! ¡Te he dicho que no quiero que vengas a mi casa!

—decía—. ¡Desde luego que no! ¿Tú te viste el otro día, borracho como una cuba? ¿Te viste la cara, el miedo que dabas? ¡Que no vengas!

Noa se quedó parada en la puerta abierta.

—Déjala, Noa, que está hablando con el tío Rafa —dijo Antonio.

—Pero… —dijo Noa—. El tío no va a venir, ¿verdad? No va a acercarse por aquí.

—No creo. ¿Tú has visto los gritos que le está metiendo tu madre? ¡Como para atreverse! Venga, adiós. Hasta luego, mamá. Hasta luego, Noa.

—Hasta luego…

La puerta se cerró tras la silla de Noa.

—Hija —dijo la abuela Conchi, en cuanto estuvieron fuera—, tú que estás siempre con el ordenador y el móvil y esas cosas, ¿no sabrías hacerle una foto al médico y meterme dentro con un programa de esos que usan en las revistas? Así no tengo que…

—No —dijo Noa, firme—. No, abue, vamos a ir al centro de salud. Y después vamos a volver a casa juntas. No quiero que te separes de mí en ningún momento, ¿vale?

—¡Ay, hija! Pero ¿tan poco te fías de mí?

«No es eso, abue; pero, si te lo dijera… —pensó Noa—. Si te dijera que tengo miedo a que me dejes sola y me atrape un cazador, pensarías que me he vuelto loca.»

Subió calle arriba, despacio, a medias empujada por la abuela. En la cristalera de un portal, Noa vio el reflejo de ambas: parecían una bicicleta mal diseñada. En los tejados vecinos no se avistaban sombras sospechosas. Al sol, le picaba la piel por debajo de la crema protectora, en el dorso de las manos y en la nuca.

—Vamos por la otra acera, que tengo calor…

—¡Ves! ¡Si es que ya lo decía tu padre! No le haces caso y, claro…

—Bueno, pero le voy a hacer caso en lo de llevarte al médico, así compenso.

—Esta niña…

Una gaviota chillando en el cielo sobresaltó a Noa. Su silueta le había parecido una sombra del peor tipo.

—Pero no me des esos sustos, corazón, que solo era un pájaro —dijo la abuela—. Me va a reñir el médico cuando me tome la tensión, ya lo verás, va a decirme: «Señora, tiene usted una taquicardia, muy mal». Y le tendré que decir que es culpa de mi nieta, que se asusta por la calle porque le pasa un pajarito por encima.

Noa se tocó el pecho. El corazón le iba demasiado rápido a ella también. Lili estaría preocupada; buscó por las ramas de los castaños, por si en vez de campanas de flores blancas hubiera un murciélago colgando de ellas.

Nada.

Intentó calmarse.

Mientras la abuela empujaba, le envió un mensaje.

«Todo va bien, de momento —escribió—. Estamos yendo al médico. Si has notado algo raro, ha sido solo un susto, no hay cazadores por aquí.»

La respuesta llegó poco después, mientras cruzaban al lado de casas destartaladas, propiedad de una agencia inmobiliaria, y de un descampado vacío y apartado con tapias de la carretera.

«Genial, gracias por irme contando —decía Lili—. Por aquí todo bien. Bueno, no bien exactamente, pero ya me entiendes. Anca no se va a morir. Papá está cuidándola. Madre está… No sé. Triste. Furiosa. Está y punto.»

—Lo siento —dijo Noa, porque no sabía qué otra cosa decir.

—Ya, yo también —le contestó Lili—. Yo también lo siento.

No corría ni un soplido de viento. Cada paso de un vecino

por la calle era un posible ataque, un temor a alguna estaca furtiva, una repetición de la noche en el Retiro y de las sombras recortadas contra la farola.

La abuela Conchi la miró.

—¿Estás bien, hija? —dijo—. ¿Necesitas ir al baño? Tienes cara de estreñida.

—Sí, sí, no te preocupes —dijo Noa—. Es solo… El calor, los nervios de los exámenes, no sé.

—Sabes que, si me dejas irme con mis amigas, te puedes volver a casa a estudiar… —dijo la abuela, cantarina—. Y en casa hay aire acondicionado…

—¡Pero abue! Vamos a ver, ¿quién se supone que es la adulta aquí, tú o yo? ¡Que parece que eres tú la que tiene dieciséis años, por favor!

—Ay, ya me callo, ya me callo. Es que… —la abuela miró a un lado y a otro de la calle antes de seguir empujando y decirle a Noa más bajo, en confidencia—. Es que, ¿sabes? Estos últimos días he estado muy ocupada con las chicas del club. Estamos intentando echar de aquí a unos desgraciados que no hacen más que molestar. A un par de… No quiero decir palabrotas, no enfrente de ti, mi niña. Pero, vamos, gente como mi padre. ¿Te acuerdas de las fotos que te enseñé?

—Sí…

—Pues así son. Así de malos y de feos. Parece que hubieran salido del mismo siglo que mi señor padre.

—¿Muy machistas y violentos? —dijo Noa.

—Eso mismo. Queríamos ir a la armería una tarde de estas, a comprar un «flus flus» de los que te dejan ciego, para llevar uno encima cada una y poder defendernos. Finita, la de la inmobiliaria, tenía uno de su nieta y funcionaba genial, pero ya se le gastó. ¡Le acertó en los ojos a uno de esos…!

—Abue, abue, que te sube la tensión —rio Noa—. Bueno, pues vais otro día a comprarlo. ¿No ves que tienes que estar sana para poder luchar contra los malos? ¡Tienes que ir al médico!

—Ay, hija, si yo en realidad estoy sanísima. Podría andar sin muleta, si quisiera. ¡Mira!

—¡Abue! ¡Que te vas a caer! ¡Agárrate!

La abuela Conchi dio un traspié y se cogió al respaldo de la silla de Noa.

—Déjate de saltos y vamos a la clínica, que se nos va a pasar la hora —dijo Noa—. Cuanto antes lleguemos, antes te puedes ir, ¿vale? Antes te libras de mí y te vas con tus amigas.

—Ay, pareces tu padre, de verdad —resopló la abuela.

—Hombre, algo de él tendré, digo yo.

Incluso a la sombra hacía un calor sofocante; la carretera era un enorme radiador y el aire ardiendo se reflejaba en los bloques de pisos, levantando un espejismo al fondo de la carretera. El cielo se combaba en el horizonte.

—Ya llegamos, hija —dijo la abuela, señalando una bocacalle a la izquierda—. Es por ahí.

Era una clínica pequeña, de barrio, de ladrillo rojo y cristal negro. El letrero municipal, desgastado, estaba al frente de las puertas automáticas. Al cruzarlas, el aire acondicionado le cayó por la nuca y le corrió un escalofrío por la espalda empapada. Soltó un suspiro de alivio.

—¿Qué planta era…? —dijo la abuela.

—La tercera, abue, si tu médico está en la sala trescientos seis. ¿No te acuerdas? Ten, le doy yo al botón.

El LED azul del pulsador iluminaba el ascensor con más intensidad, casi, que los fluorescentes gastados del techo. Subía muy despacio.

—¡Ay! —chilló la abuela Conchi entre los pisos primero y segundo, dándose con las manos abiertas en los muslos—. ¡Ay, que se me ha olvidado!

—¿Qué? —Noa giró las ruedas para mirarla—. ¿Qué ha pasado, abue?

—Ay, ay, ay —gemía la abuela—. Pero ¡cómo puedo ser tan despistada! Ay, hija, esto ya es más que la edad, te lo digo yo, ¡me la he dejado en casa!

—¿El qué? ¿Qué te has dejado? Dime.

Conchi levantó la mirada hacia arriba, hacia los tubos de neón.

—Mi carpeta —dijo—. ¡Mi carpeta, con todas mis cosas!

—¿Qué carpeta? Espera, espera, tranquilízate. No se va a abrir antes la puerta por darle más al botón, abue, de verdad. —Noa le cogió la mano, suave y arrugada—. ¿Qué carpeta dices, y por qué es tan importante?

—El doctor me la pidió —dijo la abuela, tapándose los ojos para no mirar a Noa—. Tenía que habérsela traído a la consulta, pero ya no da tiempo a ir y volver a casa. Todo esto para nada, hija, ¡para nada!

—¿Son documentos tuyos? ¿Cosas médicas? —dijo Noa, por encima de la voz del ascensor que anunciaba «planta dos» con dulzura—. Bueno, le puedes decir que se los traes otro día…

—¡No! —dijo la abuela, apartándose de ella—. No puedo hacer eso. Me dijo que los necesitaba hoy. ¡Ay! ¿Qué voy a hacer, Dios mío?

—Pero, abue, que no es para tanto, no exageres. Mírame. No me apartes la cara; mírame, anda. Respira…

—¿Está bien esa señora? —susurró un hombre que se había subido en el segundo piso—. ¿Quieren que llame a alguien?

—No, no, no pasa nada…

—¡No estoy bien! Ay, hija, ¡no estoy nada bien! Estoy tonta, eso es lo que me pasa, que se me olvidan las cosas más importantes y no me doy ni cuenta…

—Abue, por favor, te prometo que no importa tanto

como tú dices. Seguro que otro día se puede arreglar, ¿vale? O… —Noa respiró hondo, se mordió la lengua y dijo—: O, si no, puedo ir a buscarla.

Las puertas se abrieron en la planta tercera, acompañadas de una alegre campanita.

La abuela Conchi volvió la vista hacia Noa con brusquedad y la cogió de las manos.

—¿De verdad? —dijo—. ¿Harías eso por mí?

—Esto… —Noa empujó la silla fuera del ascensor y su abuela la siguió—. Claro, abue. Pero tienes que calmarte, ¿vale? Mira, ahí está la consulta de tu doctor. ¿Quieres esperarme? Hay asientos vacíos. Si te llama antes de que yo haya vuelto, le dices que llame al siguiente, ¿quieres?

Las manos nudosas de Conchi agarraron a Noa por los hombros; la llenó de besos en la coronilla y en la frente.

—¡Ay, pero qué nieta más maravillosa tengo! ¿Ha visto usted? —le dijo a un señor que pasaba por delante de ellas, camino de la sala de espera—. ¿Ha visto lo buenísima que es mi nieta?

—Chis, calla, abue, que me vas a sonrojar —dijo Noa, con una media sonrisa—. Entonces, ¿te quedas aquí? Yo voy y vengo enseguida, ya sabes, que no he sacado estos brazos para nada…

—Gracias, corazón, gracias —decía la abuela—. Sí, sí, yo te espero. Trescientos seis, que no se te olvide, ¿vale?

—¡Espera! Abue, un momento —dijo Noa, después de llamar de nuevo al ascensor—. ¿Dónde está esa carpeta? Está en tu cuarto, ¿no? Con lo desordenado que está, no sé si sabré…

—Claro que sabrás. —Los ojos de la abuela Conchi brillaban como charcos en la lluvia—. Está en la misma cajita donde guardo mis recuerdos, en el primer cajón de mi escritorio. Y la llave está en la baldosa que se mueve, debajo del armario. ¿Recuerdas?

257

A Noa le costó un instante traer a su memoria la llave dorada que había abierto una caja de madera; cuando lo hizo, vinieron flotando detrás las fotografías, los nombres, las historias, el rostro triste de su bisabuela Antonia.

—Sí —dijo, tragando saliva—. Vale, pues voy corriendo. Bueno, no literalmente, pero ya sabes…

La abuela se sentó despacio en uno de los asientos de plástico azul, junto a la pared, apoyándose en la muleta.

—Ve a tu ritmo, hija, tampoco te hagas daño —dijo—. Pero tráemela, ¿vale? Ve y tráemela, por favor.

Las puertas del ascensor se tragaron a Noa.

Dentro, en el cubículo vacío de metal, Noa cerró los ojos, apretó los puños contra la frente y trató de invocar la doble realidad que estaba siempre ahí, más lejos de su alcance; agarrar sus propias manos con las del murciélago, deformar el universo en torno a su piel.

No pudo.

Los abrió jadeando, al mismo tiempo que el altavoz anunciaba «planta primera».

«Lili —escribió en el móvil—, necesito que vengas a ayudarme, por favor.»

«¿Estás bien? —llegó la respuesta—. ¿Te han hecho algo?»

«No, no, estoy perfectamente. Pero mi abuela se ha puesto… Bueno, no sé, se ha puesto muy rara. La cuestión es que tengo que ir y volver a casa a cogerle una cosa, pero no quiero ir sola. Te necesito, aunque solo sea para que me ayudes a convertirme en murciélago y después te vas, si tienes mucha prisa…»

«Qué tontería —dijo Lili—. ¿Cómo me iba a ir después? Te acompaño a donde haga falta. Mándame ubicación y en un momento estoy ahí.»

Esperó en la planta baja, en el recibidor, donde aún había aire acondicionado. Las ventanas, cerradas para que no entrase el calor, estaban sucias por fuera, con marcas de lluvia y polvo.

Lili la saludó a través del cristal, con su sonrisa de siempre.

—Hola —dijo Noa, abrazándola y plantándole un beso—. Menos mal que has venido. Ya estaba diciendo, pero por qué he accedido a irle a buscar eso, si sé que no debería. Es que es mi abuela y, claro…

—No te preocupes —dijo Lili, apartándole el flequillo y dejándole un besito diminuto en el centro de la frente—. Ahora vamos, volvemos y enseguida estás con tu abuela de nuevo, ¿vale? ¿Está bien? Decías que estaba…

—Sí, como atacada. Decía que necesitaba una carpeta con sus cosas que había en su habitación, que se la había pedido el médico, y se ha puesto nerviosísima. Solo he conseguido calmarla diciendo que iba yo a por ella.

—Bueno, pues vamos. ¡Adelante!

Salieron de nuevo al calor del exterior, al viento detenido en el cielo sin nubes.

—Odio el verano —resopló Noa, escondiéndose debajo del techado donde había sombra—. Venga, vamos a convertirnos en murciélago, que así al menos las alas hacen de abanico. A ver cuándo consigo hacerlo yo por mi cuenta, me cago en Dios, ¿voy a necesitar siempre ayuda?

—Oye, pues es verdad; ahora que lo dices, sí que abanican un poco. ¡Y no te preocupes! Cualquier día de estos lo logras, ya verás, que estás aguantando mucho últimamente.

Lili se escondió entre dos coches; emergió una bolita negra de membranas y pelo que la sujetó del dedo y la atrajo consigo al reflejo del universo. La gravedad se desvaneció, el mundo se hizo ligero, lejano, y Noa siguió a Lili cuesta abajo, camino de su casa. ¿Quién le habría dicho que, encima de la jardinera del tejado de enfrente, había un nido con una paloma incubando un huevo? ¿O que el descampado tapiado

259

tenía, en realidad, un precioso jardín dentro? Desde arriba, todo parecía quedarle muy, muy atrás. Nada tenía importancia. Solo el batir de las alas; el sol que no hería su lomo, pero sí sus ojos; el latido incesante que compartían Lili y ella.

Y las sombras.

Las vieron a la vez y, a la vez también, viraron en ángulo recto.

Noa y Lili se lanzaron en picado hacia la acera, hacia el chopo que había al lado de su casa, al ritmo de dos corazones descarrilando.

Lili fue la primera en recuperar su piel.

Noa no tuvo en cuenta el desnivel del césped, y Lili corrió a estabilizarle la silla y el cuerpo cuando chocó contra el suelo.

—¿Estás bien? ¿Te has hecho daño? —le preguntó.

—Sí, digo, no —jadeó Noa—. ¿Has visto eso? Dime que lo has visto.

Lili asintió.

—Cazadores —murmuró, ayudándola a rodar hacia la acera; las ruedas se enganchaban en la hierba y el barro—. Tenemos que darnos prisa. Madre está organizando el plan de reunión; voy a informarla de que hay cazadores aquí, para que lo sepan todos.

—Vale, guay —dijo Noa, limpiando las briznas que se habían quedado pegadas a los aros de las ruedas—. Y ahora... ¿Cómo entramos en casa? Si nos ven mis padres, harán preguntas. Sobre todo, preguntarán por qué hemos dejado a la abuela ahí sin vigilarla. Ya veo a mi padre diciéndome: «Ay, Noa, seguro que era solo una excusa para irse con sus amigas y tú te la has tragado...».

—Cuidado, que hay matarratas ahí —dijo Lili—. Bueno, en cualquier caso, vamos a llevarle eso lo más deprisa posible para volver. ¡Mira, la ventana está abierta!

El olor del polvo venenoso le quemó el hocico a Noa

cuando se volvió a transformar en murciélago. Recuperó su forma humana dentro de su cuarto, tosiendo dentro de la manga de su camisa para ahogar el ruido.

—Qué asco —murmuró, frotándose los ojos llorosos—. Debería limpiar el matarratas un día de estos…

—Bueno, si todo sale bien, el viernes será el último día que estés en esta casa —dijo Lili—. Y esa no es la prioridad, sino encontrar la carpeta de tu abuela. Vale, ¿dónde está?

—Aquí, en su cuarto…

En el salón, a lo lejos, se oía hablar a sus padres; Noa escuchó el nombre de su tío Rafael, pero no logró descifrar nada más.

Apoyó el oído contra la pared.

—Calla, que escucho algo —dijo—. Tú ve buscando… Es en ese escritorio, el de color oscuro. El primer cajón.

—¿El primero empezando por arriba, o por abajo?

—¡Chis!

Al otro lado había pasos, y se le tensó el cuerpo.

—Vale, vale —decía Antonio—. Yo se lo digo, aunque sabes que a mí no me gusta pelearme con nadie…

—¡No es pelearse! Es dejarle las cosas claras, nada más. Y entre que yo soy su hermana, y que ese hombre antes se tiraría por un barranco que hacer caso a una mujer, lo llevo crudo. Si lo estás viendo.

—Ya… Es verdad. ¿Y viene ahora?

—Sí. Me lo acaba de decir. Que quiere pedirle perdón a Noa, dice. Menos mal que no está en casa, que, si no, a lo mejor acaba atropellado.

Antonio y Maricarmen compartieron una risilla.

Los pies pasaron de largo del cuarto de la abuela Conchi.

Noa se giró hacia Lili, que estaba rebuscando en el cajón que no era.

—Es el otro, el de arriba —dijo—. Trae, que tenemos que darnos prisa, ahora sí que sí.

261

—¿Por? ¿Nos han oído? —dijo Lili, sacando la cabeza del escritorio, con un pañuelo de ganchillo enganchado a los rizos—. Uy, se me ha quedado pegado esto aquí…

—No. Peor. Viene mi tío.

Lili apretó los labios.

—Voy a vigilar por la ventana —dijo—. En cuanto tengas la caja, dímelo y salimos volando otra vez, ¿vale?

—Vale, y coge la llave. Me dijo que estaba debajo de una baldosa suelta… —Noa señaló la esquina del cuarto—. Creo que era por ahí, al lado del armario, pero no me acuerdo bien. Es dorada y pequeña. La llave, digo, no la baldosa.

Noa se estiró en la silla para alcanzar mejor el cajón. La piel de las manos, irritada del sol, le escocía contra telas de encaje y jerséis de lana que picaban. Y la caja de madera estaba ahí dentro, ancha y achaparrada, pulida por los años y el roce, con el cerrojo brillante y las vetas formando ríos nudosos en la tapa.

La sacó de entre las bolitas de alcanfor y las telas, y se la posó en las rodillas. La agitó; los papeles y las fotografías de dentro respondieron con su ruido.

—¡Aquí está! —dijo Lili, agachada en el suelo; había corrido la pata del armario y debajo estaba la baldosa levantada.

Sostenía la llave en la mano como una atleta con su medalla.

—¡Genial! —dijo Noa—. Vamos a abrirla. A ver, métela ahí…

—Esto se encaja…

—Hombre, pues claro que encaja. Esa es su cerradura, ¿no?

Lili levantó las cejas.

—No, si quería decir que encaja, en el sentido de que… —Agitó la mano de un lado a otro. La llave no se movió—. Que se ha quedado encajada, vamos.

—No puede ser —resopló Noa—. Mierda. Déjame probar.

Sonó el timbre en la puerta de la calle. Las voces apagadas de sus padres dieron paso a la de su tío Rafael, pringosa incluso en la lejanía.

—Ay, no, que ese es mi tío —dijo Noa, intentando con más fuerza que el cierre se desatascara—. Joder, joder, joder…

—¡Cuidado! No tires tan fuerte, que la vas a…

Un crac le sonó en la mano.

—Romper —dijo Noa, con media llave entre los dedos—. No me digas.

Lili corrió hacia la ventana.

—Ven, vámonos, que va a venir enseguida —dijo—. Coge la caja entera y ya está, se la llevamos así y punto. Que la abra el médico, si hace falta. ¡Pero vamos! ¡Tu tío nos va a oler en cualquier momento!

—Es verdad —dijo Noa. Tenía la garganta seca—. ¿Y la puedo llevar transformada?

—Bueno, no te cabe en los bolsillos, pero… ¡Métetela debajo de la camisa! Si la sujetas ahí, es casi como si fuera parte de tu cuerpo. Para cosas así, no muy grandes, funciona. ¡Venga, dame la mano!

Lili abrió la ventana de un golpe seco. Una nubecilla de polvos matarratas entró en el cuarto y Noa aguantó el aliento mientras el universo se deformaba en las yemas de sus dedos, de los segundos dedos que eran un reflejo de los suyos, y el mundo se hacía muy grande o ella muy pequeña.

Le ardió su garganta de murciélago, su hocico sensible, sus ojos medio ciegos, pero voló detrás de Lili por la abertura del cristal. El aire quieto y caliente del exterior las recibió como un manotazo en la cara.

Noa sintió que la realidad se desvanecía un instante.

Trató de respirar. De seguir a Lili. Su silueta era una campana que le marcaba el camino en el cielo.

263

Pero estaba perdiendo altura.

Chilló con todas las fuerzas que le quedaban y Lili se dio la vuelta en mitad del viento; con una mirada supo, tuvo que saber, que Noa estaba flaqueando. Su corazón, atado al suyo, bombeaba sangre a un compás desajustado.

Bajaron hasta la sombra detrás de un árbol y, cuando Noa recuperó su cuerpo humano, Lili estuvo ahí para agarrarla al caer en sus brazos. La silla rodó unos metros más allá.

—Ha sido demasiado para ti, ¿no? —le dijo, dejándola en el asiento—. Bueno, poco a poco. Lo has hecho genial. Mira, ¡nos hemos alejado bastante de tu casa!

Los toldos de colores de su bloque relucían al fondo de la calle.

—Sí —jadeó Noa—. Es verdad… ¿Tú crees que le hemos despistado?

—¿A tu tío? Probablemente. Ahora no estoy viendo sombras por los tejados. Hay que aprovechar; vamos a llevarle deprisa eso a tu abuela y, después, nos vamos a mi casa.

—Pero… —Noa agarró la caja que se le escurría por debajo de la camisa—. Pero tenía que estar en casa hoy para estudiar. Ahí estaría a salvo…

—Noa, que acababa de entrar tu tío cuando nos fuimos —dijo Lili—. Que ya no es un sitio seguro. ¿No lo ves?

Noa tragó saliva. Sabía a matarratas.

—Ya… —dijo—. Joder. ¿Y qué hacemos?

—Pues nos reunimos todos en casa para saberlo. Creo que ha llegado el momento —dijo Lili; miró al horizonte empañado de humo gris—. El momento de atacar nosotros, antes de que lo vuelvan a hacer ellos.

Noa no supo responder. Le sudaba la espalda, le sudaban los costados, le sudaban las manos sobre la madera pulida de la caja de su abuela.

—Venga, ¿te empujo, o puedes tú sola?

—No, puedo, puedo. Estoy bien.

Volvieron a trazar el camino hacia el centro de salud. El sol estaba más bajo, pero igual de fuerte; le quemaba los tobillos y le hacía polvo los dedos.

—Oye, mira, que sí —resopló al final—. Empújame un poco, anda. Aunque sea para subir esta cuesta…

Noa se giró.

—¿Me estás oyendo, Lili? —dijo—. Que si me puedes empujar…

Lili tenía la vista fija en el teléfono móvil. Cuando miró a Noa, tenía los ojos muy abiertos y el corazón le rebotaba en el pecho.

—Tenemos que irnos —musitó Lili.

—¿Qué? ¿Qué ha pasado? Pero mi abuela…

—Está Madre avisando a todos de que nos reunamos en casa —siguió diciendo Lili—. Teníamos que contestar para demostrar que estábamos bien, ¿vale? Ese era el plan.

—Sí, ¿y qué pasa?

—Que alguien no ha contestado. —A Lili le temblaban los dedos y la boca al hablar—. Pues claro que no había cazadores. Pues claro que se han marchado las sombras que vimos ahí arriba, en los tejados. Ahora lo entiendo.

—¿Qué entiendes? Lili, explícamelo, por favor. Yo no entiendo nada…

La cara de Lili estaba, de pronto, muy cerca de la de Noa, casi pegada. Rodó hacia atrás por instinto.

—Que Daniel aún no ha contestado al aviso —dijo Lili—. Que estaba de guardia en tu zona. Que está en peligro. Que no podemos quedarnos aquí.

—¡Espera! ¡Espera, Lili!

No esperó; se transformó en la forma del aire, en el reflejo volador de su cuerpo, y la agarró del dedo con sus garras diminutas.

—¡Espera! ¿Y mi abuela? ¡Está esperando la caja! ¡Y mis padres están en casa con mi tío, no van a saber que está…!

La realidad retembló al final de su brazo y Noa lo sintió desdoblarse, sintió el tirón del murciélago que guardaba dentro. En los ojos de Lili, Noa leyó un ruego.

Se dejó llevar.

El mundo pasó a ser siluetas de luz, colores sin nombre, y Noa despegó hacia el cielo.

En otro cuerpo, en otro doblez de sí misma, todavía tenía la caja de madera pegada al vientre, agarrada con las manos por debajo de la camisa para que no se cayera, mientras aleteaba todo lo rápido que podía para seguir a Lili.

Trazaron caminos en el aire caliente, esquivando grúas amarillas, postes de farolas apagadas, esquinas de cemento con carteles de «se alquila»; dejaron atrás una bandada de palomas y un jilguero en una jaula colgando del clavo de un balcón. Las hojas de los árboles sonaban a su paso como el viento.

266   Lili le hacía señales, le indicaba por dónde ir con el meneo de sus alas.

Se colgó de una antena de teléfono y recuperó su forma.

Noa la imitó, en el tejado recto, y sintió que el sol le quemaba la piel en cuanto el reflejo volvió a ser la realidad.

—¿Qué haces? —le gritó con la garganta vacía, por encima del ruido de un martillo neumático en una obra cercana—. ¿Por qué nos hemos parado?

—¡Tenemos que dar la vuelta! —chilló Lili de vuelta—. ¡Ya no vamos a mi casa!

—Ah, ¿no? ¿Y adónde vamos? ¿Y por qué estamos aquí a pleno sol…?

—¡Vamos a salvar a Daniel!

Lili giró sobre sí misma y desapareció de nuevo.

Agarró a Noa y se la llevó consigo.

Volaron, volaron más, volaron por el camino que ya habían volado, regresando atrás; volaron hasta que Noa pensó que se le iban a caer las alas al suelo y el corazón al cielo;

volaron hasta que vieron, desde arriba, figuras —sombras— feroces atacar a un cuerpo tumbado en la hierba de un parque escondido entre las tapias de un descampado.

Y ese cuerpo tumbado, inerte, con una estaca sobresaliendo del lado izquierdo del pecho, era Daniel Drăgulescu.

22

La arena a su alrededor estaba empapada de un rojo tan oscuro que parecía negro.

Eso fue lo segundo que notó.

Lo primero que notó fue su cara.

No la cara de Daniel Drăgulescu, no. Esa la recordaba muy bien, esa cara redonda y chata que siempre parecía guardar una sonrisa, incluso tendida contra el suelo.

No; la cara que Noa vio, la que se le atascó en los ojos y que no pudo borrarse por mucho que parpadeó, fue la cara de una sombra.

La sombra se cernía sobre el cuerpo desmadejado de Daniel, acompañada de otras, y enarbolaba en la mano una estaca de madera. La conocía, aunque intentase negarlo. Aunque nunca le hubiera visto aquella expresión de rabia y odio, de enseñar los dientes, de escupir el miedo. Aquella expresión, no cabía definirla de otra manera, de cazar vampiros.

La muleta estaba tirada en la tierra sangrienta.

Andaba con las dos piernas.

Tenía el moño medio deshecho, con pelos grises cayéndole por la frente, y el brazo en alto.

La abuela Conchi le clavó una vez más la estaca a Daniel en el pecho.

Noa gritó y la gravedad regresó al universo, estampándola contra el suelo de gravilla y hierba. Se le clavaron las piedrecillas en la carne. La silla se escurrió lejos. La caja de madera chocó contra el tronco de un árbol y se abrió cuando la tapa se desprendió de los goznes.

—¡Eh! ¡Ahí hay alguien! —gritó otra de las sombras. A la luz del sol, sus rizos blancos teñidos de malva le enmarcaban la cara arrugada. Y otra mujer mayor más. Todas las sombras se volvieron hacia ella y ya no eran sombras, eran nombres que le caían en la lengua como gotas de lluvia. Finita. Nines. La nuera de una. El nieto de otra. Los ojos que se enfocaban en Noa no eran los de unas sombras sin rostro, sino de las amigas de su abuela.

Su tío Rafael no estaba allí.

—¡Cogedla! ¡Que no se vaya! —chilló una—. ¡A esa la conozco yo, que estuve en la batida de la otra noche, en el Retiro! ¡Es la que se nos escapó!

—¡Es verdad, es verdad!

Noa se intentó incorporar en el suelo, empujándose con las manos para alzar el torso, pinchándose en las palmas los granos de arena. La silla estaba demasiado lejos, volcada boca abajo, y la caja de madera se había partido en dos mitades.

Habían volado fuera papeles, cartas, fotos, y solo quedaba dentro una carpeta. Estaba la foto de la bisabuela Antonia; estaba Conchi de joven; estaba otra foto de su abuela, sentada al lado del cuerpo de su padre, con una estaca clavada en el pecho.

Cogió la última fotografía y se la guardó en el bolsillo. Vomitó.

—¡Cuidado! ¡Hay otro! —chillaba uno de los cazadores—. ¡Ahí, ahí! ¡Está en el árbol!

—¡Primero a por la del suelo! ¡Organización! —pedía otro, a gritos—. ¡Conchi, necesitamos organización! ¡Dinos qué hacemos, no te quedes ahí parada! ¡Concepción!

Noa escupió los restos de bilis que se le habían pegado a la boca y levantó la cabeza.

270

Los ojos de su abuela, con su pátina azul, la estaban mirando directamente. Estaba tan paralizada como ella.

—¡Concepción, dinos qué hacer!

—¡El murciélago, el murciélago! ¡Que viene!

Todos tenían estacas. A aquella distancia, parecían mucho más puntiagudas. Lili pasaba volando entre las manos abiertas y los puños cerrados, chillando con fuerza, rasgando pelos y pieles con sus garras diminutas, y los cazadores enfurecían.

La sangre que empapaba el suelo le manchaba a Noa las mangas de la camisa.

Su abuela era una estatua al odio y a la mentira.

No sabía si Daniel respiraba.

Otra arcada.

—¡Cogedlo! ¡Cógelo, imbécil, si lo tienes ahí mismo!

—¡Es que me va a morder!

—¡Gabriel, quítate la camiseta y tírasela por encima!

La algarabía de gritos, el olor a sangre y hierro, las cataratas en los ojos de su abuela.

Sus manos, contra la arena, perdieron toda la forma. Diez dedos se hicieron veinte, diez de verdad, diez reflejados; la boca le sabía a sal, a mocos, a náuseas, a su última comida; la realidad se distorsionaba sola, sin necesidad de que ella la rompiera en pedazos.

—¡Ya lo tengo! ¡Lo tengo!

En un fardo de tela azul, en las manos de un hombre con el torso desnudo, se revolvía una maraña de alas y garras que no dejaba de chillar.

—¡Lili! —gritó Noa.

Se lanzó hacia delante, pero solo consiguió dar con la mandíbula en la arena. Se atravesó con los dientes el labio inferior. Se le llenaron las encías de sangre.

Alguien la agarró del pelo, desde atrás, y no podía girarse a ver quién era.

Lo único que sabía —porque seguía ahí enfrente, helada como un carámbano con la boca abierta— era que no había sido su abuela.

—¡Ya tenemos a los dos! A ver, ahora, cuidado con el bicho, que no se mueva de ahí…

—¿Y si la llevamos al trastero de Nines?

—No, yo creo que deberíamos matarla aquí y dejarnos de tonterías.

—Pero esta parece inofensiva, está medio inválida; a lo mejor, así, conseguimos que salgan los demás de su escondite…

—¡Oye, Concha, que qué hacemos con esta!

La realidad se borró con el último grito.

La arena se hizo cristal.

La sangre se quedó pegada a sus alas y a su hocico cuando Noa alzó el vuelo.

—¡Mierda! ¡Cogedla, cogedla! ¡Se ha transformado en murciélago!

No tenía patas traseras para arañarles la cara como había hecho Lili, pero sí podía volar a sus rostros, clavar los pulgares afilados en la carne de las mejillas, morder las manos que intentaban agarrarla.

—¡Que te ha mordido! —gritaba una, señalando el dedo de su compañero—. ¡Dios mío, te ha mordido!

—¡No me ha mordido, me ha dado con las zarpas!

—¡Que sí te ha mordido! ¡Mira, mira, hay dos marcas de dientes!

—¡No es verdad!

La bolsa azul cayó al suelo y la figura de Lili emergió de entre los pliegues, aleteando, buscando el aire y el cielo.

—¡Se escapa! ¡Se escapa!

Volaron.

Volaron, con el alma quemándoles en la garganta, porque los murciélagos no podían llorar. Lili la adelantó en algún momento, cuando a Noa las alas le pesaron demasiado, cuando las patas recortadas le retrasaron el vuelo, pero ninguna de las dos miró atrás. Lili partía el aire frente a ella y Noa solo la seguía, la seguía sin ver más que su silueta negra sobre azul, intentando no recordar la imagen de un cuerpo tirado sobre la arena roja. Ni los ojos de su abuela.

No sabría medir el tiempo que había pasado desde que salió de casa; la ciudad entera era un reloj de sol y su arena amenazaba con enterrarla viva.

—¡Aquí! —escuchó, después de no supo cuánto—. ¡Por aquí! ¡Muy bien!

Las voces venían de un balcón enrejado de forja negra. Lili giró hacia él y Noa la siguió, dejándose caer, colándose entre dos de los barrotes. El suelo la recibió con un golpe seco y se clavó el metal de la silla entre las costillas.

—¿Estáis bien? ¡Noa! Ven, ven aquí…

Unas manos fuertes la levantaron.

Noa tragó aire y abrió los ojos.

273

—Pero ¿cuánto la has hecho volar, criatura? —dijo Constantin, que estaba ayudando a ponerla de nuevo en la silla—. Respira, respira. ¿Habéis venido volando desde su casa?

Lili se agarró a los brazos de su padre para ponerse en pie.

—No —dijo, y se echó a llorar, hundiendo la cara en su grueso vientre vendado.

Constantin estaba al frente; a pesar de la herida, sujetaba firme a Lili contra sí. Gheorghe, Vasili y Mihaela estaban algo más atrás, llevando y trayendo cosas. Al fondo, sobre la camilla, Anca se incorporaba sin llegar a sentarse.

En el centro de la sala, de pie, habló Iulia Drăgulescu.

—¿Qué ha ocurrido? —dijo, con la voz como el filo de una navaja.

Lili separó la cara, enrojecida y húmeda, del pecho de Constantin. Miró a su madre.

—Estábamos… —un sollozo le cortó la frase—. Íbamos…

—Espera un momento. Noa, ¿estás herida? —dijo Constantin, fijándose en la sangre que le manchaba la cara, las manos y los puños de la camisa—. Ven que te mire.

Noa negó con la cabeza. Lili se sorbió la nariz y sollozó más fuerte.

—Liliana, ¿qué ha ocurrido? —volvió a decir Iulia—. ¿Os han atacado? ¿Habéis conseguido contactar con Daniel?

Con los ojos hinchados como dos melocotones, Lili reventó de nuevo en llanto.

—Le han… Le han… —intentaba decir, pero hipaba con cada respiración, y cogía el aire a bocados entre arranque y arranque a llorar—. Daniel…

Noa se arañaba los dedos. La sangre seca que se le había quedado pegada en los pliegues de la piel se desprendía en pellejos.

—Respira —decía Constantin a su hija, haciendo movimientos arriba y abajo con los brazos, imitando pulmones llenándose y vaciándose de aire—. Así. Respira.

—No… No puedo… —soltaba Lili, con la voz entrecortada por el llanto—. Está…

—Está muerto —la interrumpió Noa—. Daniel está muerto.

Su voz no le sonaba suya. Debía ser otra persona la que había dicho aquello, una que estaba hablando por su boca para que Lili no tuviera que hacerlo. Los Drăgulescu escuchaban, quietos en el sitio, como si su voz hubiera sido el tiro de una pistola.

Lili volvió a desaparecer en brazos de su padre. Noa le cogió una mano que asomaba del abrazo.

—Continúa, Noa, por favor —dijo Iulia, que se había sentado y tenía la cara más blanca e indescifrable que nunca—. Por favor, cuéntanos qué ha sucedido.

—Fuimos al lugar donde nos había avisado Daniel por última vez —dijo Noa, y sus palabras seguían sonándole ajenas—. Era un descampado, cerca de mi casa, que no se veía desde la carretera. Cuando llegamos, ya era demasiado tarde: le habían atacado los cazadores. Nos vieron y se nos echaron encima. Atraparon a Lili tirándole una camiseta cuando estaba transformada, pero conseguí hacerme murciélago y mordí a uno; la soltaron y volamos hasta aquí…

Algo se le había quedado clavado, atascado en la garganta. Si lo dejaba escapar, acabaría llorando igual que Lili.

Constantin apretó contra sí a su hija; un llanto como un cañón resonó de su pecho. Los rostros descompuestos de los demás vampiros eran una galería de cuadros: de sorpresa, de ira, de terror inabarcable. Iulia Drăgulescu estaba helada, en medio, con la mirada clavada en el aire.

—Dices que mordiste a uno —dijo Gheorghe, limpiándose la cara con la palma de la mano—. No lo convertiste, ¿verdad?

Noa parpadeó.

—Le mordí en la mano, porque estaba intentando agarrarme —dijo—. Le hice una herida bastante gorda y se asustaron… ¿Se asustaron porque pensaban que iba a convertirle en vampiro?

Gheorghe asintió.

—Antes usábamos los dientes para convertir dhampires, pero desde que existen agujas intravenosas no hace falta. Hiciste bien, fue una buena táctica.

—Ah… No sé, yo no sabía eso…

Todo seguía pareciendo irreal.

Vasili, el vampiro rubio y alto como una percha de alambre, se inclinó para mirarla. Noa leía el miedo en sus ojos, en el temblor de sus labios y sus dedos larguiruchos.

—No… ¿No os habrán seguido hasta aquí? ¿Verdad que no?

—No creo. Volamos muy alto —dijo Noa—. Y se quedaron preocupados por el mordisco.

—Pero… Pero tu tío puede saber cómo localizarte, ¿no?
—insistió Vasili—. ¿Te ha visto convertida en murciélago?

—No, mi tío no, pero me vio mi… —dijo Noa, y la palabra se le encasquilló en la boca.

Lili levantó la cabeza de entre los brazos de Constantin. Tenía las mejillas sucias de churretes negros y huellas blancas donde el llanto le había limpiado la piel. Le colgaba un moco de la punta de la nariz.

Le apretó la mano. Estaba sudando.

—Su abuela —completó Lili, aunque las palabras le salieron llorosas—. Nos habíamos confundido y no era su tío el cazador. Era su abuela.

Iulia Drăgulescu suspiró despacio, profundamente, y cerró los ojos.

—Su abuela —repitió, todavía sin abrirlos—. Así que su abuela.

La cabeza de Noa había empezado a zumbar en algún momento. Todo aquello estaba sucediendo lejos, muy lejos, no podía estar ocurriendo delante de sus ojos. Había luces que bailaban en su campo de visión.

—Había… —siguió diciendo Lili, pasándose la mano por la nariz y la cara, pero solo ensuciándosela más—. Había más gente con ella, un grupo grande… Señoras mayores y también algunos jóvenes.

Noa separó su mano de la de Lili. Se la frotó contra el muslo, contra la pernera del pantalón, para limpiarse el sudor, y la metió en el bolsillo.

Sacó una foto que le presentó a Iulia. Esta abrió los ojos.

—¿Quién es este vampiro, Noa? —dijo Lili—. ¿Lo sabes? Esta es tu abuela, es verdad, aquí tendría nuestra edad… Así que lleva matando gente desde hace…

La boca de Noa se movió sola otra vez.

—Su padre —dijo—. El vampiro era su padre.

Iulia Drăgulescu asintió.

—El cuerpo de Daniel... —dijo, y la voz se le quebró un instante al decir su nombre—. ¿Sabéis si se lo han llevado? ¿Si sigue allí, donde lo dejaron?

Negando con la cabeza, Noa volvió a hablar.

—Dijeron... Dijeron algo de un trastero. Querían llevarnos ahí, creo recordar, pero no sé. Supongo que no lo habrán dejado tirado en el descampado, a la luz del día...

—Supongo que no. —Iulia entrelazó las manos y apoyó la cara en ellas—. Claro.

—Iulia... —dijo Constantin, lloroso, y alargó un brazo hacia sus hombros—. Iulia, *iubita mea*, hay otras prioridades ahora mismo...

Ella le miró.

A Noa le pareció ver un rastro de humedad en el azul casi blanco de sus ojos.

—Cierto —dijo Iulia—. Es cierto.

Dio una palmada en el aire y los rostros de los vampiros se volvieron hacia ella; todas las miradas enrojecidas e hinchadas, todas las manos cogidas unas de las otras, todos los alientos expectantes.

—Vamos a tener que luchar.

La voz de Iulia ya no estaba quebrada. Era un tambor de guerra. Era una corneta. Era el filo de una espada, el filo de sus dientes, el mismo tono de Lili cuando la salvó de morir en el Retiro.

Con los dedos de Lili atados a los suyos, Noa sintió que el corazón le latía más fuerte.

El aire que respiraba le sabía a hierro, a sal, a promesas que no iba a poder cumplir.

Cuando todos gritaron un sí lloroso, la voz ronca de Noa formó parte del coro.

23

Guerra.

Guerra.

Guerra.

Así sonaban los latidos que le brotaban del pecho. Por las esquinas de la casa de Serrano se oían gritos, llantos, arengas y golpes. Los vampiros entraban y salían de los cuartos y los pasillos, cargando cajas, cerrando los puños, siguiendo órdenes que ladraba la matriarca Drăgulescu.

Ni siquiera Lili paraba quieta en su habitación. Mientras Noa la miraba desde la cama, Lili empaquetaba su ropa y sus asuntos; la metía en cajas, las cerraba con cinta aislante y las bajaba por las escaleras. Las estanterías se vaciaban, dejando una capa de polvo en las baldas con la silueta de los libros.

Nadie paraba de moverse, y era evidente por qué; cuando Lili se había apoyado en la caja a descansar, había tardado unos diez segundos en taparse la cara con los brazos para esconder las lágrimas.

Noa no había llorado.

Estaba quieta, tumbada en la cama de Lili, perdiendo la mirada en el techo alto.

Cuando Lili le quitó el cobertor de estrellas a la ropa de cama, el edredón se quedó blanco, traslúcido, y se veían al trasluz las plumas de ave. Una sobresalía del borde y tiró de ella con las uñas para sacarla.

—Lili —dijo Noa, cuando ya no quedó nada en el cuarto que guardar—. Lili, ¿me oyes?

Ella tardó unos instantes en levantar la cabeza. La miró con los ojos vacíos.

—¿Qué? —dijo Lili.

—¿Vienes a la cama? Ya es tarde. Mañana puedes seguir, ¿no?

Lili fijó la vista en sus manos.

—No —dijo—. No, mañana no va a ser un día para hacer esto. Tenemos que hacerlo hoy.

—Pero estás agotada —dijo Noa—. Si pudiera ayudarte, lo haría, ya lo sabes…

—No pasa nada. No te preocupes. Duérmete tú, si tienes sueño.

Noa apoyó la cabeza en la almohada.

—No sé… No, no tengo sueño. O sí, pero no creo que pueda dormirme así… Después de lo de hoy…

—Ya. —Lili cogió otra caja entre las manos que casi la tapaba entera; solo le sobresalían los ojos, cercados de rojo, por detrás del cartón—. Yo tampoco.

Bajó todas las cajas, una a una. Por el pasillo pasaba Gheorghe, con su barbita de chivo aplastada contra el paquete que cargaba, a paso lento; Vasili llevaba una caja bajo el brazo izquierdo y, bajo el derecho, otra marcada con el nombre de Daniel.

Apartó la mirada al verlo.

Aquel no era su cuarto ni aquella era su cama, pero tampoco eran de Lili; sin sus cosas, sin sus estrellas, la habitación blanca y vacía ya no pertenecía a nadie. Era tan intrusa en aquel dormitorio como lo era en el duelo de la familia Drăgulescu.

Lili volvió y se sentó al borde de la cama, con las piernas colgando.

Noa le acarició el brazo con la pluma que había sacado del edredón.

—Lili —dijo, en voz baja—, ¿qué va a pasar mañana exactamente? ¿Qué vamos a hacer?

Tras un silencio que le hizo temer que no hubiera respuesta al otro lado, Lili contestó:

—Vamos a luchar —dijo—. Pero tú no. Tú no estás en condiciones de luchar, me lo ha dicho Madre. Necesitamos que todos podamos correr, volar y saltar, empuñar un arma...

—¿Entonces? —dijo Noa—. ¿Yo qué hago? ¿Me quedo aquí tumbada, o qué?

Lili negó con la cabeza.

—Hay más gente que no puede pelear. Como Anca y mi padre. Os llevará él a las dos, a Galicia, y allí estaréis a salvo. Iréis preparando el terreno para cuando lleguemos los demás.

—¿Qué? ¿Quieres que me vaya a Galicia mientras tú estás aquí luchando contra los cazadores? ¿Luchando contra...? Contra...

—Contra tu abuela, sí —terminó de decir Lili—. También es por eso, creo... No quieren que tengas que enfrentarte tú a ella.

A Noa se le había quedado la boca seca. Tragó saliva varias veces antes de hablar.

—Pero... Pero... —dijo—. ¿Qué vais a hacer? ¿Vais a ir todos a por los cazadores? ¿A matarlos? ¿Y si os pasa algo? ¿Y si ganan ellos?

—Juntos somos más fuertes —dijo Lili, con el tono de una cantinela aprendida de memoria—. Aunque puedan con uno, no pueden con todos. Cuantos más seamos, más posibilidades tenemos de vencer.

—No —dijo Noa, cogiéndole la mano entre las suyas—. No, no, no puedes estar hablando en serio. ¡Eso significa que yo no debería irme! ¡Ni Constantin, ni Anca! Cuantos más seamos... ¿no? ¡Y además! ¿Qué es eso de «aunque puedan con uno»? ¡Ya han podido con uno! ¡Han matado a Daniel! ¡Pueden volverlo a hacer!

281

—Sí, pero no a todos —dijo Lili, sin dejar de darle la espalda a Noa, y con un temblor en la voz que solo ahora percibía—. Por eso también os vais. Para que no os hagan nada. Irán a por el más débil.

Noa se incorporó sobre los codos, apoyándolos en el colchón casi desnudo.

—Lili, mírame —dijo—. Mírame.

Lo hizo.

—¿Qué?

—¿Quién es el más débil, Lili?

Lili abrió la boca, pero se quedó callada.

—Eres tú, ¿verdad? —dijo Noa—. Si me voy yo y también se van Anca y Constantin porque están heridos, la más joven eres tú. Irán a por ti. ¿Verdad, o no?

—¡No! —dijo Lili—. ¡Yo soy la que mejor vuela! ¡Casi tan bien como Madre! No dejaré que me cojan.

282

—Lili, que te cogieron esta tarde —dijo Noa, apretando los dientes al recordarla dentro de la tela arrugada de la camiseta—. No me jodas, anda.

—¿Y por qué crees que me cogieron? —saltó Lili, y se puso en pie para mirarla desde arriba—. ¿Por qué crees que me estaba dejando coger? ¿Eh? ¿Se te ha ocurrido pensarlo?

—Lili…

—¡No, nada de «Lili»! ¡Era para que no te pillasen a ti! ¡Para darte tiempo! ¡A ver si te enteras, Noa, de que no pienso dejar que te hagan daño los cazadores, sea tu abuela o sea quien sea! Y si te tienes que ir a Galicia con Padre y con Anca para estar a salvo… ¡pues, por mí, perfecto!

Noa se agarró al edredón y le clavó los dedos.

—¡Pero es que yo tampoco quiero que te hagan daño! —dijo—. ¡Joder, Lili, no te pongas tú por delante de mí! ¡No eres menos importante!

A Lili le temblaba el labio inferior, surcado de pecas, cuando habló.

—Pues estamos apañadas —dijo.

—Pues sí.

El móvil de Noa se iluminó con la décimo tercera llamada entrante de su madre. No lo cogió, ni tampoco colgó. Lo metió debajo de la almohada para no verlo.

—¿No prefieres apagarlo? —dijo Lili—. Así no te llegan las notificaciones…

—Llegarán igual cuando lo encienda —suspiró Noa—. Da igual. Tenía que ocurrir, tarde o temprano, ¿no?

—¿Y cuando vean que mañana no has ido a clase? ¿Al examen?

—Pues yo qué sé. Llamarán a la policía o algo. Y déjame de exámenes, que se supone que tú tendrías que estar estudiando para el examen de fin de grado superior. Lo que no puedo hacer es responder y decirles, oye mira, mamá, que es que la abuela ha resultado ser una cazadora de vampiros y tengo que huir de casa para que no me mate. Lo siento, pero no he podido hacerle la foto en la consulta del médico, estaba demasiado ocupada escapando y tratando de que no me clavase una estaca en la garganta.

Aquello que le había cruzado por la boca a Lili parecía una sonrisa. Una diminuta y triste, pero una, al fin y al cabo.

—Escapaste muy bien —dijo, volviendo a sentarse a su lado—. Conseguiste transformarte tú sola en murciélago.

—Lo sé —dijo Noa, y la cogió de la mano—. Aunque no tengo ni idea de cómo lo hice. Lo he vuelto a intentar ahora, hace un rato, pero no lo he conseguido…

—Bueno, tú date tiempo —dijo Lili—. Seguro que en Galicia podrás practicar muy bien.

Noa la miró un rato.

—Sí —dijo, al fin—. Seguro.

Los pantalones de chándal estaban tirados sobre la silla. Noa solo llevaba puesta la camiseta con la que había pasado el día entero, pero se pasó una mano por el flequillo para secarse el sudor.

—No puedo abrir las ventanas, lo siento —dijo Lili, al verlo—. Madre ha dicho que las cerremos todas, por si acaso están rondando, que no nos huelan desde fuera.

—Da igual —dijo Noa, y se abanicó con el edredón—. Si, total, mañana estaremos en Galicia, ¿no? Allí hace fresquito.

Lili se metió dentro de la cama, al lado de Noa, y se quitó la ropa debajo del edredón, dándole la espalda. Su piel le rozó a Noa el brazo y le erizó el vello; estaba fría. Sudando, también, como ella, pero fría.

—Estaréis en Galicia, sí —dijo Lili, al terminar de desvestirse y taparse hasta el cuello—. Allí estaréis bien.

—He dicho estaremos —repitió Noa—. Todos. Porque lucharéis contra ellos, sí, pero luego vendréis. Es la idea, ¿verdad?

—Es la idea —dijo Lili.

No la miraba a los ojos. Se ovillaba de espaldas a ella, cogiéndose de las rodillas. Noa le tocó el hombro.

—Oye…

—No quiero hablar —dijo Lili, con la voz húmeda—. Si me vas a preguntar más sobre mañana, no quiero hablar.

—Vale, está bien. No hablemos sobre mañana. Pero yo tampoco quiero hablar acerca de hoy —dijo Noa, intentando apartar recuerdos como quien aparta zarzas al cruzar un bosque—. Tendremos que encontrar un tema de conversación distinto.

—O algo que no sea una conversación —dijo Lili.

Se volvió hacia Noa.

Tenía los ojos rojos de llorar, tan rojos, que el azul de sus iris casi parecía verde. Tenía la mirada fija en ella. Tenía las mejillas llenas de fuego y los labios entreabiertos.

—Lili…

No terminó la frase. Se cortó en su boca, en el beso que le

arrancaba el aire y los pensamientos al mismo tiempo, que le pintaba dentro de los párpados las estrellas del edredón y de la puerta del cuarto.

Lili se levantó a cerrarla y se volvió a tirar en la cama, en los brazos de Noa, buscando con las manos y con los dientes un doblez en el mundo, un lugar donde ellas no fueran ellas y aquel día no hubiera ocurrido.

Un escalofrío le arañó la columna vertebral a Noa, y se le alzó cada centímetro de piel de su cuerpo en carne de gallina, cada brizna de vello en respuesta a las yemas de los dedos de Lili. Ya no estaban frías; estaban ardiendo. O quizás ardía ella, como un reflejo del pánico y del deseo que se le echaba encima.

Lili separó sus labios de ella un instante, jadeando, y la miró desde arriba.

Podía contarle las pecas. Podía unírselas con líneas como constelaciones, y las dibujó con una caricia del pulgar.

—¿Has hecho esto antes? —dijo entonces Lili, y el rubor le manchó la cara entera—. ¿Alguna vez has…?

Noa tardó un momento en entender lo que estaba preguntando.

—Esto… Sí —dijo, notando que el corazón se le embalaba en caída libre; si era el suyo o el de Lili, o ambos a la vez, no sabría distinguirlo. Trató de mantener el tono de voz sereno—. ¿Y tú?

Los rizos pelirrojos, enredados, brincaron de un lado a otro cuando Lili negó con la cabeza. Escondió los nervios en los labios de Noa, en su cuello, en el camino que trazaba por su pecho.

—Espera —dijo Noa, cuando el latido se le hizo un martilleo en los oídos, apartando las manos de la espalda pecosa de Lili—. Espera, espera un momento.

Lili levantó la cara.

—¿Qué pasa? —dijo, con ese temblor húmedo en la voz

285

que llevaba teniendo desde aquella tarde—. ¿No lo estoy…? ¿No lo estoy haciendo bien?

Noa suspiró.

—No es eso. Es que… —se apoyó sobre sus codos y le dio un beso pequeño, suave, sobre las pecas del labio—. Prefiero no hacer esto. No creo que sea… No sé.

A Lili se le escapó una risa nerviosa y una lágrima mejilla abajo.

—Yo tampoco sé —dijo, y le temblaron aún más las palabras, a punto de desencadenar una avalancha—. Pero yo qué sé, se supone que es lo que hay que hacer, ¿no? Por si acaso… Por si acaso mañana no nos volvemos a ver.

Se le empañó la vista y la garganta.

Abrazó a Lili con sus últimas fuerzas antes de derrumbarse; la atrajo hacia abajo, besándole la frente y la cabeza y el pelo, y mojando de llanto todo aquello que besaba. Su camiseta era un charco bajo los ojos de Lili.

No hacía falta que dijera «no quiero perderte», ni «prométeme que vas a estar a salvo mañana», ni «ya verás cómo nos volvemos a ver». No hacía falta, porque ya se lo decía con cada beso, pero tampoco podía decírselo; lo único que le salía por la boca eran rasgones de voz, hipidos hechos pedazos mezclados con las lágrimas. Noa empezó a llorar aquella noche y no terminó de hacerlo hasta quedarse dormida en la misma postura, en el mismo abrazo, sujetando a Lili como si pudiera evitar que la alarma sonase a las ocho de la mañana siguiente y las separase.

Y sonó entonces.

—Me tengo que ir —dijo Lili, empujándola—. Suéltame, que no puedo.

—No te vayas. Por favor.

—Pero es que me hago pis… Ay, no, no, no me aprietes en la barriga, que es peor.

Noa la soltó y la vio levantarse para ir al baño, un bulto

de piel blanca y una maraña cobriza en los hombros. Tenía toda la espalda cubierta de pecas; parecía que, al nacer, la hubieran envuelto en aquella manta con estampado de estrellas y se hubiera quedado así para siempre.

Cuando Lili la cogió de las manos para levantarla, Noa se quedó quieta, sin hacer fuerza, mirándola.

—Oye, pero pon un poco de tu parte —decía Lili, empujándola hacia el borde del colchón.

Noa solo la miraba.

Se le había quedado una pluma del edredón enredada en un rizo; alargó la mano y se la quitó.

—Te quiero —dijo Noa—. ¿Lo sabías?

Llevaba demasiado tiempo sin ver aquella sonrisa.

—Y yo a ti —dijo Lili, zambulléndose en sus brazos—. ¡Y yo a ti, muchísimo!

La mañana llegó de verdad cuando Constantin llamó a la puerta, con una taza de café en la mano y la silueta de las vendas asomándose por debajo de su camisa de rayas.

—Venga, niñas, que se hace tarde —dijo—. ¿Todavía estáis sin vestir?

—¡Ya voy, ya voy! —decía Lili, cogiendo la ropa que había tirado por el suelo la noche anterior—. Noa, ¿te ayudo a ponerte el pantalón?

—Sí, porfa…

Casi parecía que estuvieran de verdad preparándose para ir de viaje, de vacaciones al campo, y no escondiéndose de los cazadores en la esquina más nublada del país. Casi podía imaginar que Lili vendría con ella en el coche, que cantarían a voz en grito las canciones de la radio, que comerían tantas patatas fritas que se les secarían los labios, que insistiría en mirar la pantalla del móvil y marearse, que le daría una colleja cuando viera pasar un Volkswagen «escarabajo».

Que no se iría, junto al resto de su familia, a luchar contra unos asesinos que lideraba su abuela.

Que volvería a ver a sus padres.

Que todo saldría bien.

El café sabía amargo, aunque le hubiera echado dos cucharadas de azúcar. La cocina estaba llena de personas y vacía de trastos; tras las puertas de cristal de los armarios solo veía el fondo de madera, ni un plato ni un vaso más que los que había en la mesa.

Lili mordisqueaba una manzana. Las huellas de sus dientes eran afiladas.

—Liliana, date prisa —decía Iulia, que llevaba un cuaderno en las manos—. Tenemos que reunirnos para repasar la estrategia. Ya sabes que eres un punto clave del plan.

—Sí, Madre —dijo Lili, con la boca llena, y tragó—. Ahora voy. Me despido de Noa y voy.

El coche de Constantin esperaba en la puerta, con el motor encendido. Gheorghe y Mihaela estaban metiendo a Anca en los asientos de atrás, tumbada en una camilla; Noa se les quedó mirando, callada, pensando que nunca había hablado realmente con Mihaela.

Cuando desapareció de nuevo dentro de la casa, se dio cuenta de que, a lo mejor, aquella había sido la última oportunidad que había tenido para hacerlo.

—A ver, espera… La puerta del copiloto se bajaba así —dijo Constantin, toqueteando los botones del cuadro de mandos—. ¡Ahí está!

Se abrió entera hacia un lado y desplegó una rampa; alguien había desmontado el asiento para que cupiera la silla.

—Anda, qué cómodo —dijo Noa.

El maletero abierto iba llenándose de bultos. Justo antes de que Noa preguntase si iba a caber todo aquello, Constantin lo cerró y encajó al milímetro.

—Bueno, ya estamos listos —dijo, frotándose las manos—. ¿Subes? ¿Puedes tú sola? Ah, espera, ¿y si te conviertes en murciélago y así no tienes que bajar por la acera?

Noa se quedó mirando la puerta de la casa, el portal que abrazaba la doble hoja al borde de la escalera. No se veía nada por entre los barrotes de forja negra.

—No, lo de convertirme sola aún no puedo bien del todo. Ya voy… —dijo—. Es que estaba esperando a Lili, que me había dicho que se iba a despedir.

—Creo que les ha llamado Iulia para reunirse —dijo Constantin—. No te preocupes. Estarán bien.

No la miró a los ojos al decir aquello.

Tras unos momentos más, Noa empujó su silla hasta el puesto de copiloto. Tenía una botella de agua y una bolsa de comida en el reposapiés.

—Es por si nos entra hambre —dijo Constantin—. Son seis horas de viaje. Haremos paradas, también para cambiarle las vendas a Anca y darle más analgésicos, pero hay que estar preparados. ¡Nunca se sabe!

Noa asintió, viendo cerrarse la puerta y doblarse la rampa desde dentro. Pulsó el botón para descorrer la ventanilla, pero a medio camino Constantin chasqueó la lengua.

—Lo siento, peque, pero no es buena idea ir con las ventanas bajadas. Tú piensa que pueden olernos, ¿sabes? Y, yendo tres vampiros juntos en el mismo coche, aún más. Cuando hayamos salido a la carretera, si quieres, puedes bajarlas un poco. Pero tampoco hace falta; voy a poner el aire…

Por las rejillas sopló un viento con olor a polvo.

—Gracias —dijo Noa—. No pasa nada. Así está bien.

—Abróchate el cinturón que, si no, el coche se queja. Me avisa el «chivato» para que no hagas trampas.

La puerta seguía cerrada cuando Constantin arrancó. Todos los edificios de la calle corrieron hacia atrás y Noa apoyó las manos en el cristal. Giraron la esquina y ya no hubo calle, ni casa de Serrano, ni nada más que coches apelotonándose en la Castellana y peleándose por ocupar los cuatro carriles de ancho.

Noa prefería pensar que aquel instante justo antes de girar y desaparecer, aquel instante en el que creía haber visto abrirse la puerta, había sido solo un espejismo.

—Constantin —llamó Anca desde el asiento de atrás, y añadió algo en rumano. Él le contestó en el mismo idioma, estirando el cuello para verla en el espejo retrovisor.

Noa se llevó la mano al roto de su pantalón y tiró del hilo que sobresalía. Se le veía un trocito de piel del muslo y un lunar oscuro. Arrancó el hilillo y el agujero se hizo más grande.

—¿Qué pasaba? —dijo Noa, señalando hacia Anca.

—Ah, nada, que la medicación le daba algo de náuseas y que si podía ir más despacio. Le he dicho que intente dormir.

Pasaron por delante del faro de la Moncloa, que relucía al sol, antes de tomar la carretera de La Coruña. Los chalés y los edificios de oficinas dieron paso a campos cada vez más verdes, según subían hacia la sierra.

290 La notificación brillaba en la esquina superior derecha de su móvil, una luz naranja que indicaba mensajes nuevos y lo que ya serían cientos de llamadas perdidas.

Giró la pantalla para no verla.

—Oye, una cosa, Constantin —dijo—. ¿No os preocupa que mis padres llamen a la policía por no poder encontrarme? ¿O mi abuela? Si llama diciendo que se ha perdido su nieta, tendrán que buscarme igual, ¿no?

—Si te preocupan los móviles, deshazte de ellos —dijo Constantin—. Tíralos por la ventanilla del coche. Así se quedan ahí, en la cuneta; si viene alguien a buscarlos, solo se encontrará un teléfono partido a la altura de Las Rozas. Toma, ten el mío también, si yo apenas lo uso.

Se lo sacó del bolsillo y se lo tendió.

—¿Anca no tiene? —dijo Noa, señalando hacia la vampiresa dormida del asiento trasero.

—No. Nunca le gustaron estas cosas modernas. Es mayor que yo, ¿sabías? Me saca un par de siglos o tres. Pero no lo digas muy alto, no se vaya a despertar y a enfadarse. Anda, tíralos.

Noa cogió también su móvil y agarró ambos con la mano. Bajó la ventanilla.

En su pantalla brilló otra notificación nueva.

«Te quiero —decía el principio del mensaje de Whats-App de Lili—. Nos vamos a la guerra.»

Lo desbloqueó y contestó: «Yo también te quiero. Mucho. Muchísimo». Quiso desearle suerte, poner que todo saldría bien, que la esperaba en Galicia con las manos llenas de abrazos, pero no fue capaz de escribirlo.

Cerró los ojos con fuerza y lanzó el teléfono de Constantin hacia las matas de adelfas que crecían, blancas y rosas, al lado de la carretera. El autobús interurbano que llevaban detrás pitó.

Noa subió el cristal de nuevo.

Se guardó su propio móvil de nuevo en el pantalón.

—¿Cuál es el plan de hoy? —dijo, intentando controlar la quemazón en su voz—. No el nuestro, quiero decir, sino el de los demás. ¿Qué van a hacer exactamente? ¿Cómo van a luchar contra los cazadores?

—Es un plan sencillo, en realidad. Pero Iulia espera que sea efectivo. —Constantin se llevó un dedo a la sien, con una expresión sagaz—. La idea es pillarlos por sorpresa.

—¿Cómo? Si no sabéis dónde tienen su base —dijo Noa—. No lo sé yo, y eso que su jefa es mi abuela… No tendría ni idea de dónde empezar a buscar.

—No nos hace falta. Harán que salgan ellos de su escondite. ¡Van a usar un cebo!

Noa enganchó otro hilo del roto en su pantalón entre las uñas.

—¿Cómo que un cebo?

—Uno de nosotros actuará como señuelo; les hará creer que está solo y desprevenido para que ataquen. Y, cuando

291

los cazadores aparezcan… ¡Saldrán todos los demás de sus escondites!

El sol entraba por la ventanilla y dibujaba ondas de luz en el salpicadero.

—¿Seguro? ¿Y no es muy obvio? ¿No se lo van a esperar si ven a un vampiro ahí, quieto, sin protegerse ni nada, en medio de la calle?

—No va a estar en medio de la calle. Estará en el mismo descampado en el que atacaron a Daniel —dijo Constantin, y Noa notó que el volumen de su voz se desvanecía al pronunciar aquel nombre. Dejó de hablar un instante—. Fingirá que va a buscar su cuerpo, o alguna prenda de él, algo que quedarse de recuerdo. Aunque solo sea un mechón de pelo.

Noa cogió la botella de agua y bebió hasta terminarla. Su garganta seguía rasposa.

—¿Y quién va a ser el cebo?

Constantin chasqueó la lengua.

—Esto… —dijo—. No tienes por qué preocuparte. Sea quien sea, estará a salvo. Iulia no dejará que le hagan daño.

—El cebo tendría que ser alguien que los cazadores ya conozcan, ¿no? Para que estén seguros de que es un vampiro y se lancen sin pensar —dijo Noa, con la boca cada vez más seca—. Alguien a quien crean que pueden vencer, además. Pequeño e inocente.

—Noa, no…

El cartel azul de la autopista anunciaba un desvío. Reflejaba el sol en sus ojos. Un corazón latía lejos de su pecho, mucho más deprisa que el suyo.

—El cebo es Lili, ¿verdad? —dijo Noa.

El pecho entero le tembló al suspirar.

Los coches pasaban uno tras otro, adelantando a Constantin, y el sol le daba en la barba. A la luz, era del mismo color que el pelo de Lili.

—Sí —dijo, por fin, como una bala de cañón—. Sí, es Liliana.

Noa trató de respirar hondo. De que no se le notara el movimiento de la mano.

—Voy a abrir la ventana, ¿vale? —dijo, con la voz tensa—. Que entre un poco el viento.

—Prefiero poner más fuerte el aire acondicionado, Noa, si no te importa…

El ruido de todos los motores de la A-6 entró en el vehículo. Constantin tuvo que gritar para hacerse oír.

—¡He dicho que prefiero poner el aire más fuerte! ¡Sube la ventanilla, Noa, hazme el favor!

El pitido que indicaba que el cinturón de Noa estaba desabrochado empezó a sonar.

La realidad se hizo añicos, jirones, se despellejó a su alrededor.

El hueco del copiloto del coche de Constantin estaba vacío y fuera, por la ventana, un murciélago sobrevolaba la carretera de vuelta a Madrid.

293

24

$\mathcal{A}$ la sombra de una chimenea, entre un tejado de uralita y el plato de una antena, Noa resollaba con la boca abierta hacia el cielo.

El aire frío de las nueve y media de la mañana le entumecía la espalda y las manos. El móvil le temblaba en los dedos. Los dedos le temblaban en el móvil.

El mapa del navegador no contemplaba la posibilidad de ir volando.

—Mierda, era dos calles más arriba —jadeó—. Ahora tengo que… seguir por aquí, ir hacia el norte, por encima de la Castellana… Venga, vale. Puedo hacerlo.

Noa se llevó la mano al pecho. Su corazón latía ahí abajo y, en otro lugar, el de Lili. Seguía latiendo. Seguía latiendo y eso era lo importante.

El cielo sopló otra ráfaga de viento.

Cerró los ojos y apretó las manos.

La realidad empezó a diluirse por los bordes de su cuerpo y se dejó arrastrar, repitiéndose a sí misma: «Puedo hacerlo. Puedo hacerlo».

El siguiente empujón de la corriente la arrancó del suelo.

Noa batió las alas y miró hacia abajo, a las calles saturadas de coches y de personas, tratando de conciliar aquella imagen con el mapa que acababa de ver en la pantalla del móvil.

Voló hacia el norte.

El sol, reflejado en los techos metálicos de los vehículos, le quemaba la vista. Las bocinas, los chirridos de ruedas, los motores ardiendo, se le clavaban en los oídos. La bandada de cotorras argentinas con la que se había cruzado entre los pinos le había chillado para ahuyentarla.

Pero no podía parar. Había un corazón latiendo al otro lado de la ciudad.

Y si se concentraba en eso, no tenía por qué pensar en qué, exactamente, es lo que iba a hacer cuando llegase a su lado.

El viento arreció, doblando las ramas de un plátano de sombra inmenso, encajonado entre dos torres de apartamentos. No podía luchar contra el aire; Noa se dejó llevar, rogando, pidiendo a las nubes que la movieran hacia el descampado donde la tarde anterior habían matado a Daniel.

Donde su abuela había mandado matar a Daniel.

Una arcada.

Una arcada desde su cuerpo real, no desde el reflejo del murciélago.

Tuvo que volver a parar en lo alto de un edificio. Volvió a fundirse en la realidad de su cuerpo humano. Escupió bilis amarilla que corrió tejado abajo hasta un sumidero.

Trató de no mirar las llamadas perdidas y las notificaciones que se agolpaban en la parte de arriba de su pantalla cuando sacó el móvil de nuevo. El mapa indicaba el camino, trazado en azul, por las aceras de las calles.

«Noa, por favor, estamos muy preocupados —decía el principio de un mensaje de WhatsApp del que no llegó a apartar la vista a tiempo—. Llámanos si ves esto...»

El cielo se reflejaba en los techos del río de coches y era azul también.

Carteles publicitarios que apantallaban el viento. Oficinas tapizadas de cristales negros. Grúas rojas y blancas. Logotipos de empresas en los tejados. Ramas de abetos. Farolas sin apagar. Parques infantiles. Obras que levantaban nubes de polvo y arena. La megafonía de una piscina municipal. Centros comerciales de siete plantas.

Todo pasaba por debajo de Noa, todo era una mancha, una silueta en su visión, un reflejo del sol en colores para los que no había nombre en ningún lenguaje humano.

Ya no sabía si estaba siguiendo el mapa de su cabeza o el corazón de su pecho.

Al fondo de una calle familiar, pasado el centro de salud, apareció el descampado, encuadrado entre tapias de ladrillo que lo ocultaban de la vista. Apareció el cartel de la inmobiliaria que poseía el terreno. Apareció la arena aún manchada de rojo. Aparecieron, frente a frente, los dos grupos de personas que se miraban, sin moverse, como temiendo romper el universo.

Desde el tejado cercano de un taller mecánico, Noa recobró su forma y se escondió a mirar.

Estaban tan fijados los unos en los otros que nadie había advertido su presencia. Era la única pelea inmóvil que había visto en la vida.

No; no estaban peleando.

Había un motivo para que no se estuvieran moviendo y, si afinaba el oído por encima del viento, podía oírlo.

—No le hagáis daño, por favor —decía la voz temerosa de Vasili—. Por favor, soltadla.

Llegaban risas ácidas desde el otro lado. En el medio de la fila de cazadores, varias personas retenían boca abajo a una figura tendida.

Una figura de rizos pelirrojos, con la cara aplastada contra el suelo. Había una estaca cerniéndose en manos de un cazador sobre su espalda tumbada.

El latido de Lili estaba ahí. Lili se removía en la arena, debatiéndose, intentando alzar los brazos y las piernas contra los seis o siete cazadores que la sujetaban, pero sin poder hacerlo. Una cazadora anciana de pelo malva y rizoso se adelantó y le plantó un bastón en la nuca.

La respiración de Noa era una lija en su garganta. Parecía raspar tan alto que deberían de oírla desde el parque. Recordó el nombre de aquella señora: Finita.

—Ah, ¿sí? —dijo otra voz—. ¿Y por qué deberíamos soltarla?

La voz.

La voz que nunca había escuchado así.

Siempre le había sonado amable, risueña, a veces algo traviesa, pero nunca le había escuchado aquel tono frío y desalmado. La voz de su abuela Conchi, que estaba de pie, sin muletas, plantada justo en el centro y tras el cuerpo de Lili.

—No es más que una niña —dijo Iulia Drăgulescu, al frente de los vampiros—. No ha hecho daño a nadie. Con quien tenéis la disputa es conmigo, señora.

La abuela rio. Fue una risa breve, apenas un labio alzado, una mirada de desprecio.

—Es cierto, no es más que una niña —dijo, y volvía a sonar como si se hubiera arrancado a tiras la voz de abuela—. Si sigue vuestras enseñanzas, se volverá un ser tan malvado y asesino como vosotros. Por eso os voy a ofrecer un trato…

—¿¡Que no soy más que una niña!? —chilló Lili y retorció el cuello, el cuerpo entero entre la arena, casi zafándose del bastón y las manos que la sujetaban, arañándose la cara con el suelo—. ¡Vosotros sí que sois asesinos! ¡Y malvados! ¡Nos has estado engañando todo el tiempo! ¡Soltadme, soltadme, me cago en…!

Noa se llevó las manos a la boca.

—Gabriel, por favor —dijo la abuela Conchi, calmada.

Uno de los cazadores se acercó; era el mismo que había capturado a Lili con camiseta la otra vez, recordó Noa al verle la cara. Se unió a los que la sujetaban y le plantó la cara boca abajo, apretándole la nuca con la mano, hasta que Lili no pudo más que callar o comer tierra.

—Gracias, Gabriel. Os comento, bonitos; vamos a hacer un trato —dijo la abuela Conchi, cruzándose de brazos—. Un trato que va a ser muy ventajoso para vosotros, porque así vais a evitar que os matemos a todos. Ya es cosa vuestra saber si eso os conviene o no, pero me lo vais a tener que decir ahora mismo, que tengo demasiados achaques para andarme con rodeos a estas alturas.

Desde donde estaba apostada, Noa vio asentir a Iulia. Lili seguía intentando librarse, sin éxito.

—¿Qué trato? —dijo Iulia, y casi parecía que fuera ella quien llevase las de ganar, a juzgar por su tono—. Hable.

—Su vida por la vuestra —dijo la abuela. El viento le rozó a Noa la espalda, húmeda de sudor, y le erizó el vello de todo el cuerpo—. No literalmente, claro. O, bueno, si no hay más remedio, tendrá que ser literal, pero creo que ambas somos mujeres sensatas, ¿no, Julita?

299

—Se llama Iulia, maldita vieja… —gruñó Gheorghe, pero Iulia le mandó callar con un gesto de la mano.

—¡Quia! Se llamará como yo le diga, mientras tenga aquí a su cría cogida por el cogote —dijo la abuela—. Y mira que tenéis la cara dura para llamarme vieja, ¿eh? Que las apariencias engañan, pero juraría que todos sois bastante más mayorcitos que yo. A lo que iba; la niña. Nos la vamos a quedar y vamos a enseñarle bien, para que no siga por el mal camino y se convierta en un bicharraco como vosotros.

—Pero, Conchi, ¿no sería más seguro…? —empezó a decir Gabriel, el cazador que sujetaba a Lili del cuello.

—Sí, pero esta es una oportunidad de redimirla —le cortó la abuela Conchi—. Es una niña buena que ha tenido la mala suerte de nacer en esa familia. ¿Que cómo lo sé? Porque la he tenido en mi casa, Gabriel. Esta niña venía a mi casa y la veía yo, y la tenía delante, y por el bien de mi nieta no quise hacerle daño antes. Y no voy a permitir que eso se pague con sangre, ¿me entiendes? ¿Me entendéis todos?

A Noa habían empezado a hormiguearle las manos. Se las apretó más fuerte sobre la boca, para contener los gritos y las náuseas que amenazaban con asomar.

—¿Y qué es lo que queréis de nosotros? ¿Nuestras vidas? —dijo Iulia, con la frente alzada—. No nos entregaremos sin luchar.

—Justo ese es vuestro problema —dijo la abuela—. Os ponéis a luchar, a luchar y a luchar y ya no se puede hablar con vosotros. Por eso tuve que pedirle a Gabriel que ensartara al chico aquel, el otro día; porque se negaba a escuchar y a quedarse calladito. Menos mal que ahora estáis haciendo caso, ¿eh? Esto de tener un rehén es muy cómodo. Queremos librarnos de vosotros, por supuesto, pero preferiríamos no tener que pelear más. Ya se nos va resintiendo el cuerpo, ¿sabéis?

—¡Si sois vosotros los que nos buscáis para…! —empezó a chillar Lili, pero el cazador le volvió a empujar la boca contra el polvo.

—A cambio de nuestra generosidad —siguió diciendo la abuela Conchi—, vais a hacer dos cosas. La primera y más importante es sencilla: os vais a marchar de aquí para siempre. Si volvemos a oler un solo vampiro más en esta ciudad, la niña pagará por ello, porque ella se va a quedar conmigo. Para asegurarnos de que cumplís esta primera condición, nos revelaréis vuestro escondrijo y lo abandonaréis definitivamente para iros lejos. Lejos, lejos, ¿eh? No quiero olor a vampiros cuando vaya a visitar a Carmelita a su casa de Getafe, ni nada por el estilo.

Iulia cambió de postura y Noa le vio la cara a la sombra de los castaños. Estaba considerando la oferta, pero luego miró a su hija, agarrada al suelo entre siete personas, y la culpa por haberse planteado aceptarla se le dibujó en el rostro.

—No podemos acceder a esa condición —dijo, firme—. No podemos aceptar que os llevéis a Liliana.

El cazador joven que la sujetaba soltó una risotada.

—¡Entonces nos la llevaremos igual, pero en peores condiciones! —gritó.

Lili tosió. La mano de Gabriel apretó más su nuca contra el suelo. No podía respirar.

—¡Soltadla! ¡La vais a ahogar! —dijo Vasili—. ¡Por favor!

—Es que no hay otra opción —dijo la abuela Conchi, sin apartar la mirada de Iulia—. O aceptáis, o aceptáis. ¿Os queda claro?

Iulia abrió la boca para decir algo, pero solo se oyeron las toses entrecortadas de Lili, las bocanadas de polvo que escupía, sus rodillas y sus pies rozándose con la arena.

—¡Que si os queda claro, joder! —chilló Gabriel, presionando con más fuerza.

—¡Sí, sí! —dijo Iulia al fin—. ¡Nos queda claro!

Noa nunca la había visto gritar.

El corazón, el segundo corazón que le latía ahí abajo, sobre la tierra del parque, le chillaba que hiciera algo. Que interviniera. Que saltara desde las alturas, aunque solo fuera para ser atrapada igual que Lili.

Gabriel relajó un poco el agarre. Todos respiraron.

—¿Y la segunda condición? —dijo Iulia, tratando de recomponer lo que quedaba de su voz—. ¿Cuál es la segunda?

—Ah —dijo la abuela Conchi—. Casi se me olvida, con todo este lío. Mi cabeza ya no es la de antes, ¿sabéis? Puede que tener mitad de sangre de monstruo me ayude a oleros y a atraparos, y me facilite las cosas con este estropicio de cuerpo que llevo a cuestas, pero la edad aún se me nota un poco. Por suerte.

Los pasos de la abuela levantaban arenilla entre las malas hierbas. Sin muletas, sin apoyos, Conchi caminó hasta colocarse a un palmo de distancia de Iulia. La miró desde abajo, desde su altura diminuta, sin parpadear.

Desde el tejado, Noa vio que junto a la entrada al descampado había un parking con todas las plazas ocupadas, salvo una de minusválidos.

—Quiero a mi nieta, Noa —dijo la abuela Conchi—. Quiero que me la devolváis. Y quiero que entendáis lo increíblemente generosa que estoy siendo ahora mismo; debería mataros, sí, pero no porque seáis monstruos ni por nada de eso. Por habérmela quitado y haberla convertido en un bicho como vosotros.

Con las palabras de su abuela resonándole en los oídos igual que un cascabel, Noa fijó la vista en la plaza libre de aparcamiento. Estaba pintada de azul, con un símbolo de silla de ruedas en el suelo.

La idea le cruzó por la cabeza como un calambre. Un calambre arriesgado y tremendamente estúpido.

—De nuevo, no es negociable —decía la abuela—. Si puedo enderezar a vuestra niña, sé que también podré hacerlo con mi nieta, así que quiero que me la devolváis. Donde sea que la tengáis secuestrada, me la vais a traer de vuelta y rapidito, que es gerundio.

Noa sacó el teléfono del bolsillo, cuidando de no hacer ruido, y lo desbloqueó. Las notificaciones de mensajes y llamadas perdidas se agolpaban en la pantalla; las apartó a un lado y abrió su lista de contactos.

Llamó.

Se pegó el móvil a la oreja y habló en voz baja, muy baja, el susurro más importante del mundo, el que necesitaba ante todo que creyeran.

—No la hemos secuestrado —decía Iulia, abajo, en el descampado—. Ella vino con nosotros por su propia voluntad.

—¡Mientes! —contestó la abuela—. Mientes, mujer

del demonio, ¿por qué iba mi nieta a querer volverse un monstruo?

Noa colgó la llamada.

Rodó la silla hacia atrás para tomar carrerilla.

Cerró los ojos y separó los dos corazones que latían en su pecho, el suyo y el de Lili; separó los dos cuerpos que se superponían en su piel. La realidad se desleía entre sus dedos, aún apretados en torno al móvil.

Saltó.

El murciélago cruzó el parque como un avión de papel negro, atravesando la distancia entre las dos caras; la de la abuela Conchi, arrugada y moteada de manchas, y la de Iulia, con su nariz ganchuda y sus pómulos cortantes.

Ambas mujeres dieron un paso atrás cuando entre ellas cayó, desde el cielo, una silla de ruedas con su ocupante a cuestas.

—¡Para volar! —jadeó Noa, apuntando a su abuela con un dedo tembloroso—. ¡Me quise volver un monstruo para volar! ¡Y no te han quitado nada! ¡Tú me has quitado a mi abuela! ¡Mi abuela no era una asesina!

La voz de Noa era la única en el parque.

Trató de no mirar las caras espantadas que la contemplaban, aturdidas, incapaces de reaccionar, sino solamente a Lili, que había alzado la cabeza de la tierra polvorienta. El azul del cielo se encontró con el negro del cielo y un corazón se encontró con el otro. Incluso los cazadores que la sujetaban estaban atónitos.

—Noa… —dijo alguien, intentando atraerla hacia sí, y no quiso saber de qué bando provenía.

—¡No! —chilló Noa de vuelta, aún surcando la ola de conmoción que había causado al aterrizar—. ¡No voy a escucharos ni me voy a ir con nadie! ¿Cómo podéis llamar a Iulia monstruo después de matar a su hijo? ¡Y me cago en Dios, me cago en todo, esto es lo peor que podría haber

303

pasado nunca, y no sé qué decir! ¡Se supone que aquí debería soltar un discurso heroico para que todos os calmaseis y fuerais amigos de nuevo, pero no quiero! ¡Ni quiero, ni es tan fácil como en las películas, porque yo nunca he sabido hablar en público, joder!

El silencio atónito llenó el aire, lo llenó de esa angustia en el estómago que se queda clavada a medio camino y no sube ni baja.

Lili aprovechó y, con un chillido, se zafó del agarre de los cazadores.

Se volvió murciélago.

Los gritos de la abuela, de Gabriel y de los demás rompieron el cielo, detrás de las siluetas de los vampiros que la imitaban. Iulia era un murciélago blanco, más grande que el resto, de ojos rojos, que se lanzaba sobre las canas de sus enemigos como un halcón peregrino. Las estacas volaban y se erguían en todas las manos. Los dientes sacaban sangre. La arena era una polvareda de piernas, brazos y alas chocando unas contra otras, de voces aullando, de cuerpos alrededor de los cuales la realidad se doblaba como un mal espejismo.

Y Noa estaba en medio de todo aquello, protegiéndose la cabeza, encogida en su silla, respirando tierra y con la vista clavada en la plaza de aparcamiento reservada a minusválidos.

El corazón de Lili seguía latiendo, pero Noa no era capaz de ver, entre el polvo y la sombra, si algún otro había dejado de hacerlo.

Un coche giró la calle derrapando, con un chirrido de las ruedas.

Iulia era una flecha blanca ondeando entre las manos de su abuela, que intentaba atraparla con la derecha y alzaba una estaca en la izquierda.

El coche aparcó en el hueco pintado de azul.

Las puertas se abrieron con el motor en marcha y las luces encendidas.

Los padres de Noa salieron corriendo del vehículo.

Lo primero que vieron Maricarmen y Antonio al cruzar la tapia del descampado fue a la abuela Conchi agarrando a un murciélago blanco al vuelo. Lo segundo que vieron fue al animal deslizarse entre las grietas de la realidad y convertirse en una mujer, en Iulia Drăgulescu, a quien la abuela sujetaba por el cuello de la camisa.

—¡Noa! —gritó su padre—. ¿Dónde estás? ¡Noa!

El revuelo de carne y alas membranosas se paralizó poco a poco, con el secreto descubierto.

—Pero ¿qué está pasando aquí? ¿Quién es toda esta gente? —decía su madre, atónita, desde la arena—. ¡Noa! ¡Ahí estás!

Antonio Gálvez se había quedado mirando a su madre y a Iulia, que estaban quietas, en la misma postura, con los brazos alzados para atacar.

—Pero bueno, mamá —dijo Antonio—. ¿Qué estás haciendo? ¿Qué…?

—¡Este chico está sangrando! ¡Noa, ven aquí ahora mismo! —chilló Maricarmen—. ¡Pero si es la madre de Lili! ¡Y tu madre, Antonio! ¡Están pegándose!

—Mamá, dime que estoy teniendo una alucinación —dijo el padre de Noa—. Dime que no he visto a un pájaro blanco convertirse en la señora Drăgulescu delante de mis ojos.

—No, Antonio, creo que no era un pájaro, era otra cosa… —decía Maricarmen—. Noa, ¿estás bien? ¡No, no se vayan! ¡Quieto todo el mundo ahora mismo! ¡Me van a explicar todos ustedes qué es lo que está ocurriendo aquí y qué estaban haciendo con mi hija!

—Eso, que no hemos corrido más que la policía para llegar aquí en vano, vamos a ver —dijo Antonio—. Mira, por ahí vienen ya.

305

El ruido de unas sirenas anunciaba su llegada por la calle de al lado. Era normal avisar a la policía cuando tu hija desaparecida te llamaba y decía que necesitaba ayuda. Y Noa había contado con ello.

Noa rodó por la arena, empujando la silla que se encajaba en los matojos de hierba y en los dientes de león, hasta llegar con sus padres. Ellos corrieron hacia ella. La abrazaron. La riñeron. La lloraron. La realidad parecía cubierta por un velo transparente que la separaba del mundo de los vampiros y las abuelas cazadoras, pero el velo se había roto para siempre.

—Toño, te lo puedo explicar —dijo entonces la abuela Conchi, soltando a Iulia como si le quemase, de pronto—. Estábamos… Esto era un juego, una… ¡Una obra de teatro! ¿Verdad, Julita? ¡Y todo el mundo quieto ya! ¡Angelines, suelta a ese chico, que ya hemos terminado! ¡Gabriel, ponte la camiseta!

Iulia Drăgulescu tosió y se atusó la camisa blanca, sucia de tierra y gotitas de sangre.

—No tienen por qué preocuparse —dijo, con la incomodidad patente en cada esquina de su cara—. Ya nos íbamos, ¿verdad?

—Eso, eso —dijo la abuela—. Nos vamos, antes de que llegue la policía y no…

—Mamá, no os vais a ningún sitio —dijo Antonio, muy serio—. Llevamos desde ayer por la tarde buscando a Noa y ahora resulta que tú estabas aquí con ella. ¿Y quién es toda esta gente? ¿Y por qué ese chaval de ahí está sangrando? ¿Y qué clase de obra de teatro tiene efectos especiales que me hacen ver a gente convirtiéndose en animales?

Las luces azules de los coches de policía se reflejaban en las ventanas de los edificios. Las sirenas eran atronadoras.

Noa miró a su espalda, a los Drăgulescu, todos enteros y vivos, aunque algo magullados; alguna nariz sangraba, algún brazo estaba doblado por donde no debía, algún diente afilado goteaba rojo. Lili estaba entre ellos, con los rizos deshechos y revueltos, y sus ojos se encontraron con los suyos un instante. No sabía si decían «gracias» o si decían «lo siento».

—Mi familia lamenta muchísimo lo ocurrido, señor Gálvez, señora Parra —dijo—. Y lamentamos, asimismo, no poderle explicar lo que está a punto de suceder, pero confío en que Noa sea capaz de hacerlo. ¡Nos vamos!

Dio una palmada en el aire.

Ante las miradas incrédulas de Antonio y Maricarmen, los vampiros se fundieron con el aire; el espacio que habitaban en el mundo lo ocupó una bandada de murciélagos que echó a volar sobre los tejados, uno de ellos blanco y más grande que el resto. Desaparecieron entre chimeneas y torres justo antes de que los policías se bajaran de los vehículos.

Los cazadores seguían allí, quietos detrás de su líder, de la abuela Conchi.

El mundo real había dejado de serlo y le pasaba a Noa por delante, como si le ocurriera a otra. Las preguntas del subinspector. La abuela y los demás, detenidos. Las palabras «riña tumultuaria», «secuestro», «asesinato en grado de tentativa», zumbando en sus oídos. Las huellas en la arena que habían dejado sus ruedas y los pies y la sangre de todo el mundo. El vehículo policial que no estaba adaptado para sillas de ruedas, por lo que tuvo que ir en el coche de sus padres hasta la comisaría. La furgoneta blindada que recogió a los cazadores, en la que la anciana de pelo malva tuvo que subir apoyada en su bastón. El cazador joven, intentando huir sin camiseta. La declaración ante una inspectora con la vista cansada que tecleaba despacio. El baño de minusválidos en comisaría, que estaba fuera de servicio.

Y la mirada de sus padres.

La mirada de haber visto algo que no deberían, de inten-

307

tar negárselo a sí mismos; la misma, probablemente, que ella había tenido solo unas cuantas semanas atrás, la primera vez que vio a Lili transformarse en murciélago.

Aquel día se había levantado a las ocho de la mañana, y cuando dieron las ocho de la tarde aún no habían abandonado la comisaría.

Los cazadores quedaron a disposición judicial. En la casa de una de ellos, de una tal Angelines, se había encontrado oculto en el trastero a un hombre de treinta y tantos años con una grave hemorragia; alguien le había practicado una transfusión de sangre, casi al borde de la exanguinación. La anciana dueña de la casa, la susodicha Angelines, había sido enfermera; había alegado que «no querían matarlo, que estaban cambiándole la sangre para que se volviera humano», a lo que los policías habían respondido derivándola a un profesional psiquiátrico.

308

—¿Reconocen al hombre que estaba encerrado en el trastero? —les había preguntado, a Noa y a sus padres, el subinspector de policía—. Están buscando a familiares suyos desde el hospital, pero no llevaba identificación encima.

Aquella cara redonda y afable, pálida en la inconsciencia, les era familiar a los tres.

—Sí, sé quién es —dijo Antonio—. Este era el hermano mayor de Lili, ¿no? Le vimos en aquella cena. ¿Cómo se llamaba…?

—Se llama Daniel —dijo Noa—. Daniel Drăgulescu.

—$\mathcal{N}$o os asustéis, ¿vale? —decía Noa—. Os prometo que no es malo. Solo quedaos ahí sentados y quietos, de verdad, que no va a pasar nada.

Antonio y Maricarmen se miraron de reojo el uno al otro y se cogieron de la mano.

Delante del sofá y de la mesa del comedor, ante ellos, su hija Noa les dedicaba una sonrisa nerviosa.

—Pero nos lo vas a explicar todo bien, ¿no? —dijo Antonio—. Que, después de lo de tu abuela, yo ya no…

—Que sí, Antonio, déjala que nos enseñe lo que quería enseñarnos —suspiró Maricarmen—. Anda, hazlo de una vez; es lo último que nos queda por saber. Y de lo de tu madre tenemos que hablar, eh, no se te olvide; a ver qué hace esta niña ahora con una abuela en la cárcel y un tío en la Conchinchina fugado porque el banco le ha empezado a pedir cuenta de las deudas.

—Ya, mujer, ya —dijo Antonio—. ¿Y cómo iba a saber yo que mi madre era una cazadora de vampiros? ¿Que su club de amigas era una banda callejera? ¿O es que te figuras que a mí se me había ocurrido pensarlo?

—No me figuro nada —dijo la madre de Noa—. Solamente te recuerdo que, cuando haya día de visitas en el penal, vas a tener que ir tú a discutir con ella y a hacer que entre en razón. ¿Viste las fotos esas que encontró la policía, de cuando era joven? No se la veía muy dispuesta a reinsertarse…

—Oye, hola, que estoy aquí —dijo Noa, moviendo una mano por delante de su cara—. A ver, ¿prestáis atención, o no?

—Sí, cielo, claro que sí. A ver, ¿qué nos querías mostrar?

Su hija se convirtió en murciélago y el velo entre las dos realidades terminó de romperse.

Cuando volvió a su cuerpo humano, sus padres tenían los ojos llorosos.

—Hija, Noa… —dijo Antonio—. Es que no sé qué decirte. Gracias, supongo que gracias. Por confiar en nosotros en el momento que lo hiciste.

—Toda la razón. ¡Ojalá lo hubieras hecho antes, eso es todo lo que pido!

—Pero piensa, Mari, que aunque le hemos dicho muchas veces que puede contar con nosotros, no bastaba solo con eso; teníamos que demostrárselo. ¿Ha quedado demostrado, entonces?

—¡Perfectamente!

Aún no habían terminado de abrazarse cuando sonó el timbre de la puerta.

Al otro lado esperaban tres personas con rostros arrepentidos.

—¡Vaya! —dijo Maricarmen, al abrirles—. No sé si os esperaba… Bueno, supongo que sí. Pasad, anda, que creo que vosotros también me debéis alguna que otra explicación.

Iulia, Constantin y Liliana Drăgulescu se sentaron en los sofás; allí, hundidos entre cojines y mantas de ganchillo, seguían sin pertenecer a ese mundo. Sin encajar en la vida que les rodeaba.

—Así que todos vosotros sois vampiros —acabó diciendo Antonio, rascándose la coronilla, mirando de ida y de vuelta a su hija y a los Drăgulescu—. Quién me iba a decir que existían los vampiros y que, además, viven en pleno Madrid. Si hubiera sido en Estados Unidos, aún me lo habría creído, pero en este sitio…

—¡En realidad ya no vivimos aquí! —intervino Lili—. Nos marchamos esta misma tarde. Nos vamos a Galicia.

—¿Por el sol? —dijo Maricarmen.

—Y por los cazadores —dijo Iulia—. En una ciudad grande hay más probabilidad de que se junten dhampires contra nosotros.

—Como mi madre y sus amigas —dijo Antonio.

—Exacto. Hemos tenido la suerte de que ellas, en concreto, no querían matarnos, sino convertirnos de vuelta en humanos, porque pensaban que nuestra condición nos hacía malvados; pensaban lograrlo extrayéndonos la sangre y transfundiéndonos otra, pero no habría funcionado. El pobre Daniel aún está recuperándose.

—Menos mal —dijo Noa—. Creía que…

—Todos lo creíamos —suspiró Constantin—. Es un alivio que esté vivo. Porque, sí, a los vampiros pueden matarnos, y no hacen falta estacas para conseguirlo. Es una metáfora. Igual que el sol no nos hace arder literalmente, ni tampoco el ajo y la cebolla nos envenenan, sino que nos dan alergia. Exageraciones varias.

—Entonces, ¿era por eso que no querías comer la tortilla, hija? —dijo Antonio, con los ojos muy abiertos—. ¿No era que no te gustase, sino porque llevaba cebolla? Ay, Noa, ojalá me lo hubieras dicho…

—¡Papá, pero si estaba riquísima! —dijo Noa—. Y me gusta más con cebolla que sin ella… Creo que eso es lo peor de ser vampiro, que no puedo tomarla ya, ni tampoco el gazpacho. Con lo bien que entra, fresquito…

—Pero las ventajas superan los inconvenientes, ¿no, Noa? —dijo Constantin—. Lo de volar está bien, ¿verdad? Así los viajes son más cómodos.

—Sí —dijo Noa—. Sí, está muy bien, claro. Un momento, los viajes… ¿Eso es que os marcháis ya? ¿Y yo?

Iulia y Constantin se miraron. Lili se miraba la mochila que tenía entre los pies.

—Hemos decidido… —empezó Iulia, y se corrigió—. No; tú has decidido quedarte. Y nosotros estamos de acuerdo contigo que lo mejor para ti, para una joven de tu edad, es estar con tu familia. Después de todo, ya no tienes ningún secreto que esconderles.

—Al menos hasta que termines tus estudios y cumplas los dieciocho —añadió Constantin—. Puedes venir a visitarnos siempre que quieras, eso por supuesto.

—Gracias… —murmuró Noa—. La verdad es que… La verdad es que les quiero, y quiero estar con ellos, y no quería… No quería tener que marcharme. Gracias.

—Es lógico —dijo Iulia—. Nosotros también te queremos, Noa, pero tus padres te quieren más que a nada. Es suficiente verles las caras para entenderlo; es suficiente saber que te han aceptado, que nos han salvado a todos porque has confiado en ellos, para tenerlo bien claro.

—¡Pues claro! —dijo Antonio—. ¡Es nuestra hija! ¡Faltaría más! ¿Qué clase de padres no aceptarían a su hija? Además, que mira que hemos sido pesados con que podía contarnos lo que fuera, menudo ejemplo daríamos si faltásemos a esa promesa.

—Eso os honra —dijo Iulia—. Eso es ser padres, y no tener la misma sangre ni los mismos huesos.

A todo aquello, Lili seguía sin mirar a Noa a los ojos.

—¿Y tú? —le dijo Noa al darse cuenta—. ¿Es que también te vas con ellos?

La chica levantó la cabeza. Los rizos pelirrojos le caían por la frente.

—Pero un momento, un momento —interrumpió Maricarmen—. No podéis iros así como así y dejarnos aquí, sin más información, sin nada. Por lo que nos habéis contado, mi hija necesita beber sangre cada dos o tres días para sobrevivir. Sí, vale que vuele y todo lo que queráis, ¡pero ese es un problema bastante grande! ¿Y las quemaduras solares? ¿Y las alergias alimenticias a la mitad del sofrito? ¿Y cómo le ocultaremos al médico si pasa algo…?

Constantin alzó una mano, sonriente, y pasó la otra por los hombros de su hija.

—Eso lo tenemos pensado —dijo—. ¿Verdad, Liliana?

El corazón de Lili estaba nervioso como un colibrí.

—Sí —dijo—. Bueno, a ver, yo voy a intentar hacerlo lo mejor posible, pero…

—Liliana se quedará aquí. Lleva dos años estudiando un curso de formación profesional —dijo Constantin, dándole palmaditas orgullosas en la espalda—. Lo termina este junio y pronto empezará a trabajar como auxiliar de enfermería en el centro sanitario en el que he estado yo. Tendrá acceso a los historiales necesarios y, sobre todo, a los bancos de sangre. Le podrá proporcionar sustento sin problema.

—Eso sí, Liliana no podrá vivir en la casa de Serrano ella sola —dijo Iulia—. La seguridad del edificio ha quedado comprometida tras la investigación policial. Por eso queríamos pedirles a ustedes un favor. Correríamos con todos los gastos, por supuesto, pero es por el bien de su hija. Para asegurar su bienestar.

—Claro —balbuceó Antonio, mirando a Lili—. Sí, claro, ¿qué favor?

—Antonio, primero se pregunta qué favor y luego ya se dice que sí —susurró Maricarmen, lo bastante alto para que Noa lo oyera.

—¡Pero míralos! ¡Son vampiros! —dijo Antonio—. ¿Cómo íbamos a negarles un favor? Además… No sé, me siento responsable, ¿sabes? Que mi madre ha intentado cargarse a su familia. Creo que es lo mínimo que podríamos hacer.

—Pero si no sabes qué es lo que van a pedir…

—Nada descabellado, no se preocupe. —Iulia sonrió. La sonrisa quedaba extraña en su cara, como un retrato de proporciones mal calculadas—. Queríamos pedirles que acogieran a Liliana en su casa.

Noa comprendió entonces la sonrisa nerviosa de Lili. Se le habían pintado las mejillas de color rojo y se mordía el labio con sus dientecillos de ratón.

—¡Solo será durante una temporada! —se apresuró a decir Lili—. Hasta que me encuentren otro piso. Tienen dinero de sobra, porque eso de vivir eternamente viene bastante bien para acumular pasta, pero tienen que desviarlo a través de no sé qué fondo…

—¡Lili! —dijo Noa—. ¡Que te dejes de tonterías! ¡Que vas a vivir conmigo! ¡Que vas a vivir conmigo, Lili, que vengas a darme un beso!

Desde detrás de las risas de ambas, los padres de Noa volvieron a susurrar demasiado alto.

—No sé si debería referirse a esto como «vivir con ella», la verdad —decía Maricarmen—. ¡Tienen dieciséis años, por el amor de Dios!

—Sabes que no lo dice con esa connotación, Mari, no me seas absurda. Además, en un principio iba a pasar al revés, ¿no? Se iba a marchar Noa a vivir con la familia de Lili.

—Calla, calla, no me lo recuerdes… Anda que, esta niña, no podía tener ideas más de bombero. Ha salido a ti.

—Técnicamente sí, ¿no? ¿No decían que lo de ser vampiro, o medio vampiro o como se llamase, iba en la sangre? Y mi madre era la que tenía ese gen…

—Anda, calla, que nos van a oír.

—Eso es que te ha dado envidia de que tu familia no sean vampiros.

—Antonio, cariño, no sé si deberías estar orgulloso de eso, considerando que *tu* familia casi mata al hijo de Iulia…

—Bueno, tu hermano ha hecho cosas peores, y eso siendo totalmente humano…

—¡Que te calles!

Iulia Drăgulescu carraspeó y los padres de Noa se giraron hacia ella.

—De eso quería hablarles, si no les importa —dijo—. De su hermano, Rafael, si mal no recuerdo. Finalmente comprobamos que no se trata de un cazador de vampiros, pero, aunque no lo sea, no querríamos que nuestra hija tuviera cerca a ese hombre. Ni tampoco Noa. ¿Se sabe algo sobre su paradero, o…?

—No se preocupe —la cortó Maricarmen—. Mi hermano Rafa está más que advertido de que no vuelva a acercarse a esta casa. ¡Vamos! ¡Después del susto que le dio a Noa! ¡Y de venir a pedirme dinero para las deudas del banco! Sí, hombre, ¡y qué más! Menos mal que no firmé como avalista en aquel último préstamo, Dios me libre. No, no; Rafael está «de viaje de negocios» en no sé qué país de Latinoamérica, y más le vale que ese viaje dure bastante, ya le digo. Y aunque no le dure, no va a volver a tener su casa aquí. ¡No queremos tener nada más que ver con él!

—Es un alivio —sonrió Iulia, conciliadora—. ¿Y su madre, Antonio? Sentimos lo sucedido, pero… Comprenderá que nos preocupemos. A su edad, es más que probable que le sea concedido el tercer grado en breve, y si sale de la cárcel y decidiera vengarse…

—Eso sí que no —dijo Antonio, y se cruzó de brazos—. No, desde luego, como que la voy a dejar sola. ¡Lo primero que voy a hacer es darle una buena bronca! Me va a oír… ¡Ja! Y espero que la prisión sea suficiente para que se replantee todo eso de andar con sus amiguitas corriendo aventuras.

—No se trata de correr aventuras. —La cara de Iulia se puso seria—. Se trata de amenazar seriamente nuestro modo de vida y nuestro secreto. A nuestros seres queridos.

315

—Verá… —Antonio se tironeó del bigote—. Mi madre tiene un trauma más o menos grave con el tema de su padre, esa es la cuestión principal, creo yo. Que era una mala persona y…

—Era un cabrón con pintas, Antonio, sé sincero —intervino Maricarmen—. Di las cosas como son.

—Pues eso era. Y resultó que también era un vampiro, y claro, pues se le juntaron los cables, parece ser. No sé, eso es lo que entendí yo con lo que nos contó en la comisaría y las fotos que nos dio la policía, que ese era…

—Era un viejo conocido, sí —dijo Iulia—. El padre de su madre era el jefe de un clan rival de vampiros. Un individuo despreciable, que atacaba a los humanos para procurar su sangre.

—Entonces, con tal de hacerle entender que no todos son así… ¿No? —dijo Antonio—. Bueno, eso es lo que intentaremos.

Constantin sonrió debajo de su barba espesa.

—Confiamos en ustedes —dijo—. En que lograrán hacerlo. Y en que cuidarán de Lili tan bien como han cuidado de Noa, que es todo lo que queremos.

—Hablando de eso… —se atrevió a decir entonces Noa—. ¿Podríamos sacar el tema de cambiarme de instituto el curso que viene? Es que no soporto más ese sitio. De verdad.

—¡Claro, hija! —dijo Antonio—. Claro. Pero poco a poco, ¿vale? Los cambios, poquito a poco, y estas últimas semanas han sido… ¡Vaya si han sido interesantes!

El padre y la madre de Noa se rieron.

Iulia y Constantin se marcharon con la misma sonrisa, esa que en el rostro de Iulia empezaba a quedar más cómoda encajada entre sus pómulos, y que en Constantin se parecía a la de Lili, con los mismos incisivos grandes que su hija.

Las pecas en las manos de Lili le dijeron adiós por la ventana a los faros de su coche, que se alejaba en el anochecer, y parecían estrellas fugaces yendo y viniendo. El cielo de Madrid no dejaba ver otras estrellas que esas; solo Venus y la luna se asomaban al azul violáceo, un ojo enorme y uno diminuto mirándolas desde lo alto.

Pero no le hacían falta más. Ya tenía todas las estrellas necesarias.

A lo lejos, los vencejos anunciaban la llegada del verano chillando sobre los tejados. Sonaban casi como un murciélago. Noa ya no los envidiaba; por fin podía, con solo coger la mano de Lili entre la suya, tocar el cielo.

ESTE LIBRO UTILIZA EL TIPO ALDUS, QUE TOMA SU NOMBRE
DEL VANGUARDISTA IMPRESOR DEL RENACIMIENTO
ITALIANO, ALDUS MANUTIUS. HERMANN ZAPF
DISEÑÓ EL TIPO ALDUS PARA LA IMPRENTA
STEMPEL EN 1954, COMO UNA RÉPLICA
MÁS LIGERA Y ELEGANTE DEL
POPULAR TIPO
PALATINO

TOCAR EL CIELO
SE ACABÓ DE IMPRIMIR
UN DÍA DE VERANO DE 2020,
EN LOS TALLERES GRÁFICOS DE EGEDSA
ROÍS DE CORELLA 12-16, NAVE 1
SABADELL (BARCELONA)